三郎 著

拉漂的日子

还原生活　放飞心灵

重庆出版集团　重庆出版社
果壳文化传播公司

拉漂的日子
一二郎

重慶出版集團　重慶出版社
果壳文化传播公司

图书在版编目（CIP）数据

拉漂的日子 / 三郎 著. -- 重庆：重庆出版社，2012.8
ISBN 978-7-229-05516-5

Ⅰ．①拉… Ⅱ．①三… Ⅲ．①散文集－中国－当代 Ⅳ．① I267

中国版本图书馆 CIP 数据核字 (2012) 第 165561 号

拉漂的日子
LAPIAO DE RIZI

三郎 著

出 版 人：罗小卫
责任编辑：郭玉洁 李云伟
责任校对：唐云沄
出 品 人：张为文

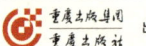 出版 聚光文化传播公司 出品

重庆长江二路 205 号　邮编：400016　http://www.cqph.com
北京市印匠印务有限公司印刷
河南驼峰文化传播有限责任公司联合出品　zww1168@163.com
重庆出版集团图书发行有限公司发行
E-MAIL：fxchu@cqph.com　邮购电话：023-68809452
cqcbs.tmall.com
全国新华书店经销
开本：710mm×1000mm　1/16　印张：20.5
2012 年 8 月第 1 版　2012 年 8 月第 1 次印刷
ISBN 978-7-229-05516-5

定价：48.00 元

如有印装质量问题，请向本集团图书发行有限公司调换：023-68706683
版权所有　侵权必究

拉漂的日子

目录

引　子 …………………………001

自　序 …………………………002

前　言 …………………………008

第一章　我选择了西藏………………010

第二章　触摸天堂——拉萨…………051

第三章　薄如蝉翼的时光……………100

第四章　剪影…………………………174

第五章　和我结缘的高原动物………242

第六章　我的生活，我生活的地方……258

后　记 …………………………321

谨以此书献给那些还在漂泊的人们

引子

　　初识三郎，是在一个初春的上午。初春的拉萨还很冷，但阳光依然充足。在拉萨郊外三郎的藏獒养殖场里，我见到了久闻其名的三郎。他一身军大衣，满是灰尘，眉目中显露沧桑，但是一脸的微笑。

　　三郎到拉萨有五年了。他先在仙足岛开了一家客栈，后来又在拉萨郊区开了一个藏獒养殖场。三郎是西藏藏獒协会的秘书长，致力于西藏传统藏獒的挖掘和培育，是藏獒界的名人。

　　三郎很温和，但又是一个很热情的人，喝过酒后，会唱歌跳舞，会侃侃而谈。随后的日子里，三郎带我认识了很多像他那样在拉萨生活的朋友，有客栈老板、酒吧歌手、出租司机等等，不同年龄，不同性别，不同的职业……那是一群可爱的、开心的、神秘的人。

　　想要彻底了解一个人的内心世界是不容易的。我相信，以我的阅历来看，酒后的三郎，才是真正的三郎。而对于这些漂泊在拉萨的人，我始终有着疑惑，是什么让他们离开自己的故乡，来到青藏高原上安静地生活下来？对于我这样的比较保守和传统的人来说，是不能理解的。就像多年前的"北漂"一族，那么多人前赴后继地到北京去创业，去打拼，真的值得吗？？

　　随着慢慢地融入到他们的生活中，我渐渐地明白了其中的原因。

　　这是一群寻找心灵港湾的人。

　　这是一群有理想的人。

　　这是一群热爱生活的人。

　　这是一群真实的人。

　　拉漂现在已经成为了拉萨一种特有的文化现象。它是一群向往灵魂净土的人的生活方式。我无法用文字的形式向大家描述我的感受，只希望通过此书向大家展现那些漂泊在高原的人的真实生活和内心世界，那些在拉萨漂泊的日子。

　　仅以此书送给那些还在漂泊的人。

徒步骆驼

自 序

不知道从什么时候开始,有了【藏漂】和【拉漂】这样的词。

——题记

漂就是漂泊的意思,这里特指没有稳定的工作,又不想离开或者在努力寻找一个理由留下的从内地来的一小部分人,这里头不包含援藏或者长期在这里做生意的内地人。在西藏漂称为"藏漂",在拉萨漂的称为"拉漂"。

有许多朋友都没来过西藏,对于西藏的认识一直停留在原始和陌生的层面,印象之中西藏就是一个神秘而遥远的传说。于是这些朋友带着这些疑惑常常会问我同样的一些问题,要我介绍一下西藏以及类似一些藏漂拉漂的人和事。对于西藏,我所了解的毕竟非常有限,因为西藏很大,而且古老,我来的时间却很短暂;对于拉漂一族(我喜欢这么称呼他们),

更不知道该如何说起，因为每一个人都有一个故事，而且性情都比较另类，个性鲜明，性情突出，而且自我。单以我有限的心量和目光去打量和评价那么多的人生人性人心，恐怕很难表达到位和描述准确，因此每当朋友问起，我想说的很多，话到嘴边，又咽了回去，该从何说起呢？

不知不觉中，我也成为了拉漂一员，这是我没有想到的，虽然我一直都不承认。但我确实是在找个理由留下来，这是所有拉漂一族最基本的问题，关乎生存和理想或者说是逃避。

当一个人生活在没有什么压力没有什么追求没有什么约束，而且风景人文又那么独特的环境里，人会懒得思考的，并且因为高原的氧气稀薄、紫外线、干燥寒冷等气候对脑细胞的侵蚀和伤害，人的记忆也会随之消褪，我们称之为"脑残"，这个是现实。本来记忆力就非常不好的我，来到高原后反而如鱼得水，仿佛回到了子宫当中，这里不需要思考太多的问题，做一天和尚撞一天钟，有什么不对的呢？安稳，上至国家下至百姓，一辈子不就是为了求这两个字么，包括我们的内心，烦忧的不也是因为不得安稳吗？来到高原，从没有过的放松和满足，这也许也是我要留下来的其中一个理由吧。哪怕这种安稳只有几天、几个月或者几年，但在这里得到灵魂一天的安稳，也是快乐的，这也是那么多来到西藏的人们迟迟不愿意离开的原因之一。

为什么西藏和内地就是不一样呢？有个喜好登山的朋友告诉过我一个小故事：曾经有人问一个登山爱好者为什么那么喜欢登山？他说：因为山在那里。套用这句话来形容为什么那么喜欢西藏，似乎也有道理。因为西藏在那里；因为雪山在那里；因为圣湖在那里；因为格桑花在那里；因为仓央嘉措在那里；因为最蓝的天在那里；因为最白的云在那里；因为最多的传说在那里；因为牦牛在那里；因为莲花在那里；因为所有的所有，都在那里，那里是人类灵魂的发源地，或者说是人类灵魂的归属地。经书上说：无所从来，亦无所去。灵魂开始或者归依的地方，就不再有时间和空间的概念，最终欢喜上的，只是心灵的刹那之间。那么西藏高原就提供给了我们这个欢喜的条件，哪怕只是刹那的，也是从未有过的安稳和自在。很多拉漂的人或许并不需要了解洞察这种感觉，他们只需要享受于目前所带来的满足，只需要偶尔远离都市的喧嚣，偶尔逃离世俗的视线。拉萨坐落在群山之中，像母亲的子宫将我们脆弱孤独的心安稳地包裹，世俗的目光穿透不了这里的群山，因为实在太过遥远，遥远成一种迷茫的陌生和敬畏。

我实在无法确切用语言和文字来描述我对西藏的印象以及自己在拉萨生活的日子，每天生活在非想非非想的状态里，简直就是捡了芝麻丢了西瓜一样地择别不出是非和轻重。这里每天都有很多很多的故事，那么多发生在别人眼里不可思议的事情，但落入拉漂人的心里，就变成了淡淡一笑地抬头，而后埋头继续自己的活计。这里没有什么是大惊小怪的，所有的惊奇和吸引，早已被高原的景致给夺去了，连灵魂都已被悄悄地夺去了。

人非草木。虽然在这里的种种感触都被轻易丢弃，甚至渐渐变得麻木，但一些片段以及每日里发生的事情，还是偶尔会在夜深人静时候盘旋上心头，随那一灯如豆的夜或者缠绵的雨季变得清晰开来。偶尔还会留下点笔记作为拉萨生活过的痕迹，所幸这些凌乱得无从整理毫无头绪的文字，可以弥补了我的健忘，可以给朋友的疑问和好奇起到一点解答的帮助作用。其实，所有的所有，都是自己的，与别人无关，所以对西藏对拉萨对于拉漂一族来说，要想了解，必须自己亲自走一趟，将所有的带走，或者什么都不带走，毕竟曾经来过，也就够了。对于西藏的大美，有些人却因为高原反应的强烈，导致身体的严重不适而植下了深深的遗憾，甚至是恐惧；对于一些习惯了生活在势利圈子和优越环境的人来说，西藏和内地一样，也确实还有一些很脏很落后还很贫穷的地方，这些也势必会让他们的心灵感觉到不安和不适，反感也是必然的；而对于那些道听途说西藏如何如何神奇或者准备来西藏寻找和发生童话故事的人们，失望也是在所难免的，毕竟这里不是天堂，即便是天堂，也是因为这里不一样的风景，却不是因人。希望越少，得到的意外惊喜才会越多。什么样的景色什么样的人什么样的传说，只有自己来过，才能懂得。所以怎么说怎么看，都是因人而异的，如人饮水，冷暖自知。

　　这些文字，是写给朋友看的，写给那些曾经询问过我很多回的朋友，写给那些希望多少了解一下西藏的朋友，同时也是给我自己的日子留下一点在拉萨生活过的印记。文字很随性，可谓是一些断章，缝缝补补而成。我尽量将自己在拉萨的感受写得完整一点，但这确实需要时间，而且还因为每天不同的感受还在继续上演，拉漂的日子还在继续，因此零乱与矛盾是在所难免了，但字里行间，都是我真实的感受和体会。我写文字从不起草，这与本身懒散随意的性情相关，有错别字和语句不通的地方我不会不好意思。文章中涉及到的一些人名基本上都是用的假名，毕竟我不想让人对号入座地将别人的生活打扰和烦忧，在内地生活已经够累的了，来到拉萨，还是好好享受这里免费的阳光才对。

　　我想，我还是从头开始吧。

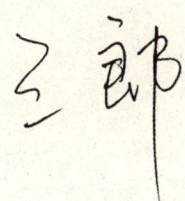

我的生活，我生活的地方

前 言

  1845年春天，美国人亨利·戴维·梭罗提了一把斧头，在他老家康科德城的瓦尔登湖边建造了一间木屋，自耕自种，自给自足，一个人独居在那安静的环境，写下了对世界影响至深的《瓦尔登湖》。

  2008年，我踏上了进藏的列车，从内地的喧嚣当中脱身而出，这一去，就没有回头，留在了高原。高原每年的冬天很冷，而且人少，内地来做生意的以及游客都在入冬时候撤走了，而我依然固执地留在这里，感受着高原所带来的不一样的冬天。我对那些来不了的内地朋友、对那些来了又走走了又来的朋友说：我为你们留守在这里。

  2011年，同样是春天，我告别了在拉萨开小酒吧以及家庭客栈的生活，来到一个叫羊达乡的郊区农村，重新安置自己，开始了另一种完全不同的生活。熟悉的朋友们戏说，羊达乡，就是你的瓦尔登。我笑，某种层次上来说，也未为不可，虽然羊达乡并没有一泓安静而漂亮的湖。

  没有想过自己会走得这样的远，不知不觉当中，我渐渐走出了世人的视线，安静于偏僻荒芜的羊达乡。而且，我没有邻居，这里生活简陋到了几乎原生的状态，我种花、种菜以及养狗，几乎没有可以说话的人，也不会有人突然敲响我的大门。

  有朋友说，三郎，你这篇在西藏的真实记录，可以当成中国的瓦尔登；还有朋友说，《瓦尔登湖》一书对你影响太深了。没错，《瓦尔登湖》是为数不多的我所深深喜欢的一本书籍，作者的很多精神世界，仿佛是在和我共同呼吸着，仿佛就是自己写的，或者说这本书是为我而写的。但是梭罗的生活以及世界，是无法复制和效仿的，而我的世界以及我的

前言

生活，只是在跌宕起伏、错综复杂的纷繁之后，自然而然地沉淀了下来，人生的轨迹仿佛是冥冥注定，又好似水到渠成的必然，我只是在恰当的时候，来到了这里，度过了完全属于自己的一段生活时间。

这本书不是一本日记，也不属于散文随笔，只不过是我个人世界里兴之所至天马行空的所思所想而已。文字中有些晦涩，有些自恋，甚至有可能带些病态的呻吟，但我想说，文字里还是阳光的居多，毕竟在高原不同于内地的，最明显的就属于阳光了。在现在的城市当中，焦灼和压抑，茫然而不甘，而且自闭倾向的人越来越多，这大多缘于精神世界的不踏实不充盈不自信，于是不能真实地活出自己，不能做自己喜欢做的事情。通过这些文字，我想告诉大家的是，生活有很多种选择，就看你舍得不舍得、愿意不愿意了。

文字从我进藏开始，一直记录到现今的生活写实。希望读者们能够随着我的脚步，一起丈量高原，一起感受不一样的天空。

第一章 我选择了西藏

离京

我承认我在北京工作生活的日子是我最不开心的一段日子,这种生活也绝对不是我想要的生活。

六月的一天,在忍无可忍之后没有任何犹豫,我买了张北京到拉萨的火车票。没有更多的理由,只是觉得很累,工作上的,心情上的都有,所有的疲惫和烦恼好像永远没有止歇的时候,我做出了这个决定,将工作辞了。而促成我选择拉萨,是电视上刚好正在播放关于西藏的片段,我想去一个没有去过的地方,离内地和人群很远的地方,而西藏正好是最佳的选择。却万万没有想到,当时的散心方向,竟然会是我从此留守之地,扎根之所。

火车票当时还不很好买,最快的也要一个礼拜之后了,于是可以让我再看看北京,这个让我爱和恼的大都市。平常在工作之余,只要有时间我都会尽可能地走一走北京的景点。这个城市沉淀了太多的东西,我尽可能选择有历史背景的地方,如寺庙道观,还有一些安安静静的胡同弄堂,这里面有很多我感兴趣的东西,可是依然难以平息骨子里莫名其妙的燥热,是真的待不下去了。我不知道自己这样活着究竟是为了什么,如果单是为了一口饭一张床,我又何苦这么累地活着?一个礼拜有四天是在北京周边出差的路上,而后是工地,每天都风尘仆仆像个机器,把自己折腾得跟一条狗一样,没有任何乐趣可言,也从没有打算在北京买房落户生根。我不断质疑着自己,这是为什么?

而今终于有了完全放松的时间来认真看看这个城市了,我们的首都,庄严而厚重,我怀念这里的槐花,怀念那些古老的一砖一瓦,怀念长安街的肃穆大气,也怀念那些上了年纪的老人,怀念密云霜降后的红枫,怀念怀柔黄金一样的千年银杏。北京，蕴藏着无数的故事，可是，依然留不住我，这里不是我的家。

瑰丽的晚霞挂在窗沿，这个我曾经那么熟悉的城市，在车窗外缓缓地流动起来。华灯璀璨的夜，每一盏灯都透着这个夏夜的心事，熟悉和陌生，城市之间依靠着灯火传递着彼此的信息。每一个人都有自己的一盏灯，就像每一个窗户，虽然可能只是三五丈的光明，却也刺破了夜，让目光慢慢前行，而不至于迷失在脚下。可是属于我的那盏灯，却在这个城市渐渐地熄灭了。

这华丽的都市，曾经迷失过多少人？北京，那么多人梦里的国度，这个权利之都，皇城根下的故事，又有几个人能够读得懂？一盏一盏的灯火，将城市照得透亮，却忽然之间让我头晕目眩。原来这些温暖，并不是为我而亮的，我终究只是一个过客，这里也只能是我永远陌生的地方。我没有什么欲望和需求留在这里，因为这个城市也并不需要我。这个城市有自己的性格，有独一无二的文化气息与生活习惯，这个城市给

我的感觉，除了好奇和迷茫，除了历史和端庄，就再也留不住什么。

列车渐渐地也开始不耐烦了，步伐在加快，北京城在晚霞声里向我告别。默然坐在窗前看着这个城市，没有悲喜，没有挥别，只是一次安静的转身，就成了过去。

车窗外，几个小伙子也随着列车的步伐开始奔跑起来。我又看见了久违的一种执著，那追赶着列车的步伐是如此的坚定。他们对着我窗户喊叫、挥手，甚至拍打玻璃。而我旁边坐着一个看似学生样子的女孩，对着窗外忍耐已久的泪水崩溃而出，手摸着玻璃失声痛哭，一扇玻璃，隔成了两个世界。终究是要远去的，那些目光和背影，这扇窗里的人，此刻会是怎样的心情？难道是挂着泪水的笑吗？而我，同样在一扇窗内，随着城市的面目表情回到了自己曾经的青葱岁月，纯真还是执著，我已分不清。

回过神儿的一刻，窗外的那些小伙子，脸庞上也开始滑落下了泪水，最后都跑不动了。火车并不留恋这样的情节，反而加快了离去的步伐。其中一个小伙子，两手撑着膝盖喘息的时候，竟然放声掩面大哭起来。而后就再也看不见了。一如这个城市以及这个城市的灯火，虽然陌生，但总有一些不经意的片段，会让我们刻骨铭心。总有一天他们也会告别这座城市，总有一天他们或许会回来，而我却知道自己的转身，会是彻底的。

一

后来我才知道，在青藏铁路还没开通以前，入藏之旅是那样的漫长而艰辛，特别是川藏线，经常塌方，有些道路还很危险。但这些并未能阻止人们对西藏的向往和好奇。而今火车开通后，一切都变得简捷起来。据说去西藏的火车是目前国内设施最好的（动车除外），全封闭空调，还提供氧气，环境卫生也不错。乘上北京去拉萨的火车，感觉也确实如此，或许是因为青藏铁路的遥远，或许是因为国外友人去旅游的特别多，感觉还真的不错。

好久没这样坐过火车了，而且一坐就是连续48小时的路程。从来就不大喜欢和陌生人聊天，于是看书、看窗外或者睡觉。但更多的时间里只是默默地想，又不知道想些什么，那么的杂乱无章，从前的经历变得虚无缥缈开来，而且对于前方的陌生，又是如此的空空荡荡。灵魂随着铁轨晃荡，白天和夜里，睁着眼闭着眼，都如万花筒般的景致，绚丽而虚无。火车穿过一座座城市，我去过的没去过的，都变成了眼前的飞逝。城里人忙忙碌碌的时候，我却安静地透过车窗看着，我不认识他们，他们也不知道我，但此刻交汇而过，一声汽笛把我们的距离拉得瘦长。

甘肃兰州，一路荒凉。山矮而光，一些低低的绿植零散地分布，说是绿，更像是癞子头上的癞包，左一撮右一簇地杂乱长在黄黄的山包上，这里一看就知道是个严重缺水的地方。中国土地辽阔，当大都市逐渐与西方物质文明靠拢的时候，依然有一些荒凉地区还是很落后贫穷的，而在这里土生土长的农民，还要继续着祖先的足迹，将这种荒凉和坚韧延续下去。这种环境是个硬伤，不是有个三五十年就可以转变的。

一路走过，那些稀少的绿色庄稼，反而像是配角一样，在衬着黄土地的蛮横，我也知道，在陕北很多地方，连绿色都没有。其实黄土地是憨厚的，那么的素面朝天，哪怕这里的人们已经生活了好几千年。

拉漂的日子

　　而后是桥。火车经过的地方，有过很多很多的小桥。每一座桥，在阳光下自恋着自己的影子，那么孤单。每一座桥下，都干涸了，干得一滴水都没有，龟裂的河床让人看了心里发紧。流水曾经是桥的情人，带来过那么多故事，还带去了桥的心事；而桥是流水的灵魂，这里有过那么安稳的身影。大自然是残忍的还是慈悲的？让我不知所措。列车广播开始提醒人们要节约用水，看着窗外的景色，才突然发现，原来水是那么的珍贵。

　　虽然心里一路发紧，但在火车停靠的小站、大站，那些向着铁轨的居民楼上，在那一扇扇破败陈旧的窗户和阳台上，却有三三两两摆放的植物花盆，有些很绿，有些的鲜花开得满满的，与荒凉泛黄的景致形成了鲜明的对比，如此强烈。生命终究是坚强与不屈的，哪怕是一朵小花，给她阳光，她就灿烂。

二

　　从兰州段开始，火车头换成了两节，因为全程开始爬坡，据说在唐古拉山段，火车尾巴还有一节火车头在助推，这是世界上海拔最高的火车路段。

　　远行，记忆里最深刻的就是火车和轮船的声音，是如此的相似。火车在轨道上咣当咣当持续的节奏和轮船机房里的震动，特别是在夜里，久而久之就会听成了一种天籁，伴着微微的晃动，枕成了一个旅人温暖的梦。单一的无休止的前行，闭着眼睛，知道自己在路上，还有那么多人陪伴，这种漂泊成为了习惯，渐渐就没有了家的感觉。每一个驿站，就是小小的家，有灯火亮着；小小地休憩一下，疲倦就会消失，而后继续。

　　火车过了宝鸡，闷头闷脑着自己的轨迹。高原反应在经过隧道的时候开始了，有点像飞机起飞时候的感觉，耳鸣，揉揉耳朵，看见对面床上的大姐和我的动作一样。这个时候心会莫名的踏实，原来人的感觉是相像的。冲大姐笑笑，大姐也笑了。

　　大姐是东北人，爱吃，仿佛与食物天生是冤家对头，后来我才知道她的爱人刚去世了。人在旅途，我可以半天不说一句话，想着自己的事情，也可以打开话题聊到车厢里关了走廊的夜灯然后继续。大姐介绍一本书，一定要我今后看看，是周国平的《迷者的悟》，我没有问书的内容，但可以想象一定给大姐许多的启发；我也介绍了一本书，是美国梭罗写的《瓦尔登湖》，看见大姐很认真地拿笔记了下来。没有留下联系电话，是刻意的，在拉萨车站迎着清冷的山色，相互挥一挥手，一个驿站，就是一次告别。

三

　　朋友知道我进藏，发来短信，要我将沿途看到的想到的，写下来。朋友说她没去过西藏，说这是她的梦想。因为身体原因她不能进藏，因为那里是高原，在火车没有开通以前，进藏一次多么不容易，火车开通了天路，但依然有许多许多的人因为工作、身体、家庭、经济或者岁数等等原因而不能进藏，西藏毕竟是这么的遥远，仿佛远在天的那头，成为许多人一辈子的想象和遗憾。

　　能写下什么呢？我对西藏一无所知，之前我没有对西藏进行过任何的研究和了解，只是一时冲动的决定。是什么决定了我们的想法和行动？冥冥之中是否早已注定？北京燥闷烦热的六月，让人身心疲惫，我只想远行，越远越好，去那没有地铁、没有尘埃、没有污浊空气、没有人潮拥挤的地方，于是选择了西藏，这片我从未涉足的圣地。独自在火车上回想城里的一切，生活当中遇见的每个人都这么忙碌，都这么神经紧张，

都长着一副冰冷麻木或者茫然戒备的面孔,我很厌倦。是寻找心灵的归宿还是在逃避世俗,已没有心思去思考这些问题,只想走,只想离开,远远的。

火车上空间大了,干净多了,卧铺厢内最上层靠过道的那边是堆放行李的空间,这比以前过道上焊的铁架子要舒适整洁许多。从没坐过这么长时间的火车,四十八小时,想想也很无奈,但西藏在那方,神秘的高原在召唤,一种好奇驱使,旅途也变得不再乏味起来。《瓦尔登湖》这本书将一路伴随,很奇怪,这本书我买过好几种不同版本的中文翻译卷,但从来没有看完过,每每看不到一半就放弃了,因为干扰。心不在最静的时候,是无法阅读的。但我又是那么喜欢这本书,仿佛作者是写给我的,是专门为我而写的,每一个字都是从心底刻出来的。这么多年的东奔西走,早已习惯了冷清和寂寞,一个人的世界不论是痛苦还是快乐,始终是一个人的,谁也分享不去,也走不进来。久而久之,就习惯了一个人的生活,内在的世界也沉淀得越来越深。

人们上车后就开始忙忙碌碌起来，打水、如厕、洗水果、抽烟。不断地错肩，但相互间一直板着个脸。古人云："百年修得同船渡，千年修得共枕眠"，于这一列行驶在天堂轨道上的列车空间里，不知道是多少年修来的缘分？但这缘分好像是被强迫性地拥挤在一起的，每个人看起来都是那么的不乐意，甚至委屈。当然，还有一些年轻的面孔掩饰不住进藏的兴奋与好奇，将青春的笑容印在了洁净的玻璃窗上。陌生的距离和戒备，随着列车的前行以及时间难以打发的百无聊赖而悄悄改变着，直到进入格尔木境地景色大为改变的时候，人们的心情也同时疏朗开来。

恍恍惚惚思绪随着列车轨道的咣当声中飘进了夜色，北京早已经无影无踪。北京的工作，北京的人，北京的事，都湮灭在了无尽的黑夜之中，让人忽然头重脚轻，疑惑起来，我在哪里？为什么？这是真的吗？这些困惑一波接一波地纠缠在脑海里，满是疑问。但是列车不管不问，只顾前行，把人间烟火无情地甩在了身后，连同我曾经的躯壳和灵魂。过道里广播已经停止，那温柔而善解人意的声音消失了，这让长夜变得愈加空洞，也让车里的梦愈来愈浓。这些年来，火车的环境和以前是大不一样了，打开水可以不用再拥挤和等待，厕所很干净，过道空间里还专门开辟了一个洗漱间，三个水龙头一字排开，安静期待着你的到来，就连吸烟区的墙壁上，还善意地安装了一个内嵌式的烟缸，垃圾的处理也方便和干净了很多。我在车厢之间的过道里独自吸烟，看着墙壁上诸如灭火器、开关等藏汉文字对照的那些说明，再次进入到一个恍惚的世界。

想起了朋友交代的，要多看看姑娘，进藏的美女很多，而后还要汇报如何的秀色可餐。那么乘务员算不算？现在的乘务员也美丽多了，而且礼貌勤快。就连白天那个推着餐车的大姐，腰身和皮肤都那么的吸引人，几分妩媚动人的眉目神态，将这个初夏宛然。而在我乘坐的第十三节卧铺车厢，那个秀气娇小的检票员，虽然因我买的车票是需要站两小

时才能换成卧铺的票,而坚决严肃地拒绝我进入这节车厢,但这并不妨碍我每次与她在过道会面时,多看她几眼的美好心情。

将近十年未坐过火车,上一次还是因为某一年的春运,是我记忆里的梦魇,而今一切都改变了。而天路上的火车更加舒适,一切都超乎了预期的想象,特别是乘务员的态度,把记忆里的那些恶劣印象完全改变了,礼貌周到的服务让我一时还不能适应过来。

此刻我在哪里?窗内的灯光将窗外的夜色阻挡在一扇玻璃之间,一些村落和桥梁的灯火偶尔又与车内的灯火呼应,瞬间又被夜色扑灭。我的白天在哪里?提着行李随人流穿过候车室,穿过检票口,穿过地下通道的时候,我脑海里一片茫然,所谓的随大流,就是这样的。这让我想到了佛经里的一个典故:"一盲引众盲,相牵入火坑"的譬喻。如果领头的人错了方向,后面跟着的依旧是前赴后继的决然,很多人在更多的时候确实很像绵羊,温顺而无主见地淹没在茫茫人海之中,随便网起一只,都是一样呆滞迟钝充满迷茫的目光。而这列火车呢?将引领我们去向一个神秘的地方。

列车穿行在轨道的节奏声里，把我的思绪拉得瘦长，而后崩断。近十年了，这种熟悉而又陌生的晃动，摇曳着静静的空间。奔行的方向，速度很快，而且带着一种义无反顾的气概，列车是个不知疲倦的勇士，不到目的誓不罢休，但是车内的人呢？什么地方才是归宿和终点？长夜是不说话的智者，这样的问题，只适合思考，当夜色趋于安静的时候，你必须思考，通常却没有答案。

唯有等待黎明。

四

给朋友发个短信："那些人大多都睡熟了，我却那么清醒着。"那些陌生的人们，偶尔在疲倦的睡梦中半张开眼睛，看看行李架上的行囊，接着又沉沉睡去。行囊各式各样，五彩斑斓，行囊里装着的会是什么？或许是乡愁，或许是爱，或许只是些普通的日常用品。而有些人，无聊地坐着，看着过道那一片昏暗的灯火，偶尔看看窗外，那黑黑的夜间或会有几盏灯光掠过，衬得长夜更黑。

摊开一张火车站买的晨报，就像在候车的时候那样，随意坐在了车厢连接之处的角落上，掏出笔和本子，开始码字，并且还脱掉了鞋。我更像个不修边幅的浪子，却听见旁边抽烟的人与他朋友低声笑说："你看，作家。"懒得抬头，因为我知道大家都是在无聊中打发着漫长旅途的时间，很多人只能闲聊。

我只是有点沉闷，因了卧铺车厢空间里那不能流动的混合着各种气味的沉闷。而且长夜里的人们都不爱说话，只用此起彼伏的鼻鼾声交流着各自的想法。这让我很难堪，因为我没有过多的梦想，我还在流浪。

我想我该做点什么，来打发这个漫漫长夜。于是想到了朋友，她说要看我在旅途上码下的字。

不知道从什么时候开始，我变得这么的随意和邋遢了。在候车的时候，我将自己脱了鞋子坐在地板上的坐姿很得意地告诉了朋友，说我很惬意，因为可以忘乎所以地忽略掉人群，我真的很惬意，为这种久违的随意，为自己的可以无拘无束。朋友还曾提到过我即将奔赴的那个关于传说的城市，说那个城市有很多浪漫而无脑的女人，正适合你。我想朋友是弄错了，我要的不是那样的情调那样的生活，我并不高贵，也不小资，甚至不另类，在今天我更喜欢穿着大裤衩趿拉着拖鞋，随意行走在密密的人群里被湮灭和被忽视。我是一个普通得不能再普通的男人，现在只是在努力找回自己，我的骨子里，从来就没有流过高贵的血，我只想找回我自己，哪怕会是那么的清贫。何况在天堂，世间的高贵和卑微又有什么分别呢？想告诉朋友此刻我很寂寞，想想还是算了，或许朋友此刻比我还寂寞。

烟已经燃尽了四根，停下笔的时候，就是铁轨咣当咣当不休止地呻吟，但这种声音，进入到旅途中人的耳朵里，却变成了最好听的催眠曲，因为这让他知道自己在路上，家就在梦醒的地方。

我想我也该睡了，记起朋友的叮咛，车上的光线不好，别写太久。那么我就停下来了，而且笔里的墨水也要干了。再燃一根烟，想到黎明到来的时候，我就能看到窗外不一样的景色了，那么我就可以用目光刻录下来，将这个旅程刻成文字。还可以在梦里，抹上第一缕朝霞的颜色，那是天堂的颜色。

五

　　提到拉萨，很多人都充满了好奇与想象，这个神秘的城市，究竟是什么样子的？临行前没有翻阅更多的资料，我想以自己最真实的感受来丈量和体会。也没有买地图或者记录旅途的线路，以致火车要经过什么地方心中都是一片茫然。不喜欢那种刻意的安排，也不喜欢循规蹈矩的前进，只要能把我带到目的地，怎么走又有什么关系。行囊里还有本余秋雨的《天涯故事》，时间那么充足，天涯那么大，正好享受属于自己的一段光阴。

　　列车闷头闷脑地穿行在城市与城市之间，每个城市里都住满了人，每个城市的楼房都很繁华密集，每个城市都有很多故事，看上去，似乎很美。可是城市之间相同点是越来越多了，区别却越来越少，导致常常身在他乡，依然感觉处身于自己的城市一样，没有什么不同，但也会因此而常常迷失，会偶尔的恍惚，不知道自己身在哪里。

　　车厢是安静的，与我的目光一样，也有三两个起来徘徊解闷的人。

拉漂的日子

男人或者女人，在车厢连接处沉默地吸着香烟，眼睛直勾勾地看着窗外，窗外是飞速漂移的世界。等待，或许是旅途中的人们最难熬的时光了。如果在家里，此刻或许正是喝下午茶的时候，阳光青草花香，伴着昏昏欲睡的半梦半醒，日子就会很惬意地迷糊过去。可是这样的日子对于旅途上的人来说，同样是消耗着时间，但内在的安宁与满足，是截然不同的守候。我的家乡很远，远到天涯，那里是海的世界，而今我要去向天边，离天最近的拉萨，听说那里的天比海还要湛蓝无边。

偶尔抬眼，旁边的女人又点燃了一支烟，看她一眼，她看我一眼，目光就这么冷漠地交流了一秒，而后各自回到各自的记忆里继续着翻阅。陌生是真的好，空间不会拥挤和重叠，连寂寞都显得那么的温柔。

每个城市都有很多的朋友，其实这些朋友，长年不见并不觉得缺少了什么，但在一个城市，又不能视而不见。人是群居的动物，过于冷僻，

对他人对自己总是无法说得过去。虽然在好多年前早已厌倦，但在很多年后，依然这样活跃在朋友之间，却无人理解这个中的不快乐。人同时又是孤独的个体，害怕寂寞又欢喜上寂寞，或许这才是很多人并不开心的原因。出发前还跟一挚友聊过，说自己其实是个内在自闭的人，只是外表看起来活跃而已。朋友说你要寻找阳光，不要逃避。说到这里，我就把话题转移了，她说的并没有错，只是她不一定能够懂我。还有比西藏更美的阳光吗？那么我去西藏是寻找阳光还是逃避呢？你无权要求别人去懂你，就好像你也并不一定懂得别人。有朋友能够关心以及惦记，就应该非常的满足了，哪怕交流不了心灵上的孤寂，但能够围炉热热闹闹地坐在一起，大碗喝酒大块吃肉，当下就是温暖和快乐的，至于酒后的寂寞，永远都只能属于自己，总有一个角落尘封着，是属于自己的别人无法进去。我不知道自己是否过早地就看到了本质的背后，所以才有一种莫名的忧伤潜游在骨髓里，无法抹去。一直在寻找着答案，尽一切努力和手段，但我却不知道要寻找什么样的答案，最终的是什么，这才是我的悲哀。这是种略带苦涩而无知的蠢动。

生活的真相就像是在剥芭蕉树一样，年轮是一年比一年粗壮和厚实，但一层又一层剥开，真实的最后，竟然是一无所有；如果你不去思考，也会分明看见红了樱桃绿了芭蕉，收获与播种，还要选择与守候在季节的每分每秒。早出晚归的日子，换来了柴米油盐的琐碎，更要分心于家庭的纷争以及儿女的成长，这种牵挂和想念，占据了你一生大半的时间，而后我们就这样悄然老去，有些人老有所依，而有些人老无所依，孤寡贫困至死。这让我想起后来在拉萨一个做慈善事业的朋友说的话："现在很多人都在关心失学和无助的儿童，这样做很容易，因为没有什么负担而且容易成名，却没有多少人去关心那些孤寡老人，其实他们才是我们最应该重视的帮助对象。"我知道朋友说这些话的意思，佛教也有"临终关怀"的教导，人活一世，什么都经历了，什么都明白了，却在临终之前无依无靠地苟延残喘着呼吸，面对病痛、贫穷、死亡，那种寂寞和痛苦，又有谁能体会和明白？佛说生老病死就是为人之最大不幸，也是人的因果业力轮回，权利和富贵都敌不过生老病死的折磨，因此，又怎么会真正快乐和解脱呢？"人生不满百，常怀千岁忧"，古人忧到今人，依然苦苦挣扎，沉浮空过。

也曾经对朋友说，我不想看见自己心爱的人在眼前慢慢老去。朋友笑，这个大家都是这样的，必需的。于是我不得不再次转移了这个别人眼里如此幼稚的话题。朋友却不明白我的疑惑，把一种无奈和注定当成是一种正常的、习惯的、必需的，无条件和理所当然地接受着，这是为什么？心结需要自己去解，朋友内心充满阳光，朋友能够走出自己的阴霾，我是那样地替朋友高兴，但我不能够告诉她，之所以有阳光，是因为漫漫长夜；也不能够告诉她，之所以有快乐，是因为痛苦在背后的隐藏。人要在灾难和意外面前，才知道曾经的快乐和充实满足是否是真实的。有些人一辈子都平安幸福着，那只能说是他修来的福报；但在这种轻易得到的快乐里，是不可能拥有真正的愉悦和解脱的，只能是随流沉浮的享受，享受在自己所认为的局限里，这是我的父亲母亲，这是我的爱人，这是我的孩子，这是我的房子车子，这是我的什么什么。汶川大地震，只在瞬间，就把所有的生命、财产和快乐掩埋，这只是人类所有灾难里的其中一个小小插曲罢了，却颠覆了多少人原有的认识。

当然，我希望所有的人，这些微小脆弱甚至卑微的生灵，都能够得到和拥有这一生里简单而轻易就能够满足的幸福。这是我的心里话，哪怕这一生是如此的匆匆，短暂得回过头来，就是一场梦的瞬间，但我们都应当好好地活在当下，去追求幸福。生活里面需要忙碌和操心的事情实在太多了，简单一点，多好。可是我生来就无法像大多数人那样逃避生老病死的问题，我无法不去思考生前以及死后，以及现在。这又是我的悲哀之源，过早看透了本质，却又必须游走在这些虚幻当中，而且赖以生存，甚至委屈自己，这不能不说是对自己的最大嘲讽。其实更多时候我比许多人都投入，对于生活，对于感情，这是缘于我的无助和恐惧。我还不能做到看淡生死，不能做到对我们的老去以及别离无动于衷。于是在有限的光阴当中，我想好好地疼爱与呵护，但不是每一次撒网，就一定会捕到鱼，也并不一定每一次捕到的鱼都适合自己的胃口。付出和回报就是这样，付出和得到，永远不会成正比，但不付出，就一定不会得到。于是，渐渐地越来越妥协于现实和压力，我知道这样的我开始渐渐与正常人走在了一起，但同时也知道，将会失去更多的原本属于自己本心的空间。为什么人一定要等到将死的一刻，回过头来，才能够明白曾经的是那么的并不重要？于是我决定远行，哪怕会是一场自我放逐，或者从此找回自己。

《天涯故事》一页都没有翻阅，每一个人的心，都是天涯，走过的每一段路，都是故事。写完最后一笔，将日记慢慢合上的一刻，春有百花秋有月，夏有凉风冬有雪，闭上眼睛，世界很大，很大的世界里，有一个地方叫西藏，那里有过我和那段阳光下最舒适的时光。

六

格尔木

天竟然是圆的。这是我踏上格尔木土地的最初感觉，也是我第一次看见天是有弧度的，天边四角往下用力坠，就像帐篷的脚，把大地给套上了。这一刻让我如此的好奇，从没有见过这样的景象。

当列车进入格尔木境地停靠的时候，是凌晨 5 点 20 分。在漫长的一天一夜火车颠簸之后，繁华的内地被抛在了身后。在之后很久很久的日子，我都会记得这个早晨，格尔木的早晨，也会在很长很长的时间里，会将格尔木与内地作为一线的彻底划分。因为从格尔木开始，世界就完全不一样了，不一样是因为这里跟记忆里所有的景致都完全不同，会是那样的陌生。

这个早晨好冷。内地却已经进入了逐渐炎热的夏天，但格尔木的清晨是冰冻住的。列车只能停留五分钟，这已足够让我披着薄棉衣踏着拖鞋踩在格尔木的地上。晨光泛着鱼肚青色，又不是，眼前仿佛伫立在别的星球上看着从未看过的光景。风是那么的大，脸冻得生痛，却无法抑制自己好奇的双眼四处张望，原来我所在的世界，还有另一个空间是我所未能看见和感触的。这种感觉很奇特，好像从前生活的种种，忽然之间变得那么不真实以及漂浮起来。在这一线之分的中间，我竟然分不清哪一边是虚幻，哪一边才是真实的世界，连时间和身体在这一刻也变得虚幻起来。

不知道你是否有过这样的记忆，当冬天或者早春，窝在被子里透过窗户看那种青色的天光，脸庞有点冰凉，但被窝是温暖的。而此刻，踏在格尔木土地之上的我，又回到了那种既笃实又空灵，既清醒又恍惚的空间，一个人的世界。我在哪里？

我在路上。我在格尔木，格尔木的路通向天堂。

无法用语言和文字来形容此刻的心情，连震撼两字都用不上，因为血液一下子就涌上了脑部，只管睁着双眼。我不知道我看见了什么，因为眼前的一切都是我从未看到过的。我不知道以前生活的世界里，还有这样的世界存在，我好困惑，为什么到今天才发觉？"圣域大美"，忽然就蹦出来这个词。这种美，是因为带着死神的气息，在苍凉死寂当中将一切都剑拔弩张，将一切都彻底撕裂开来。如果说拉萨是天堂，那么格尔木就是通往天堂的最后一扇门，是通往天堂的一道必经之门。当我从列车穿越长夜的摇晃当中缓缓醒来，一切都变了模样。昨天的种种反而成为了虚幻的过去，身心在这一刻仿佛获得了新生般的好奇。天地是那么广阔，我是那么的渺小脆弱，忽然想哭，毫无来由地想嚎叫，想放声长啸。第一次感受到死寂之地竟然如此大美。

云层很多、很低，一层接着一层，风那么大，吹得我头发和衣服乱飞，但好像对那些云层没有丝毫影响，云层就那么固执地厚重在眼前。视野在我走下火车的一刻豁然开阔起来。山也低矮，却连绵着，在天光里阴沉着心事，仿佛夜里浓浓的梦还未醒，连梦都是寒冷的，因为千万年来的坚硬与荒凉。格尔木无情地攫取了我的目光，第一次的惊奇与躁动，就像是情人那看似无情却有情的眸子，瞳孔扩散地看你，一路。

天路越走视野越荒芜，所有的颜色都是土的黄灰色，没有绿，没有树，甚至没有水。平野无尽延伸至天边，天还未大亮，我仿佛置身于另一个时空，忘记了过去，不知道未来。

据说修青藏铁路的时候，很多建筑工人长眠在这片寂静的土地上。而今我看见了苍凉，仿佛又看见了那个艰苦的岁月，以及那些曾经默默奉献的悲壮的灵魂，在这片苍茫的大地上呼啸着盘旋、留恋、依依不舍。血是黑色的，是大地的髓溢出。

山在晨曦当中渐渐露出了真容，黄的像金矿，灰的像银矿，折射着点点星光。山与地平线一同延伸，都那么的沉默寡言。浅薄与厚重好像都和这里搭不上关系，因为死寂。山上没有草，地上没有草，一眼望尽，没有绿色。这是另一个世界，与我原有生活的记忆是那么的截然不同，仿佛坐在了时光机器里，瞬间就到了另一个陌生的星球。一些曾经看过的科幻电影里的火星或者不知名的星球上的场景，就在此刻的眼前上演。这片苍凉的景致同时又让我想起了美国西部的牛仔片，那些冷傲孤僻的枪手，单枪匹马拖着阳光的影子，孤独地走在荒芜的死亡地带。一个人慢慢地走，忘记了前方以及身后，也忘记了女人和美酒。

阳光突然就绽放了出来，从云端从山隙折射而出，金光闪闪，将这片死寂的大地照得一片辉煌，竟然是那么的灿烂夺目。阳光是温暖的，却把这个世界映照得愈加清冷和寂静。阳光之下看见一些山头被终年的白雪覆盖，冷漠在天与地之间，亘古的禅定，哪在意沧海还是桑田的岁月变迁。

第一章 我选择了西藏

我看见了，那一弯碧水。在眼皮底下在风化的层岩下穿越而出。岩石沉默，为这弯爱意闭着眼睛，而这抹青却执意地经过，固执地要洗去这千万年的尘。强烈视觉冲击，让车窗之内的我，呼吸静止。没想到这片荒芜之地，会有那么一抹翡翠般的绿，像妖精一样妩媚和眷顾着这里的生灵。

几只黑色的大鸟不知道从哪里飞了出来。黑色的羽毛黑色的爪子黑色的眼睛，无视我们的经过，一直往山峦的深处剪影着黑色的时光。我以为是乌鸦，但更多地相信，这是传说中的三足乌，太阳的精灵。

不知是阳光追逐着列车还是列车追逐着阳光，一路跟随。金光已经遍满，越往前行，山色也开始渐渐由黄转白，因越来越多的地方被白雪覆盖。金色的阳光，皑皑的白雪，空旷的世界，我的灵魂开始脱离，仿佛整列火车，就我一个人在跟着窗外的景色起舞；仿佛这个世界，就我一双眼睛，读这天，读这地，读这无言而死寂的壮丽。

格尔木，烙入灵魂一生的印记。

031

七

可可西里

　　从没幻想过一群藏羚羊会在眼前奔跑，在自由的天地间无忧无虑地纵横驰骋。火车经过几个小时在格尔木苍茫的戈壁上奔驰之后，眼前景色突然间再次焕然一新。因为是六月初夏，可可西里境内草木已黄中泛青，盎然一片。可可西里，多么神秘而奇特的名字！在电视和画报上看见过关于可可西里的一些简介，印象最深的就是藏羚羊，这些活跃在可可西里天堂中的精灵，世界上独一无二的羚羊。因为身上那层温暖的稀有毛皮被人们滥施捕杀，成为了世界濒临灭绝的高原动物。这些残忍行径以及需求的可耻，对于此刻经过可可西里的我，好像并没有影响到什么，因为入于眼里的可可西里是那样的平静、辽阔、一望无际，没有猎人的枪声也没有人影，那些不时掠过眼帘的小动物自由自在地啃食着大自然的恩赐，甚至对于呼啸而过的列车也懒得抬一下头。其实人类对于大自然除了破坏还有过什么贡献呢？没有了人类，动物一样生活得那么自然与和谐，人类的自大自私若不改变，终有一天会被大自然所唾弃的。

　　从前听过可可西里这个名字，只觉得离我是那么的遥远，有时候一个名字就会是一个传说或者梦境，仿佛是永远不可企及的领域。而今我穿行在可可西里的腹地，虽然双脚并没有踏上这片神奇的土地，但已经是那么的满足，毕竟我是真实来过了，这个梦境中的土地就在眼前漂移，无声地壮阔。这种真实反而让我觉得太不真实，就像做着一场梦一样地漂浮着，在一夜之间抵达了从前想都不敢想的地方。我们来也好，去也罢，仿佛和可可西里并没有任何关系，她是那样的深沉而安静，大音希声。

　　我只怨列车的速度太过匆匆了，匆匆得无法将可可西里好好阅读。车窗外不断有藏羚羊和别的羚羊闪过，还有肥肥的野驴，甚至还有白狐狸和黄狐狸出现在视野之内，听说在可可西里的腹地，还有野牦牛成群游荡在自己的快乐天堂。人类在大自然面前，又有什么优越可言？我们需要厚厚的衣服保暖，而这些精灵却光着身子愉快沐浴着高原的阳光。眼前的景象让我想起了内地的一些野生动物保护区，相比于可可西里，那些保护区显得是那样的狭窄和幼稚，甚至残忍。天大地大一望无垠的可可西里，让灵魂脱离了躯体，随目光放逐在荒无人烟的世界，当真是曼妙无边的享受。

可可西里的夏天是最美的，因为一切都蓬勃舒展开了，这是最热烈和肥沃的季节。因为西藏高原气候恶劣，严寒冰冷的日子占据了大部分日子，春天和秋冬天的可可西里几乎都是白茫茫的冰雪世界（二次进藏是二月份，景致全变了），因此在短暂的夏季，生命没有理由不炽热到底。从前总是喜欢生如夏花，而今在可可西里，生如夏草，同样如此执拗，于有限的生命里展露出无限的激情，连那些野羊野狐野驴野马都不期然地欢乐开怀地畅饮大嚼以及跳跃起来。

可我终究还是一个过客，带不走可可西里的一根草一寸土，只有这种新奇而跌宕起伏的触动，会跟随今后的记忆，这也算是将可可西里拥

有了。眼前的可可西里，黄中带绿，绿中泛青，水草非常丰腴。草根底下，还有一层厚厚的植被。同车厢的一个在北京读研的藏族小伙子告诉我，那些植被虽然只有几十厘米厚，但要形成今天这个样子，需要几百万甚至上千万年的光阴。小伙子说一旦被破坏了，就永远没了。说这些话的时候，我分明看见了他眼中流露出来的淡淡忧伤。西藏是他的家乡，包括格尔木，包括可可西里，苍凉或者肥沃，记录的都是光阴以及骨子里的爱意。想到这里忽然感慨开来，为人类文明发展进步衍生的改变，今天我还能有幸看见格尔木和可可西里原始的面貌，很多年以后，我的子孙后代，还能不能看见呢？那时候的可可西里进入他们的视线时，他们会是什么样的心情？

许多事是不能细想的，我只能把握住眼前的一切以及此刻的感受。列车在可可西里心脏中穿行，我仿佛听见了大地的震颤，天堂越来越近，景色也越来越美，而我身后从前再熟悉不过的世界却越来越陌生了，我在哪里？一路上都在问自己，却没有答案。这么多年的不开心，原来是一直在寻找一个答案，关于快乐和幸福，关于自由和拥有，可是我一直都在迷惑着，不安着甚至痛苦着。天堂有我需要的答案吗？可可西里望不见边际的草原，素面朝天，这里没有什么是可以遮挡的，没有什么是可以隐藏的，赤裸得这样坦白、干净，只有青藏高原如此纯

净的天空和白云才可以这么坦然地俯视这片纯情。面对可可西里，我的灵魂也随之卑微和扭捏着，怀揣一行囊尘土奔赴静洁的天国，给那方神圣之地倾泻世俗的精神垃圾，真的是一种罪过。

如果说格尔木是世俗通往天堂的最后一扇门，那么可可西里就是过了这扇门后的绿野仙踪，一切都开始温暖和奔放开来。偶尔还能看见三两个游牧民族逐水草而居的帐篷，那些牦牛和羊群四散，还有欢快无忧的藏獒折腾着绿绿的青草和悠闲的牛羊，蓝天白云之下，一幅绝美的人间图画跃然于眉目之间。但车厢内的我，却像被囚禁在笼子里的浪子，眼睁睁看着那种自由和快乐被一窗冰冷的玻璃隔断，于是明白，总有一种快乐是我无法企及的，哪怕这种快乐是这么的简单；也总有一种向往是无法抹去的，哪怕这种向往是如此的艰难。

八

列车进入格尔木地段之后，开始了全车段供氧，刚开始我还不大习惯，因为供氧的地方就挨着卧铺头部上方，那"嗤嗤嗤"冒气的声音从一个硬币大的小孔里传送出来，凑近一闻有股淡淡的煮鸡蛋味道。从小到大没这样吸过氧，因此当全车段都开始供氧之后，感觉很奇特，对于高原的敬畏也逐步加深，一切都很陌生。进入甘肃之后就开始不断地穿越隧道和爬坡，到后来每次经过隧道时耳朵都会有反应，就好像坐飞机起飞和降落时候一样，耳膜会很不舒服。在供氧的同时列车也开始供暖，使得车厢内感觉不到窗外的严寒。

从格尔木开始，列车上的广播提示不能再吸烟，而车厢连接处壁上的烟灰缸旁也用汉文和藏文提示在格尔木之后禁止吸烟，这是因为供氧的原因。后来我才发现，这些禁令只是些摆设，因为长期走这线路的人都在抽烟，还告诉我这些氧气根本就点不燃，包括乘务员和乘警看见了也不会告诫阻止，好像压根就不存在这些危险问题。而内地带来的一次性打火机，在格尔木地段就开始失灵打不着火了，因为高原氧气稀薄的原因，后来才知道在西藏卖的打火机气体都是经过特殊处理的，同样是一元钱一个。

进藏的火车相对于内地的火车要高档一些，基本上都电动化了。热水冷水24小时不间断供应，空调和通风同样如此，厕所也采用了北京子弹头动车的设备，简捷方便。乘务员态度好而且勤快，基本上垃圾都能够及时清理干净，更让我意外的是进藏列车上的饭菜，虽然不便宜（一份二十元），但比起内地火车上十五元一份的快餐要好很多，就好像在城市里整洁明亮的快餐店里的食品一样，色香味都齐全，这让我又感慨了许久，因为从小到大除了米饭，别的食物我都不能够吃饱，所以这趟旅途着实让我体会到了一种满足。

虽然列车开始全段供氧，有些人还是感到了不舒适，毕竟这里是高原啊，处在世界上海拔最高的列车上奔驰，高原反应是正常的。有些人会心跳头疼，而有些人会不自觉地一直昏昏欲睡，还有的开始呕吐。来拉萨之后才知道有经验的人会在出发前一个礼拜就开始服用红景天，这是由西藏海拔几千米以上的一种植物提炼出来的抗高原反应的药物，据说效果不错，内地大药房都有卖，有口服液和胶囊两种，而在拉萨，一些内地来的出租车司机，会直接把红景天药材泡在杯子里当茶喝，不单抗高反，还能提精神。而我可能是生来命不金贵，旅途上除了过隧道时候偶尔耳鸣外居然什么感觉都没有，于是也就免了一笔开支。但高原反应还是因人而异的，很多人吃了抗高反的药也不起作用，最后只能草草结束高原之旅逃回内地。

第一章 我选择了西藏

因为视野的开阔，因此感觉不到列车运行的速度，眼前一马平川，偶尔有些山峦远远看见，安静得如老僧入定般的恬静低眉。在海拔四千多米的高原上，山就显得低矮了，没有树，没有人烟，也没有过去和将来，如果此刻一人一犛一匹马走在天地深处，世界都可以忘却。亘古的荒芜和孤寂将我的灵魂一路牵扯，以致我在天路当中一直都恍恍惚惚。

两次入藏经过，我都没有看见唐古拉山，也没有看见号称海拔最高的小小铁路养路站，都错过去了，虽然后来在去纳木错的路上经过了唐古拉山而且离得很近，但总有一种遗憾留在了青藏的铁路线上，不同的线路不同的视角，感受一定也是不同的。

可可西里过后，就是那曲县了，我对地理和人文本来就没有什么记性，对西藏更是苍白，因此记忆里只对看见的名字和景色好奇，也不会刻意为一个地方而去挖掘寻找它的历史，历史就是历史，今天过去，就成为了历史，更多的时候我只在意此刻。在经过那曲之前，看见了一面湖，大大的咸水湖，铁路将湖面一分为二，于是左看右看，都能看见她

美丽的风光。第一次路过是六月，湖水好蓝，色彩分成好几大块，深蓝浅蓝绿蓝墨蓝，说不出来的一种瑰丽变幻。各个地方都有很多很多的湖，但只有青藏高原上的湖是不一样的。一是这里所有稍微大点的湖都是圣湖，不允许人们玷污，因此常年清澈没有污染；二是在海拔这么高的地方看见这么大的湖，你会莫名其妙就被掠走了灵魂，因为湖是这么的美，天是这样的蓝，让人分不清是在童话世界里还是在真实现实之中。第二次经过，是在二月之初，湖面结了厚厚的冰层，接近岸边的水因为风的因素，结成的冰有一米多厚，翻卷或者龟裂地静止着，就好像汹涌的波涛被一种力量瞬间凝固了，冰的表层泛着盐巴的白，在日照下闪闪发光。湖的名字至今我都无法记起，虽然两次经过的时候乘务员和游客都说起过湖的名字。忘记又有什么关系，湖已经印在了心底再也剥夺不去。

那曲过后渐渐山清水秀起来，人烟村落也渐渐多了，不再是一望无际的荒芜地带。藏民的房子都是石头垒成，粗犷而简约，大部分的房子前面都围有一圈低矮的石头围墙，是夜晚圈养牛羊用的，白天牛羊都不在，很多很多圆圆的干牛粪包随意贴在墙上晾晒或者一堆堆放着，经幡和玛尼石随处可见。只有那些青山和青稞田野会让我想起了南方的乡下，一片葱郁的田园风光。到了这里，我知道拉萨已经很近很近了。

九

当乘务员告知到达拉萨的时间还有三个半小时的时候，我拿出了余秋雨的《天涯故事》翻阅起来。感觉自己像是快要到家的游子，目的地越近心反而越安稳，或许是这么多年以来漂泊惯了。

三个半小时，就是几千公里外的距离了。在欧洲，几千公里可以去好几个国家，而在中国，只不过是从东到西的一段路程。进藏沿途美丽的风景看得我有点神经衰弱、视觉疲劳，所幸还有心情看一看书，否则这书算是白买了。到了拉萨，我不知道我还会做些什么，面对这块陌生而神圣之地，只有放松心情坦然面对。此行本来就是为了释放的。

翻开《天涯故事》，第一篇竟然写的是海南，有点错愕，也有点恍惚，海南是我的第二故乡。海南在天之涯，而西藏比天涯还远。在火车站买这本书的时候，并没有翻阅里面的内容，而是挑选了半天，终是因了这书的名字——《天涯故事》，感觉与当时心情蛮相似的，于是买下。余秋雨的作品看得不多，买这本书，纯粹是因为漫漫旅途上光阴需要消遣打发。

海南，书里写的多是在海南影响较大的一些人和一些事，感觉上不是那么好看，多了一些摘

录以及引用，少了一些作者本人的提炼，但有些字句还是让我产生了感触，如写到黎族姑娘的时候，说她们的眼睛，像海。海南的海很蓝，直到后来在西藏，才发觉高原的天空比海还要蓝，高原的湖泊同样如此。

文章提到了冼太夫人、邱浚、海瑞、苏东坡、黄道婆等历史名人在海南的故事，也提到了海南被大陆文化所忽略的遗憾，但这些都不是触动我的地方，因为随便翻开历史，都可以找到这些让人惋惜的章节。更多的感慨仍是源自于书名，以及人在天涯的感受。

在进藏的途中，我竟然忘记了自己在海南生活了十多年的光阴。是因为那里没有什么值得我记忆的故事还是我确实走得太久太远了？我不知道，只知道这颗不安分的心，被一种燥热紧紧地包围。

那是个很美的岛屿，绝对与众不同的一个城市，只要你去过，终生就不会忘记那里的阳光、椰子树以及沙滩海洋。而且在这个城市生活过的人，离开了会明显发觉差异的是呼吸当中的空气，海南没有什么污染，所以一年四季都非常的清新爽朗。青少年时期，我基本上都是在这个岛屿上度过的，但为什么就是没有非常强烈的思念以及爱呢？或许是因为海南岛被整个海水所包围，让我有种漂浮不踏实的感觉？

看了余秋雨文章里提到的一些风景，我竟然是麻木的，好比天涯海角以及鹿回头，这些被人们钟爱和不断装饰的浪漫传说，在我眼里，就是几块石头突兀着僵硬的寂寞。我更喜欢海南的天以及海南的海，天上的云很低很白，海很蓝很清，它们随意游走和存在着，并没有什么特别的故事，而他们的心事，也只有椰子树以及海风偶尔认真地倾听，更多的时候，大家都是沉默着各自的过去。后来在西藏，蓝和白的色彩感受竟然要比在海南强烈了百倍，这不得不说是一种非常巨大的震撼。

很多时候，生活是需要沉淀的，好比我自己，那些青春走到今天，能够沉淀下来的究竟有多少？除了荒唐与任性，就剩下年轻了。来得太容易，所以走得也很轻，记忆里也就少了许多的重量。那么海南是不是也因为这样？一个孤立了很久很久甚至几乎是与世隔绝的岛屿，在一夜之间与现代文明紧密联系在了一起，在改革开放的潮流之下，变得既不现代又不传统，让人不知道究竟怎么看它理解它才是正确的。那么西藏呢？西藏会不会也是这样或者说今后同样会这样？这是我最担心甚至是带点悲哀的想法。其实整个海南岛，就是一个天然的画图，但如今被文明的冲击，弄得不伦不类，荒唐古怪起来，一方面依旧是完美的景致，另一方面却是一些文化断层而又强行被潮流灌输的人文精神，洋不洋土不土地让人疑惑和反感着。那么西藏呢？这个号称人间的最后一片净土，还能够持续多久的纯净？

余秋雨只是偶尔地在海南走了几圈，偶尔翻阅了一些历史书籍，然后不痛不痒地挠了海南岛几下，对于海南，他把它上升到了中国地图版图上的一个问号，他认为海南的文化与历史被我们忽略了，最后他将这个问号又肯定成一个句号，似乎因了他的文章，而给海南岛重视和完美起来。我很希望余先生能够写一篇关于西藏的文章，让我能够从中看到一种厚重和动容。

拉漂的日子

　　个人以为，一些地方保持传统的原始本地风光和人情风俗，才是最重要的，才会给来到这里观光的人们一个心灵上真实的撞击和感受，甚至是灵魂上的升华，而不是物欲横流的利益驱使，弄得这片土地完全失去了往日的淳朴和安宁。有些地方，是不适合大规模改造开发的，一旦被改变，丢失的不仅仅是文化和历史，而是灵魂。

　　我的家在海南，我的朋友多在海南，但在我的记忆里，更多的只是这里的天空以及大海，人和事，变得越来越不清晰，甚至大多的，竟然忘了。一个很容易就会被遗忘的移民城市，内在都是轻薄脆弱的，听说拉萨现在也是这样，各个城市涌来的人比当地人多出很多，各行各业的店铺几乎都是内地人开的，想到这里，未免彷徨不安。

十

东北大姐

人在旅途，是否陌生才是最安全的距离和温暖？

当你看见头顶上仿佛伸手就能触摸到的那些云朵，当你看见牦牛在草地里悠闲地啃着嫩草散步的时候，你才会发现自己真的走得太远了，回家的路渐渐已忘却，陌生当中仿佛又那么的熟悉，这是在梦里还是在曾经被自己遗失了的天堂？天堂不远，甚至从未离开，是自己走得太远，为一些诱惑，一些愚昧，一些贪婪，而忘记了自己曾是蓝天白云的主人，是太阳的儿子。

列车要走满两天两夜才能到达，于是旅途上除了睡觉吃饭看书，唯一打发时间的就是闲聊了。我不是个善于聊天的人，但有时候就这么奇怪，如果大家被封闭在一个狭小的空间，陌生的人往往能够很谈得来。是不是因为陌生所以没有了顾忌？虽然都知道下了火车从此就各奔东西，而且这辈子也许不会再见上一面，但在旅途当中，有时候却是如此的亲切和温暖着，这个感觉非常奇怪。

对面上下铺是两个中年大姐，一个是医生，一个是护士长。后来知道其中医生大姐的儿子在瑞士读研，护士大姐的女儿在日本留学，条件都非常好，而且从她们口中能够感觉到这两位母亲的欣慰。

两个大姐都是东北人，让我感觉有趣的事，是从吃开始的。她们将报纸在床上一摊，馒头、大葱、生黄瓜、生蒜、面酱、烧鸡，毫不在意就用手折腾开来，嘴里啃着手里抓着还朝有点惊讶的我含糊相劝：也来整点？虽然我并不喜欢这种菜肴口味，但还是很温暖地笑了，觉得像是一家人似的没有生分的感觉。我说不大能习惯这种吃法，或许这是北方人的习惯吧？医生大姐就乐了：这算什么啊！我们那边女人很多都会抽烟喝酒，在馆子里一人一瓶白酒很正常，太小意思了！于是我眼前就浮现出一幅充满朝气的豪爽画面，那种热火朝天的景象，如果是在北方寒冷的冬夜，一个异乡的过客，能够与这样的陌生女人们共桌畅饮，会是怎样的温暖？

火车在咣当声里闷头闷脑地前行，全然漠视着窗外美丽的景色以及车内的人们。只有那一双双眼睛在渴望和迷惑着窗外的蓝天碧草和浮云。医生大姐除了睡觉和吃东西，就是长时间地坐在床上对着窗外发呆，导致我在看书的时候会经常习惯性地抬头看她一眼，又看看窗外。护士大姐性格很温柔，低调，一直照顾着医生大姐，给她倒水或者安排吃的，偶尔跟我说说话，属于那种涵养好并且内秀之人。而医生大姐看起来性格比较逆向，从后来她断断续续的交谈当中，我觉得她生早了二十年，错过了许多她本来可以实现的梦。

医生大姐说，她在大多数人眼里，应该是属于有点神经病的人。放下手里的书，我安静地听她说话，而护士大姐静静地坐在她旁边，偶尔会给她一个带点心痛又表示欣赏和理解甚至是有点羡慕的表情。

不管年龄有多大，或许女人都爱做梦吧，这个我从来不会怀疑。于是我听，以及记忆，记忆下这段旅程的某个故事，好让这个旅途变得有味道起来。

医生大姐说，在有生之年，好想走走，走一些自己喜欢的地方，包括国外。她说最喜欢的是美国，去过一次，现在就想去那里定居。已经办理好了自己的手续，但又改变了主意。我说，您一个人去，您爱人在这边不是太孤独了？医生大姐没说话，护士大姐看我一眼，也没有说话，于是我觉得自己太唐突冒失了，好像说错了什么。

护士大姐向医生大姐说：我真没见过像 *** 这么好的男人，这样的完美。她说的时候，眼睛边看着我。医生大姐看着窗外接过话题说：是的，他对我太好了。没想到四个月前，就这样走了……我才明白，大姐的爱人已经去世了，而且还没多久。当女人打开话题的时候，你不需要去问，只需要安静地陪伴以及偶尔一两句及时的恰当之语，时间和距离就会被轻描淡写地忽略。

"他好帅气，儿子也全部继承了他的优点。"大姐像是在自言自语地回忆。我没有打断这淡淡的忧伤，忽然觉得这种忧伤好像更适合车厢此刻的氛围，而且跟窗外的景致非常搭配，窗外的白云很低很低，很白，完全静止在蓝得发慌的天空下。

"他很有才，长期在国内外出差，而且有个别人羡慕的重要职位，他的朋友遍布世界各个角落。"医生大姐继续着自己的故事，而这时候护士大姐插了一句：是啊，举行葬礼的时候，国外还来了好多人。"他是那么的完美，而且专一，他临走的一刻，握着我的手轻轻说：为什么，我就那么地爱你呢？"大姐说到这里，伸手拿起了桌上的纸巾盒，抽了一张又一张，眼泪还是止不住地往下掉。

"我曾经那么任性，他都从来不会责怪我半句。夜里我在床

上吃瓜子，一些瓜子壳把他扎醒了叫了出来，但他只是笑笑，整理干净而后抱抱我接着睡去。我要去哪里他都会满足我，而且现在留下了足够我下半生花费的钱，他怕我受苦。而且我还曾经有过一段婚外的感情，他都当没有发生过一样继续这样对我好。忽然觉得很可怜，一个人就这样绝情地走了，留下我一个，还有什么意思？"大姐的悲哀也感染了我："是啊，爱到最后，或许越是浓烈，越是受伤，留下的一个，要怎样去面对过去曾经一起的记忆？"我茫然地接了一句，仿佛自己就是故事里的其中那个。

"你看我姐像不像三毛？"护士大姐突然问我。我不知道怎么回答这个问题。三毛以及三毛的故事，于我的想象里，就是一个另类而带点叛逆的女人，但往往就是这样的女人，才会有着比大多数人更浪漫和曲折的故事，才会引起旁人无边的遐想和欣赏好奇。三毛是不幸的，就像大姐自己说自己那样：带点神经质的人。但这个社会，什么才是正常的，什么才是理智的，什么才是自我和自由呢？苟且和任性，究竟哪一个才是值得我们学习和经历的人生？

于是我们聊起了三毛，以及三毛记忆里重要的男人。车窗外牦牛在蓝天下悠闲地啃着青草，青藏高原被铁轨分割成了两个世界，我不知道哪边是真实的，哪边是重要的，而那些一层挨着一层的白云，依然静止着，仿佛从来就是这个样子，没有过去，也没有将来。

医生大姐看我总是习惯性地书写记录，于是半开玩笑半认真地说：你一定要把姐写进文字里。合上笔记本，我很认真地点了点头，我说会的。大姐又开玩笑说：你真像西藏康巴的小伙子，高大精神，充满阳光活力。护士大姐就笑了：西藏我们还会来的，下次来，专门来看这个康巴的小伙子。车厢里就飘起了一片欢乐的笑声。

其实没有结果就是最好的结果，过程里那些微不足道的，却往往会是记忆里最难忘记的，而一些自己以为最难忘记的，却经常会在突然回首的一刻，才发现它们早已不知道被自己忘记在了什么日子，遗失在哪个角落了。我们这一生，爱过吗？爱得多深？爱过多少人？又曾经为爱付出过多少？这样的问题，常常会被自己逃避开去。有时候就像是这趟一直前行的列车，命运之轨迫使我们只有前行，哪怕风景再美，都只会是曾经。

陌生的两位大姐，谢谢缘分，让我们有了这两天两夜的相逢，有的人相伴一生，也数不出几次深刻的记忆，而有的人只相聚片刻，却会是一生的回忆。在列车停靠拉萨的时候，带着青藏高原的美丽，送上康巴小伙子的祝福，大姐，人生一路走好，去寻找属于你梦里的天堂。

十一

土登格烈，这是个藏族名字，也是我学会的第一个藏族词语。

土登格烈是一个拉萨某单位保送去北京读研究生的小伙子，北京因为要开奥运会，学校都放假了，于是得以和我同缘在一趟列车上。小伙子个子不高，皮肤黝黑，其实藏族人特别是男人很少有皮肤白皙的，这个和高原气候有关系吧，大多显得与实际年龄不符，容易显老。但是藏族男人很多都轮廓分明，一张黝黑的脸透着一种刚毅和英俊，土登格烈就是这样，微微的笑带着高原特有的阳光味道。

漫长的旅途上时间难以打发，因此很多人都喜欢和陌生人聊天，海阔天空地神侃。而一些进藏徒步或者登山、旅游的人更容易相识，甚至

拉漂的日子

下火车的时候，已经成为了莫逆之交。在拉萨拉漂当中有个玩笑，常年待在拉萨的拉漂们如果从内地回来，将在火车上认识的陌生人介绍给拉萨其他朋友的时候会说：这是火车上捡来的。捡字用得很风趣，也体现出很多年轻人因为冲动和冒失不管不顾地跑到西藏，成为没钱又无家可归的流浪儿似的。这样的年轻人在拉萨逐年增多，也不知道是怎么了。

和土登格烈聊天，得以知道了一些西藏的民俗风情，原来藏族名字是没有父姓母姓的（只有以前古时的贵族才有姓氏），起的名字只要吉祥或者好记就行。"土登"意思是坚强、"格烈"是完美的意思，小伙子说就喊他"格烈"吧，我觉得蛮有意思，于是就记住了。还有些藏族名字取名更随意方便，在游牧区出生的孩子，如星期一出生的直接就取名字叫"星期一"了，如此类推，比如月亮、宝贝、仙女等等，都是随意就变成了孩子的名字，于是我好奇地问，那不是有很多同名的人？登记起来很麻烦啊？"格烈"也有点不好意思地点点头，我忍俊不禁地开怀大笑起来，为这种陌生而自然有趣的生活方式。后来在拉萨知道了更多的西藏风俗和典故，也结交了更多的西藏朋友，但列车上和格烈的这次遭遇，印象还是非常深刻，因为是第一次与藏族朋友接触，虽然到了拉萨下车后再也没有联系过。

而另一个同样是在火车上认识的藏族朋友老家是青海的，三十岁的样子，长得五官端正壮壮实实，他叫"更藏"，但他们念起来的音却是"格桑"。他的故事让我很惊讶。

格桑人很忠厚老实，正如大多数藏族人那样，问什么就回答什么，有时候还露出憨憨的笑容，两排洁白的牙齿令人觉得很亲切。格桑告诉我青海的藏族和西藏的藏族也有着很多的不同，包括藏历年以及语言，但信仰是完全一样的，但除了他自己。我很好奇地追问原因，格桑说他们全民信仰佛教，在他五岁的时候就在青海出家当了小和尚，这在藏族是很普遍的事情，只要家里有几个男孩，父母都会让其中一个男孩去出家，藏族人认为这是一种功德和福报，也将未来的幸福寄托在出家修行的孩子身上，期望他能为家族带来福祉善果，同时这也是一件荣耀的事。

格桑说，在他十多岁那年，村里忽然来了个基督教的传教士，每次看见他就跟他说话，还给了他好几本基督教派的书籍。最初格桑并不搭理他，而且还很讨厌，但时间长了慢慢就有了交谈，而后是好感，最后不可思议的是，格桑居然信了基督教，而且一发不可收拾。这在全民信仰佛教的地区，是不允许也不可想象的，而且格桑还是个和尚身份。最后格桑干脆脱了僧衣还俗皈依到了基督门下，这让他的家人很愤怒，把他狠狠揍了一顿，而且赶出了家门。村里人以及寺庙都无法容忍和理解格桑的行为，格桑却我行我素，离开了家乡去了西藏，和一些信众在西藏地区艰难而虔诚地布道。

这让我听得目瞪口呆，虽然我不了解西藏，但也知道整个西藏几乎都是佛教的教众，而且信仰根深蒂固，一个藏人在这样的氛围内进行宣扬别的教派的举动，无疑是很危险而且会被视为异教徒的。格桑自己也承认，确实很危险，而且经历了好几次差点丢掉了性命的事情，特别是在一些偏远的游牧地区。但是格桑说这是难免的，而且为了教派的真理，他没有理由不去做，为了让更多的人信仰，没有理由不继续做。说这话的时候格桑满脸都是虔诚的光泽。像他这样在西藏进行传教的人有三十多个，弘扬起来比较艰难，格桑说这话的时候神情又有点黯然。沉默了好久，我问格桑，基督教给了你什么？格桑于是两眼放光，他说看了基督教的书之后，内心升起了从来没有过的平静和力量。格桑说基督教的教义是最伟大和完美的，他说幸好给他遇见了，否则这辈子就错过了。

窗外的景色很葱郁，色彩很像我家乡南方的小村庄。我呆看着窗外无语，脑海里全都是格桑的故事。每个人都有自己信仰的自由，但像格桑这样的人却不多，而且是在青藏高原这个很多人生生世世崇信佛教的地方，更是不可思议。我想跟格桑说些什么，但看见他那坚定的目光，于是什么都说不出来。我想告诉格桑，佛教也是很伟大的宗教，而且是目前所有宗教里教育体系最完整知识最浩瀚的，可是，格桑应当比我更熟悉这个吧，他从五岁开始就穿上了佛教的僧服，我能告诉他什么呢？只要他的心灵是充实的是平静的是满足的，他又有什么错呢？何况所有的宗教都是与人为善劝人解脱的，信什么教又有什么关系？这一刻，格桑是沐浴在自己的光明和理想当中，再也没有什么力量可以将他改变。我应当替他高兴才是，毕竟他坚定了自己以及今后的道路，甚至他认为他找回了真正的自己以及精神上的导师，这和佛教的教义也没有本质上的区别。我在心底默默祝福格桑的同时，却有一种莫名的遗憾升起，也不知道这是为什么。

　　下车的时候，我们相互留了电话，在拉萨的后来几天，格桑打过我的电话，还请我在大昭寺后面吃了有生以来第一顿藏餐，全是牛肉，还有萝卜土豆，味道蛮好的，我也请格桑吃了一顿川菜，而后因为我换了手机把格桑的号码弄丢了，格桑自然也找不到我了。缘深缘浅由不得我们，我只知道，格桑是个好人。

　　记得格桑不喝酒，也不抽烟。

第二章 触摸天堂——拉萨

一

习惯了内地火车站的人潮汹涌，习惯了各种气味混杂熙熙攘攘的纷乱，因此当我踏上拉萨的土地提着行李步出火车站通道的一刻，着实为眼前的景象吃了一惊。

拉萨是西藏的首府，也就是内地说的省城，可是眼前的一切都让我很不适应，因为冷清，这是我没有预料到的。眼前除了百来个接车的人以及一排等客的车辆之外，就是几条宽阔而安静的马路，而后四面是山，将火车站包裹着，一山连着一山。已是晚上九点了，天却还亮着，将路灯逼仄成昏黄的弱弱一线，虽然是在夏天六月的晚上，风还是很冷，透进了衣服，使得四周的景致显得愈加清绝。

拉萨火车站很干净。甚至是过于干净了，干净的山，干净的路，干净的建筑，干净的站台，干干净净的晚上。火车站的道路和建筑都很大气，被群山一抱，更显冷峻孤傲。我茫然地看着，高原，西藏，拉萨，对上的第一眼，竟然就这么的与众不同。

虽然有点冷，但空气也是从未有过的清新，都说西藏高原缺氧，但此刻嗅进鼻子里的清爽是沁人心肺的一种冰凉，没有一丝浑浊的气味。或许是心情有点激动，也或许是走路快了，呼吸瞬间就开始缺氧、急促，连点根烟深吸一口都觉得很吃力，这时候才真正领略到什么叫高原气候。不过很快就平稳了下来，然后看见远处朋友在招手的笑容。无法想象两天两夜之后，我会从北京来到这里，站在数千里之外的高原之上，看云淡风轻的天堂。都说人生如梦，这个拉萨的夜晚，比梦还浓，我仿佛在梦里看着梦中的景致，已经分不清是在梦里还是梦外，是灵魂还是身体

在游移。

汽车穿过美丽洁白的拉萨大桥（以哈达的造型建筑的），就进入了拉萨市区，火车站离市区不到二十公里，这时候天色已经完全暗了，一路上藏式房屋随处可见，基本没有什么高楼大厦，后来才知道，拉萨最高的建筑除了山丘上的布达拉宫，就属大昭寺了，当地有个习俗，任何民用建筑都不能高过大昭寺的金顶，因此这里的楼房最高也就只有六层，或许也因为是高原缺氧的原因，楼房太高又没有电梯的话，爬起来是要命的，有电梯晚上睡觉也不舒服吧。拉萨平均海拔是三千六百米，在这里住习惯了也不觉得怎样，但在内地如成都平原，三千六百米高的一栋建筑是什么概念？因此青藏铁路被称为天路，也是有道理的，这条铁路的修通过程其艰难程度也可想而知。

当然，拉萨的街道都是平整的，并不像一些无知冒失的人以为的那样：踢个足球会不会滚到山下？这个笑话是后来一个藏族朋友告诉我的，她很无奈，在内地读大学的时候经常会被内地人问些莫名其妙而且唐突

无礼的问题，她说内地人怎么如此无知和怪异。后来我才发现，内地来的朋友，确实很多人都非常不礼貌，不尊重当地风俗习惯，这也造成了汉藏两个民族之间的一些摩擦和误会，这不能不说是一种悲哀。按理来说内地人多是有文化见过世面的，但往往是这些人因为自私、贪婪和虚荣，来到西藏反而显得素质异常低下和恶劣，甚至很白痴，这不得不让人反省思虑，在西藏这样的人随处可见，看了只能在心里摇头和厌恶，此是后话。

朋友关心，在车上问我有没有什么不适应，我说感觉挺好的，于是朋友说喝酒去。行李还没放下，就被朋友拖去吃了一顿火辣辣的火锅。其实初到高原，是不应该喝酒和洗澡的，因为血管的压力还没适应，而且毛孔的扩张很容易导致感冒和肺积水，在西藏感冒一次会拖延很长的时间都不能痊愈，但我无所谓，凭感觉就好。但高原就是高原，平常酒量还将就的我，两瓶拉萨啤酒下肚就开始晕了，呼吸也困难起来。不过，拉萨啤酒是我所喝过的啤酒当中味道和口感最好的，这不能不说是又一个意外的收获。

二

　　拉萨有个浪漫的名字：太阳城，意为神佛居住的地方。我就在神佛居住的地方睡了第一个晚上，睡得很香很沉，睡得没有了梦，没有了黑夜与白天。拉萨是让人灵魂安息的地方，从未有过的放松和满足，在这个夜里得知，世界被格尔木一分为二，世界也被这个夜晚一分为二。

　　在西藏有个传统，不管是多么边远的藏族地区，藏民每年有最好的东西都要先供养到拉萨，在当地老百姓心里，拉萨的神佛是最高级别也是最灵验的，所以信善不论家住多远，都以来拉萨朝圣作为一生之中头等的大事，有很多人甚至是三步一拜五体投地磕长头来到拉萨，有些要几个月，有些甚至要几年时间才能到达。在西藏旅游，经常可以看见这样的场景，一辆马车，上面堆满了日常生活用品和供养佛菩萨的物品，还有帐篷，而后是父亲领着儿子三步一拜走在公路上，母亲在车上或者旁边走着，一家人行动，满脸风霜，衣服陈旧不堪。也不知道他们从哪里来拜了多久，也不知道他们还要拜多久才能到达拉萨。这些长途膜拜的人们，衣服前面都会戴上一层牛皮做的长皮衣，这是因为可以长期摩擦地面而不至于损坏衣服和皮肤，手上都套着木屐来保护手掌，额头因为长期与地面的碰撞，鼓起蛋大的黑黑圆圆的疙瘩。看见这样的场景，未免会唏嘘感叹，为他们的毅力，为他们的信仰，为他们的执著。相比于这些人，那些从内地骑自行车或者徒步进藏的人来说，艰难和意志力又算得上什么呢？这些藏民不单劳其筋骨，而且到了拉萨还将一年中最好的收成或者最珍贵的东西全部捐给寺庙供养，这种精神，是我们无法理解和想象的。看见他们，我除了尊重，就是长久长久的沉默。人活着是为了什么？这样的问题，永远都只适合在内地，西藏没有这样的困惑，这里很纯粹，简单纯粹得只剩下生和死的唯一。不来西藏，我永远都不会明白，也永远会活在那些蝇营狗苟、患得患失、争名夺利、尔虞我诈的痛苦、挣扎、沉浮的虚度当中。什么都想得到，最后什么都带不走，所以才会有"人活着是为了什么"这样的悲哀与无奈吧。

我无意在西藏长住，因为这里的文化和气候条件并不适合内地人，甚至内地人在高原连怀孕、分娩都是不安全的，我们的身体我们的思想，被高原无情地拒绝，在高原我们是这样的脆弱，哪怕攀登过雪山，徒步过墨脱，但终究只能是个过客，我们被污染得太严重了，以致无法在最纯净的地方长期生存，我们习惯了细菌，纯净竟然会是我们致命的病毒。

但我还可以在西藏走走、看看，可以将西藏的感受烙进心里，让自己知道还有这样一个天空存在于我这个世纪，还可以有一个关于纯净无染的梦伴随这后半生，所以我要尽量停留，再停留，将西藏好好感受，毕竟，我什么都带不走，也不忍心带走，那么我可以将灵魂留下，永远将高原守候。

后来，跟朋友聊起这段心事，朋友说西藏其实存在很多并不阳光的角落，你的想法也太理想完美化了。我不想解释，朋友说的我都知道也经历过，但这些能妨碍西藏的大美和本质的纯净吗？山在那里，湖在那里，青草牦牛格桑花在那里，一切都在眼前裸露着，为什么不看看这些撞击灵魂深处的大美而去在意那些细小的瑕疵呢？很多东西是无法简单说明与划分的，比如素质和文明本身是一体的，但文明就真的是绝对的真理吗？当我们得到文明的同时又失去了什么？或许失去的却是最宝贵最本真的东西。

凡事极端过后就会反弹，本性和聪明、愚钝是没有什么关系的，哪怕别人心如明镜般透彻，或许因为本性的原因，我还是愿意当猪，那只不过是不想去计较和不在意罢了。聪明和愚蠢，并不在一件事和一时之间，这个需要一生甚至多生以及真智慧来定论。

我对西藏的情感不是因为来到这里也不是因为道听途说，而是一种从未有过的想亲近的感觉，这种感觉甚至像是一种被无形控制的驱使，或者说是一种宿命的使然。我想，我会慢慢习惯的，而且会停留很长一段时间。

三

在一个陌生的城市，一切都是新鲜的，何况这里是西藏，是拉萨，是藏族同胞生生不息的地方，而且因为信仰，使得这里的一切变得愈加的扑朔迷离。可以说，西藏是全世界传说和神话最多的地方，也不奇怪，因为这里的一切都那么的与众不同。我无意去研究西藏的历史或者藏传佛教的起源和发展，这些自有学者和有心人去挖掘，我只想海阔天空没有目的没有计划地游走和感受，用自己的所见所闻所想，给自己心中的西藏画一幅清淡的素描。

俗话说三军未动，粮草先行，租了房子，为了省钱，先要解决吃的问题。可是在拉萨自己做饭成了我最头疼的问题。因为是高原，这里的燃点只有80°，因此大米和面食等都需要高压锅才能压熟，而我按当地人教的方法却始终无法将饭一次性煮熟，每次都要加水重煮，还经常弄糊了锅，这是我来西藏之初最烦心的事情。而且当地人所教的方法又各不一样，常常弄得我手忙脚乱最后还是以失败告终。直到经过很长时间的摸索后才算是把煮饭学会了，其实关键是水要放多，因为在开锅之后还要继续大火煮几分钟，然后再小火煮几分钟，关火后再等气完全散却再揭盖，这样饭就能熟。但水又不能放得太多，否则会成了稀米，而且不同的米种放水多少和时间也不相同。小小一个煮饭问题，却直接影响到了一个人的生活生计，不得不说事无小事，半点也马虎不得。

吃和住解决了，而后是洗澡问题。西藏的水很冰冷，哪怕是六月夏天，白天的自来水还是冰得刺人，洗碗洗衣服稍微时间长点手就会被冻得僵痛。在拉萨夏天能够洗冷水澡就相当于内地冬泳一样了。虽然房里有煤气可以烧热水，但环境实在是太冷，因为西藏没有供暖，自己烧水洗澡还是受不了而且不方便，所幸的是拉萨各个区域都有简易的私人澡堂提供方便，澡堂不像内地，是单人间的小房子，都安了浴霸，热水也很烫，

拉漂的日子

这就暖和以及方便多了。一般洗一次是五元，有些是七元。在拉萨不需要天天洗澡，因为会去除了保护层，而拉萨又异常的干燥，夏天也不会轻易出汗，每次洗完，讲究点的人都要全身涂抹润滑油，否则皮肤会非常的干燥甚至龟裂。来西藏的人什么都可以不带，但各种润肤油和防晒霜、唇膏是一定要带足的。当然，像我这样干燥得鼻子流血嘴唇爆裂皮肤过敏也无所谓的人是个例外。

很多不了解西藏的人都会犯一种可笑的错误，就是认为拉萨很落后很贫穷，什么都没有，于是有些人来一趟几乎把内地日常生活用的东西都带来了。有的人甚至带了几十包的方便面过来，怕吃的东西不合胃口怕没有吃的。这些都是没有必要的。西藏现在几乎什么都有了，只要是日常用的吃的不用发愁，拉萨的大小超市有无数家，卖的东西跟内地一样。而且拉萨现在周边还建了不少的蔬菜暖棚基地，在这里吃的青菜都很新鲜，还有很多肉类以及蔬菜通过汽车不断地从内地输送过来，因此没必要去考虑这些问题。只不过，在拉萨的物价和消费，还是比较高的，蔬菜基本上是三四元一斤，像荷兰豆卖到了十二元一斤；一个鸡翅（只

058

是翅中)的批发成本将近二元,一般路边小餐馆一盘炒蔬菜基本都是十多元以上,加点肉就是二十了;一碗普通小面或者炒粉炒饭都要七八元,对比上海和北京,都要高出许多,这也是因为地理位置的原因,所有的东西都需要从内地输送进高原。我们常开玩笑说,拉萨最便宜的就是啤酒了,这里的小酒吧基本上一瓶或者一听啤酒都是十元钱的价格,小瓶装的十五元。(注:以上价格为2008年时的物价水平)

说起西藏的干燥,我在北京住过几年,北京已经算是国内很干燥的城市了,但相比于拉萨,实在是小巫见大巫。在拉萨,哪怕每天喝两斤水,皮肤还是干燥的,哪怕天天涂唇膏,嘴唇还是爆裂,哪怕开着空气加湿器,鼻子还是流鼻血。我到现在每天嘴唇都会因为干裂疼痛,早上起来吐痰擤鼻涕都会带出血丝,习惯了也就不觉得有什么。这种干燥对于内地人来说是很不适应的,但凡事都有个代价,毕竟西藏这么遥远这么美丽,付出一点辛劳和代价也是应该的。还有一个需要有心理准备的就是掉头发,在西藏很多内地来的人都会掉很多头发,估计是高原以及紫外线的原因,我们的身体并不适合这里。要针对上面的这些问题,最好的方式就是喝酥油茶。酥油茶对于高原的人来说,是不可或缺的宝贝,藏族人每天都要喝,既防干燥又抵抗寒冷,但很多内地人都喝不习惯那种味道。其实酥油茶真的很香,一种悠久而沉淀的香味。

还有一个无可奈何的关卡,也是个现实问题。内地人每一次离开西藏再回来,高原反应会一次比一次厉害。高原反应是一种难言之苦,很多人的反应都不一样,严重的什么都吃不下,晚上头疼得睡不着,呼吸困难一点气力都没有,严重的还会不断地呕吐。而有些离开了几个月回来的朋友,哪怕之前在拉萨待了好多年,也会非常地难受。前几天一个朋友从云南回来,就说晚上根本无法入睡,而且在和我说着话的时候,鼻血就像泉涌一样地冒了出来。当然,这些反应是因人而异的,并不是体质好坏问题,而是身体的适应能力。后来一个登山爱好者告诉我,登

拉漂的日子

雪山的关键并不在于身体的强壮，上了海拔五千米高度，人的适应能力就体现出来了，也是个分水岭，往往身体很强壮的人高原反应还特别激烈，肺积水脑积水的人多了去。因此第一次来西藏的人，最初两三天最好还是不要洗头洗澡，怕毛细血管扩张导致感冒，很容易就会肺积水。这些都是前人的经验之谈。后来我二次进藏，就吃了不少的苦头，因为是二月，拉萨还是下雪的冬天，作为南方人的我，被冻得够呛，又因为气候干燥，全身都过敏得厉害，而且手被冻裂了好几条大口子，还每天流鼻血。我们总是很羡慕他人的"风花雪月"，但在高原住下，要付出的代价会更多，就看你自己觉得值得和不值得了。就以在西藏的内地人来说，这里的紫外线对人体的伤害是很大的，眼睛和皮肤都会直接受到损害，而且因为高原缺氧，对脑细胞也伤害得很厉害，在这里时间久了，记忆力会严重衰退，我们戏称为"脑残"，身体器官也会发生变化，而且内地人在高原还不能受孕，因为对胎儿不健康，甚至会是畸形儿等等，这些问题，对于盲目来西藏寻梦或逃避的人来说，都应该有心理准备。最可怕的一种说法是，在拉萨闲散久了的人，回到内地几乎都成了废人一个，因为这里的一切都不适合于内地，无论是文化还是生活方式，甚至连同天气和风景，都和内地是那么的不同。

无意把西藏说得那么恐怖和可怕，但这些都是日常现实的状况，也是我自己亲身经历和别人亲身经历过的，就好像在拉萨喝水吃饭行走都不能太快，否则会瞬间缺氧一样。这些都是很现实的，自由所换取的代价同样也是最高的，所谓的自在都是建立在不自在的基础上不断自我争取和领悟得来，还是那句老话，就看你自己觉得值得不值得了。世间哪有什么天堂，西藏之所以被称为天堂，那是因为这里的景色确实非常唯美，但这种唯美是永远无法拥有的，她属于造物者而不属于我们。我们的天堂就在自己的心里，心安，哪里都是天堂，心不安，天堂也会变成噩梦。

四

　　莫名其妙就这样在拉萨住了下来，仿佛做着一场久久不愿醒来的梦。吃住都解决了，而后是行。在拉萨，交通非常方便，出租车起步价是十元，拉萨市区不大，而出名的热闹街道也就那么几条，一般都不会跳表。如果想沐浴阳光顺便观赏街景，最方便的是坐人力三轮车了，起步价是三元，一般两公里内五元左右，可以很惬意地浏览拉萨街头的景致；再不然就是徒步，从小昭寺、大昭寺到布达拉宫，走路最多也就是十五分钟的路程，而整个拉萨的中心包括各种民族特色商品店铺就围绕着这几个地方。拉萨真的很小，但很热闹。很多小巷子都是应该去转转的，你会在不经意之间发现很多意外和欢喜，包括小巷子里的一些不起眼的寺庙，一些很好看很鲜艳的藏族色彩，一些好吃的食品小店，一些藏式风格的客栈，一些好玩而有趣的饰品等，或许还能见到藏民牵着的高大藏獒或者帅气的尼泊尔小伙子，以及一些漂亮的眼睛会说话的女尼。

　　后来自己在拉萨开了个小酒吧，就很少有时间出去转了，但偶尔在进货的时候还是喜欢走走那些小巷子。巷子里什么东西都有卖的，像酥油、糌粑、风干牦牛肉、西藏酸果干、各种老旧的铜铁器、印度尼泊尔鼻烟、香料、辣椒、外国火柴等等，琳琅满目看花了眼睛，还有红珊瑚、白珊瑚、砗磲、藏银、南红、绿松石、老蜜蜡、天珠、托甲、牦牛骨、鹰骨、人骨做成的饰品法器等等，还有各种批发小商品，这些都在小巷子的店铺里横陈罗列着。当然，一些油炸的土豆片混合着藏式辣椒粉，是很香的馋嘴零食；渴了跑到藏族老茶馆喝杯酥油茶吃碗藏式牛肉面，或者到尼姑开的甜茶馆喝杯甜茶，再惬意地看明媚阳光下盛开的各种鲜艳无比的花朵，确实会是很实在的享受。转经筒还闪耀着金光，那些藏族的阿佳拉（大姐）穿着合体的藏式衣裙戴着牛仔礼帽婀娜飘过，一两个磕长头的信善将手中的木屐拍得天响，伴着远处传来的低沉厚重的念经声声，你会迷失在这样的午后光阴。拉萨不大，但有很多很多条这样

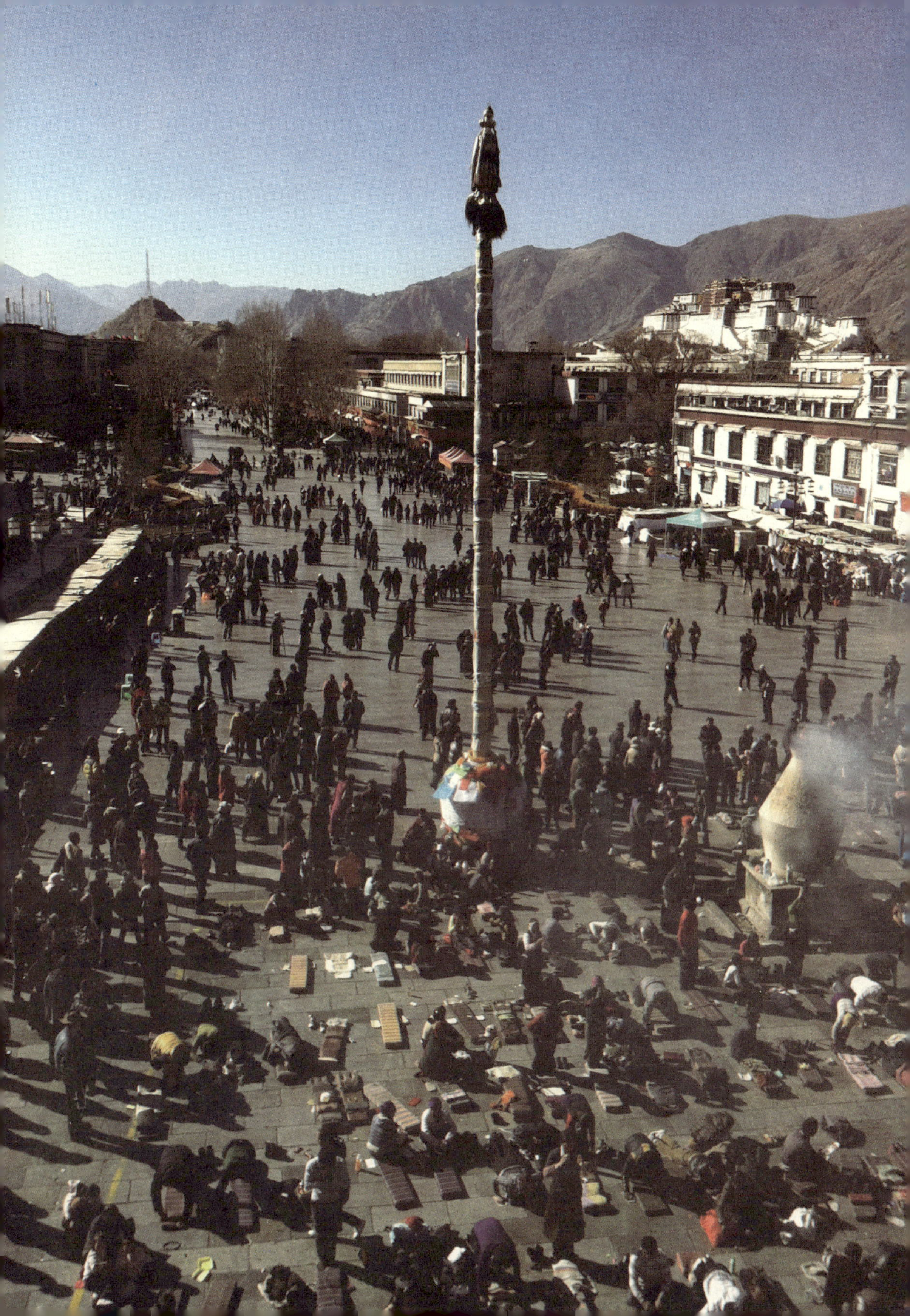

又深又窄的小巷，一不小心你就会迷路，找不到东南西北了。但每条巷子都是通往大道的，这些古老而简朴的巷子，仓央嘉措曾经一一走过，这个多情的佛，在这些小巷里留下了很多浪漫的传说，以致让你不经意就会在一个转角一处酒馆门前将他想起，而后茫然错失。这些小巷有很多很多年了，老得那些年长的阿妈闭着眼睛摇着转经筒哼哼着都能看见脚下的路。

拉萨是个传统与现代相互冲击又互相融合的城市，我们喜欢戏称拉萨为"国际大都市"，因为来这里旅游的人实在太多了，而老外也成了拉萨一道不可或缺的风景，每当在旅游旺季（五月至十月），拉萨不大的城区到处都飘荡着来这里猎奇和购物的旅游人群，穿着色彩鲜艳的各种服饰就像是蝴蝶一样穿梭在拉萨的街头以及小巷深处，这些城市里的色彩混合着西藏、印度、尼泊尔当地的传统服饰，既怪异又协调，好像从来就是这个样子的，相生相克又互不相干。我喜欢这种张扬和混乱，喜欢这种传统和包容，给人以时光倒流的感觉。而拉萨四周都是山，把拉萨紧紧包裹着，山上是云，白得耀眼，云上是天，蓝得发慌。在这样的日子里，你连梦想都可以放下和遗忘，因为你就在梦的里面。如果你还在大昭寺太阳墙下眯着眼打个盹，在小巷的深处打一壶一位阿佳拉亲手酿的青稞酒回家，你就会忘记了你是汉族还是藏族，你会以为自己本来就生在这里，是太阳的儿子，拥有了自由自在的灵魂。

如果你是一个人，又想到拉萨自己心目中想去的景点走走，不要担心不认识路，不要担心不认识人，也不要担心找不到车子和方向。在拉萨几乎所有的客栈和酒吧，你都会找到你想找的线路以及同伴，陌生的同伴往往都很新鲜。甚至所有不太高档的客栈的大堂墙上，都贴满了寻找伙伴和出游线路的纸条以及电话，他们也都很孤独，或者想找个人陪伴，或者想找个人将昂贵的车费分担，而所有的酒吧，都可以找到提供租车的人。这里出租的包车，几乎全是越野车辆，一辆车很容易就坐满了，所以你不用担心，唯一要担心的或者会是你的感情决堤，在拉萨，一夜情或许比丽江还要泛滥，因为进到西藏，你就进到了梦乡，会把身后的一切遗忘，会把你内在掩饰的情感释放，会如释重负重获新生般地欢呼，会脆弱和幼稚得一塌糊涂。

五

在西藏可以进入镜头的景致实在太多了，一切都是那么的自然而然，而且因为文化风俗的不同，初来的游客往往会不断发现新奇趣味的东西，不断产生新鲜感受。可是拉萨有一点不足很煞风景的，就是电线布置得乱七八糟，不管是大街上还是小巷子，抬头就是密密麻麻的电线，这严重妨碍了镜头的取景。我也很佩服这里的电工，如此随意地布局看起来杂乱无章，却又相安无事。不过每次我抬头看到这些"艺术杰作"都会头疼，因为它们复杂而凌乱地横亘在拉萨蔚蓝的天空上，将拉萨古老而庄严的建筑以及古朴的民居切割，这种现代和原生态的生硬组合真让人哭笑不得，但也无可奈何。

很多时候，我不得不承认西藏确实落后，落后的不是缺少现代化和物资，而是缺少保护以及规划的意识。这里一切都很随便，人在这里就等于是灵魂的放逐，当然这样也非常自由自在，可是对于一些必要的发展和进步，还是应当未雨绸缪地设计和安排。但在拉萨似无此意识，以至于一些单位部门的思想态度也都还保留在随意的层面，这让许多内地人经常觉得挺伤脑筋，你必须不断地适应，适应某种或许并不合理的大众生活意识，因为大家都很习惯，你也就没了脾气。例如到某些政府大厅办证，因为工作效率低、安排不合理、业务不熟等原因，你必须要排漫长的队伍等待，而后一楼跑二楼、二楼跑一楼这样来回折腾数次，就为了拿表、填表、盖章、审核，而后再跑到隔壁楼的银行付款，再回到大厅取证，中间还有许多人插队，更要看工作人员的脸色，这些现象在现在的内地是不可想象的。上午办不完下午还要继续这种折磨，一天就这样给废了。但是你有什么办法呢？大家都这样，而且连老外都能够耐心办下来，我又能抱怨什么？只好一笑，这里很多工作人员连电脑操作以及汉语拼音都不熟悉！头一年我办暂住证的时候，正逢敏感时期，因此排队办理的人很多，但有个操作人员居然不懂拼音打字，还要我在旁边替代，干着急也没用。不过这样也可以磨练我的耐性，想到在改革开放之初，内地城市不也这样么。拉萨也在慢慢改变，意识也在悄悄变化，或许再过几年就完全不一样了。

我来西藏要做的不是去挖掘它特定环境特定历史所造成的不足，而是尽量去感受美好的。如这里的年轻人都很外向，充满阳光，姑娘漂亮的很多，帅气的藏族小伙子更不少，他们非常喜欢音乐以及接收新鲜的知识，大学和社会上本土的音乐组合很多。或许他们的乐器水平可能不高，但歌唱的音质以及感觉都非常到位，听了让人感到很舒服。这里的人穷的很穷富的很富，但在佛菩萨面前，都是一样的虔诚，虔诚到让人不可思议的地步。人有信仰和畏惧，就值得他人尊敬。更重要的是，来到拉萨，我更多地看到的是一些内地人的自私与贪婪，或者是无知与狂妄，要不就是把西藏当成了一个灵魂肉体交易以及好吃懒做虚度光阴混日子的天堂，已经在当地信众心目中造成了很恶劣的印象。

随着时间的延长，交往的藏族朋友也多了起来，熟悉后他们经常会开一些黑色幽默的玩笑，都是关于内地人的一些不大好的事，每当这个时候，我只有干笑，而后是隐约的不安。有的藏族朋友告诉我，在九十年代初期，拉萨大街小巷都是狗，各种各样的，每个大院子里都有一二十条，大家有东西就喂食，也不管是哪家的，而一些老外特别喜欢这些狗，会买好多的肉在街道上喂食它们。朋友说后来越来越少了，他用开玩笑的样子说，后来才有人传出来那些狗都是被内地人偷杀了，然后挂在羊肉铺里当羊肉卖；他还笑说，这狗肉在内地比羊肉贵，但在西藏是没有人吃狗肉的，挂羊头卖狗肉成了当代的写实。说这话的时候藏族朋友有点尴尬，却不知道我内心更不是滋味，因为我知道这种事情或许并不是在开玩笑，但心里却希望这只是一个传言而不是真实。

六

拉萨的夜生活很丰富，夜总会和量贩式歌舞厅不少，而拉萨市区内就像内地一样，洗脚城桑拿房很多，走在拉萨夜色下的北京路和巴尔库路（这里大餐馆也很多），感觉就像内地的城市，夜店林立，灯火辉煌，城市和城市之间越来越相像了，哪怕是在拉萨，夜色下同样如此。初来拉萨，我感受最深的就是酒吧，各式各样的酒吧。

拉漂的日子

　　不知道从什么时候开始，拉萨大街小巷忽然冒出来那么多的酒吧，或许这是因为旅游城市的关系。拉萨的酒吧都很有特点，所谓的特点就是没特点，因为大多都以随意、个性作为酒吧的主题。装饰都很简单，但民族风味浓厚，尼泊尔、印度、西藏的各种饰品挂件充塞着各个角落，使得酒吧之间都有种相似的熟悉感觉。简单的桌椅，简单的布置，却透出一种随意散漫的自在。

　　拉萨的夜很长，因为时差比内地晚两个小时，因此在夏天晚上九点天还亮着，这里的人约吃晚饭很多都在八九点以后，晚饭吃完已经十点多了，再去酒吧坐坐，散场的时候已是夜半时分。拉萨的街头在晚上比较冷清，几乎没有什么人在马路上散步，但酒吧里还是相当热闹的。

藏式小酒吧更简单，几乎是统一的装饰模式，简单的几张横条桌子，一色的藏式门帘，大多都没有招牌，这种小酒吧更像是小餐馆，因为里面还供应咖喱饭和牛肉面。当地人很喜欢去这样的酒吧，而且男男女女都很能喝，或是拉萨啤酒，或是手工酿的青稞酒，喝开的时候就开始集体跳舞唱歌，边唱歌边敬酒，唱的都是原生态的藏族民间歌曲，偶尔还唱一些老一辈的革命歌曲。那些声音很特别，清脆而悦耳，没有什么修饰，都是原生态的音质，听起来非常舒服，这在内地是无法感受和享受到的。

再大一点的酒吧就会配有演唱的乐队，在拉萨喜欢玩音乐的人很多，不论是藏族的还是汉族的，很多酒吧都放有吉他和尼泊尔手鼓，只要你愿意，谁都可以上台或者在座位上自弹自唱，没有人会干涉。如果你喝得高兴觉得自己的嗓音还不错，酒吧乐队会很客气很认真地为你伴奏，陌生的朋友会跟你舞动节拍，于是互动的夜变得温暖和奔放开来。

而更多的酒吧占地都不大，大多是内地人开的，有些开了很多年了。在大一些的客栈楼下基本上都有这样的酒吧，一个昏暗的空间，弥漫着拉萨特有的神秘气息。这些小酒吧的老板看起来都很个性而另类，这种另类不是刻意的，而是一种不在乎的状态，因为在这里开个酒吧很多都是为了留在拉萨有一个生存空间，一个交友的平台，一个留下的理由而已。当然拉萨的酒吧和内地有着更大的不同，在这里你不会苛责酒吧的狭小、简陋以及服务的不周到，因为这里是拉萨，养尊处优娇生惯养的人来这里是不合适的，许多人会莫名其妙这些人在这里干什么，为什么，但也有许多人莫名地就被这样的氛围所融化了。

拉萨的夜这么缱绻浓郁，在昏黄的酒吧灯光下，进入非想非非想的境界，一切都变得坦率和朦胧起来。窝在小小的殿堂，感受自己就是国王，就是天堂之子，就是拉萨的主人，或者纯粹就是一个游牧天涯的浪子。

七

拉萨，对于没有来过的内地朋友来说，会是一个神秘的天国，因为这里是人类居住的海拔最高的城市，号称世界屋脊，而这里的地理面貌、民俗风情、信仰以及文化也的确与内地不一样。我们走过很多的地方，也去过很多的城市，却只有西藏所展现的风貌是我们所未曾见过和感受的。而拉萨自古又是西藏的首府，在藏族同胞心目中是个无比神圣尊贵的地方，因此拉萨所沉淀下来的厚重，不是一本或几本小书可以表达清楚的。

初到拉萨更多的是好奇。奇怪的是现代文明与传统文化可以这样随意地融合在一起。藏式餐馆和内地餐馆比邻而居，藏式服饰和现代服饰穿插交错，藏语汉语英语无处不在，阳光底下穿着黄色红色僧袍的喇嘛和尼姑，以及游客和当地人差异巨大的服色常常让人产生视觉的疲劳。有时候让你昏昏然不知道自己究竟跑到了哪里，身在何处，而且天蓝得让人如此心慌。

除了旅游，逛街也是来到拉萨的人不厌其烦的行为。前段时间看报纸说拉萨的八廓街被评选上中国十大文化街道，这是有道理的。八廓街整条街道是围绕着大昭寺形成的，在当地信众心里，大昭寺的地位非常尊贵，而当地人又喜欢绕寺经行，因此这里总是热闹非凡。游客来到拉萨，没有不去转八廓街的，因为这条街道密密麻麻拥挤排列着无数的固定店铺和临时摊位，八廓街每天都熙熙攘攘挤得满满的。而八廓街所卖的商品，真的假的多得让人眼花缭乱。如果不是为了买东西，我实在不愿意走在这条路上，因为你发现自己的钱实在是少得可怜，而想买的东西又实在太多了。于是我常常会像梭罗走过瓦尔登湖一样，以为尽目之后这里就是我的国土了，那些东西自然也就是我的了，我把那些东西榨干成了精华带走，留下那些忙碌的人们交易和商讨着商品的价格。

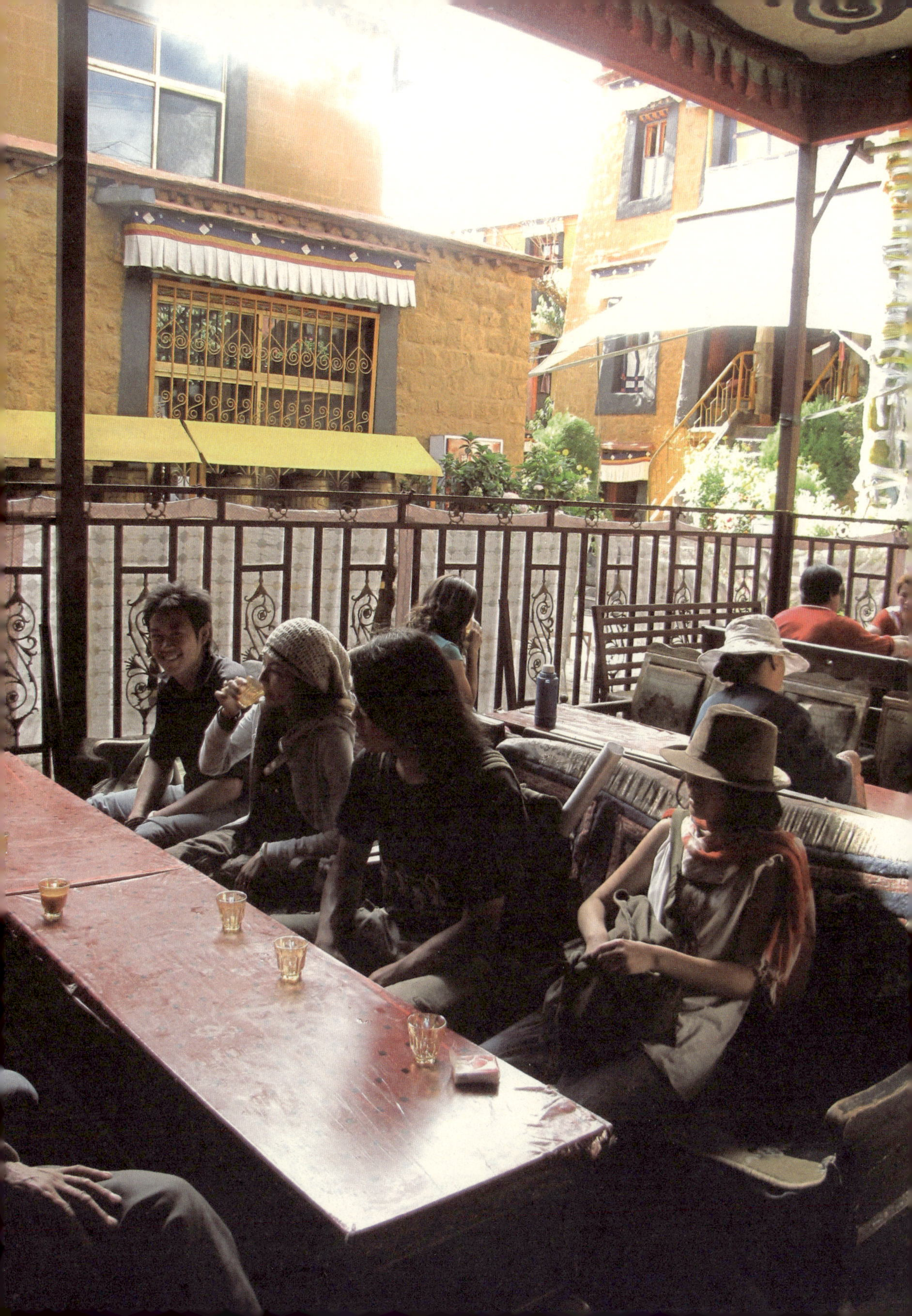

拉漂的日子

八廓街之所以热闹，不单是各色店铺林立，而且这里还有个关于六世达赖喇嘛仓央嘉措的传说，这个既是活佛又是浪子的传奇人物，在八廓街遇见过像月亮一样美丽的玛吉阿米。而今玛吉阿米几个字延伸的意义早已经超越了当初那个姑娘的名字，一座特色的茶馆以这个美丽的名字坐落在了这里，将传说继续。不管这个故事或者传说到今天有了多么大的走样，但在一些情感丰富的人眼里，依然是这么美妙而浪漫。去那里看一眼坐一坐，角色就有可能错位成了那个年代，错位成了故事的主角。

拉萨除了八廓街，当然还有很多很多值得我们去走走的巷弄，那些小巷所带来的收获，是在内地永远无法想象的。长期在拉萨漂的人喜欢去也喜欢带朋友去的几个地方，都是可以花费最少，得到满足却最大的场所，那些地方都在一些不起眼的角落里。大昭寺的太阳墙下晒晒太阳，在前面的文章里介绍过了，太阳晒累了，就会口渴，那么你在八廓街周边会有三种最好的选择：一是喝甜茶。甜茶馆非常多，而且藏式的茶馆虽然小，但感觉很好，因为人与人之间的微笑很自然。二是喝青稞酒。面对大昭寺正门的左方转经路上有条岔巷，巷子中有个破旧的老式藏门，里面有个昏暗潮湿的小作坊，一个有点年纪气力却不小的阿佳拉（大姐）每天都独自在那里酿着手工的青稞酒，你可以坐在一间不大的房间里和一些藏族朋友一起挥霍掉午后的阳光，也可以花上几元钱打一壶回去和朋友挥霍掉拉萨漫漫的长夜。酿造青稞酒有很多讲究，头道的苦，二道的甜，三道的酸，酸酸甜甜在炎热的夏季，是最美的感觉。三是喝酥油茶。在大昭寺广场边上有一条"藏医院路"，现在改名叫"丹杰林路"了，路半有个光明茶馆，别以为说的是这个茶馆，而是这个茶馆对面小巷子里，有个老光明茶馆，要去的是

第二章 触摸天堂——拉萨

073

这里。或许内地来的游客会觉得这里比较脏，但要体会真正的藏族文化，这里确实是最好的选择，因为来这里的人都是些老一辈的藏族人。老光明茶馆每天都很热闹，古旧而简朴的桌椅随意摆放着，往桌上放五角钱，就会有服务员给你面前的杯子倒满，喝完了还想喝，再放五角钱。于是就有了喝不完的下午茶时光，而且这里的酥油茶相对较浓，茶里全是市井故事的味道。还有一个地方，是下午喝啤酒的好去处，就在八廓街派出所旁边一条小巷子的三楼，一个藏式茶餐厅，在一个宾馆的顶上。几顶遮阳伞下几张桌子，却可以将大昭寺整个金顶以及远处的布达拉宫尽收眼底，暖洋洋的夏日喝着冰镇的啤酒，看大昭寺金顶闪闪发光，那些屋檐下的帘布像波浪又像转经筒一样随风层层卷动，这样惬意而自在的日子，在内地是无法想象的。当然，啤酒一定要喝拉萨啤酒，而且是大瓶装的，味道真的好极了。 当然，这样那样的茶馆酒肆在大昭寺周边数不胜数，每个人都有着自己独特的审美视角和不同的感受，来的朋友不妨自己亲自走走，而后选择一段属于自己的下午时光。

　　逛街或者喝茶的时候，别忘了看一看天空。来过拉萨的，都会一致认可，西藏的天是最美丽的天，因为蓝和白的色彩会是那么的彻底，那么的纯粹而干净。如果你有时间还有那么一点闲情，每天都抬头看看，每一次所见到的天空都会千变万化。就好像那天下午我去布达拉宫周围转了一圈，当时乌云笼罩着布达拉宫的上方，风也呼呼卷着，山雨欲来。但在乌云后面裂出的一角，依旧可以看见那么蔚蓝的天空以及被阳光照射，白得晃眼闪着银光的云，云朵真的是闪光的，就像是镜面的折射，不，就像是云朵本身会发光一样。那种美是会让人瞬间窒息的，如果走得更远，走到雪山的脚下，又会是什么样的云，

第二章 触摸天堂——拉萨

只有亲自去过才会知道。

　　人是情感的动物，比大多数动物感情都要丰富，这也注定了审美观点的缤纷。在审美视觉和心灵感应上虽然各有不同，但一些最原始的感

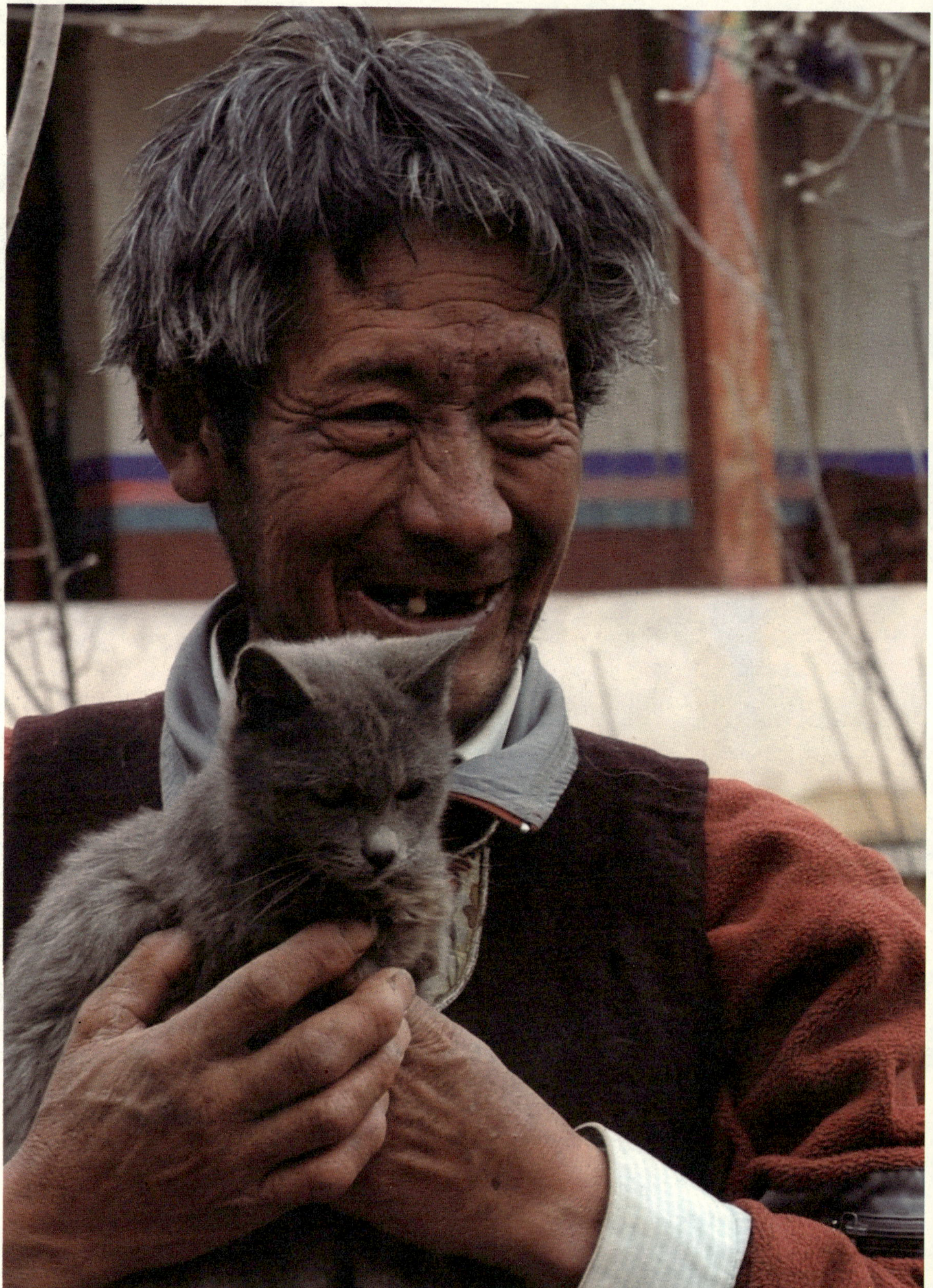

动或者触碰，总是能够轻易达成一致，好比西藏的天空。如果将这种景致比喻成一幅画，你会发现大自然真的是鬼斧神工的魔幻大师，总是能够给你带来意外的惊喜，甚至是震撼的触动。而在西藏，这种感受会更深刻，更无处不在。我们为什么会感动呢？是否因为直接触到了自己最原始的本真和最柔软的深处？而在西藏的这种触碰，是陌生的，于陌生里又有一种久违的熟悉，于是才会因此有如电流一样遍布百骸的瞬间，从肌肤到指间到毛发的一种微微颤抖，只有到了这个时候，我们或许才会相信，人心与佛心，是真的没有不同，佛说一切唯心，佛说等无差别，应该就是这一瞬间电光石火的闪现，是一刹那的心物一元，是即空即色、即色即空的当下大圆镜智。

　　来过拉萨，我们的梦从此就有了惊讶和欢喜，但拉萨的天没有一丝云彩的时候，我们看过吗？这时候我们的梦在哪里？更多时候，拉萨的天就是无尽的蓝，除了蓝还是蓝，什么都没有，蓝得空空荡荡。我们习惯了视觉以及心灵上有物可依有迹可寻，但当天空什么都没有的时候，你却依然不忍心在那块画布上去涂上一笔，因为不管你如何计量，每一笔都是那么多余，甚至是罪孽。清明、太虚，天空展现给我们的，都是禅机，而我们的根性，决定了我们的心灵。面对拉萨，面对这样的天空，忽然想，那些曾经的白云，原来都是尘埃和过客，动性不定，终究只是浮云。再美，都没有自性，没有自性，所以才会万千形态地多彩多姿。这片天这片云，更像是我们的心事，心事聚散，晴天雨天，难道不就是过眼云烟？而于太虚，并未曾增减，心，不也是这样的么？

八

信仰

一次午后坐在仓姑寺喝着甜茶闲聊，阳光铺满在盛开的花朵上，朋友忽然说："我不懂佛教，在西藏看到那些朝拜者，心里却有种说不出来的滋味。快乐地崇佛，累而不苦，或许这就是境界。这种快乐来自于虔诚，不分老幼。"

朋友说的话很随意，却让我陷入了沉思当中。在西藏有个普遍现象，很多没有钱没有什么地位的藏族朋友，脸上经常洋溢出来的笑容却像阳光一样，而且让人一眼看出这种笑是发自内心的一种充实祥和以及满足的流露。都说快乐很简单，但在内地要做到这种简单的快乐却很难，因为常常身不由己，被迫着适应和接受。而在西藏，却印证了这句话的真实，快乐可以很简单。那些朴实的藏民黝黑的脸庞咧嘴一笑露出那洁白的牙齿的时候，你不得不相信，人性的本质最初都是善良质朴的，只是我们迷失得太久，被污染得太深了。

在西藏任何地方，你都可以看见这些快乐的人们。他们或许没有时尚的衣服，没有高级的化妆品，没有名贵香水甚至也没有多少钱，但他们却没有那种因为贫穷而带来的沮丧和委靡不振，相反他们一直很乐观，因为他们的笑容常常很自然地就挂在了脸上。长者、稚子或者年轻人，都那么爱笑，这是藏族同胞最大的共同特点，而且一笑开来都那么的爽朗和天真。面对这样的笑容，你不得不被感染，在感受的同时会不期然地思考一些平常被我们所忽略和麻木的曾经。同在一个天空下，同是一个七情六欲四大无常的躯体，同是灵魂，为什么差异会如此之大呢？

面对这样的笑容和神情，宗教的迷信还是正信，好像并没有什么关系，那些世间为生活朝九晚五碌碌奔波的人们，那些为欲望而痴迷的众生，那些深度钻研在学术里的莘莘学子，那些生意场上尔虞我诈的算计，那些患得患失的权利富贵，好像也都和这些没有什么关系。人们总说身不由己，也总说羡慕别人，也总会找出自己最信服的理由告诉自己和他人自己有多么的不幸以及不公平，或者有多富足和优越，但在西藏，快乐却变得这样的简单，不禁让人徒然感慨起来。

在西藏大多数人的生活都很自然，除了信仰，没有多少人会刻意去追求什么，我想区别应该就在这里。我们在内地，几乎所有的行为都是有目的性的，不管是应酬还是工作或者交朋友，我们会刻意给自己安排每天的工作和生活，编排以后，就像一个机器一样每天重复着自己的劳作。而在西藏，特别是那些边远的地方，他们的生活和我们的生活完全是两个世界。在拉萨给我印象最深的还有那些城里的清洁工，那些小区或者街道上的环卫工人，他们在做着这些又脏又累的活的同时，却能够一起放声高歌。歌声是最原生态的音质，清脆而高亢，你根本看不到他们脸上的卑微和委屈，这在内地是很难见到的。而在放牧或者夯地收割等劳动当中，歌声更是一条欢乐的纽带，把辛勤当成了一种享受，这在藏族同胞身上被充分展现出来。

"累而不苦,或许这就是境界。"所谓境界,原是自己的,别人夺也夺不走,是坚持,还是放弃,这个选择完全操控在你自己的手中。所谓的境界,就是自己高兴不高兴,乐意不乐意,高兴了乐意着,再苦,都是别人眼中的感觉,我自在苦中作乐。想起了那句话:汝非鱼,安知鱼之乐也。所谓的境界,不是别人所能评价和感同身受的。境界二字,其实并不悬乎,如人习字,入得静,就是自己的境界;至于字之出得不出得桎梏,入得不入得神韵,那是观赏者的评价和境界了;于习书者,安然养神进入到一种状态,就是完全自我的大境界,为求字体之形像神像或者名利,这种境界就失去了境界本身的意义。学佛者、修道者、尊上帝者,抑或效孔圣者,不管是哪种信仰和目标,只要是快乐的崇信,就是境界,就是自己之所得所感所悟,终究是自家的宝藏,别人不会知道也不必知道同时也抢夺不了。写到这里又想起了一句古话:如人饮水,冷暖自知。自己知道的,又何须别人来评价境界之高低,甚至在崇敬投入的当下,连境界二字也是多余的。很多藏族同胞并没有什么内地人所谓的境界,但他们生活在一种原始的淳朴当中,又何须要什么境界呢?本身就在快乐里面为什么还要去寻找什么快乐呢?

"这种快乐来自于虔诚,不分老幼。"佛经上说:信为道源功德母。藏族同胞相信他们所信仰的所付出的一定会带来回报,因为这种相信而且是坚信,于是心灵和精神当中就有了一种依托和平衡,这又是内地人所欠缺的。我们常常会觉得精神空虚百无聊赖生无所欢,正是因为我们的精神与心灵没有信仰没有依托的结果。信仰不一定非得是宗教,但没有信仰或者说没有真实的信仰,就没有了依靠和方向,于是精神才会左右摇摆动荡不安。古人还说:直心是道场。所谓的直心,就是当下的想到什么说什么的最直接的表露吧,没有粉饰做作,也没有投机取巧,就像孩子一样,在炎热的夏天一瓶冰镇的可乐大口而下,高兴得嘴巴合不拢来地说:好美啊!很多藏族朋友给我的感觉也是这样的,高兴和不高

兴就像个孩子一样，瞬间就把内心世界里的感受表达了出来，无遮无掩。

　　虔诚并非只是宗教才有，做科研做学问，都离不开虔诚，甚至炒个菜做个游戏，都需要虔诚的认真投入才会得到一种过程的享受，虔诚是纯粹精神上的。当我走进拉萨，火车在进入格尔木地区的时候，窗外的景色自然而然地就让我的心虔诚起来，不是因为那里有神佛的威严和法力无边，而是一种与内心相应的似曾熟悉而又带点茫然陌生的感觉，是一种与生俱来的招之即来又挥之不去的感应。所谓的虔诚，就是心灵最安静的时分，最无我最纯洁的一刻，而这种潜藏的真，确实是不分地域不分老幼的。只不过，我终究是个野孩子，瞬间的感悟，也在瞬间就成为了过去。情感和思绪，依旧回到这个七情六欲的世界里，乐此不疲地沉浮，在旧有的特定的生活方式和思维方式里活着，依然在一些身不由己的环境当中自以为是地活着。但在拉萨，还是能够感受到不一样的活法以及不一样的人文，于此，我觉得自己还是值得庆幸的。

九

泼水节

从来不知道拉萨竟然也会有个"泼水节"。

其实在拉萨并没有这个叫法，这是在现场的场景让我想起了云南的泼水节而取的名字。当进入夏天的某月，在拉萨周边的一些小巷子里就会变得热闹非凡，原因是这些小巷子的店铺门口暗藏着"杀伤性很强的武器"，路过的行人一不小心就会被暗器所伤。但这种伤害却是美妙而快乐的。

拉萨每年五月就开始进入了雨季，但进入雨季不等于雨就会如约而来。西藏很干燥，如果没有及时雨，那些青稞等农作物就不会有收成，这关乎到老百姓最根本的生计。而藏区是个宗教信仰很浓厚的地域，一切的事情都围绕着宗教为主体展开，于是在干旱的季节求雨的活动自然也就顺理成章了，只不过这个奔放乐观的民族求雨的方式实在让人捧腹开怀不已。

那一年进入五月，拉萨只偶尔下过一两场很小的雨，很多地方都开始严重干旱，人工降雨好像收效并不大，但这场旱灾却给一些当地老百姓带来了另外的欢乐，那就是"泼水节"的到来。

刚开始我并不知道这些泼水的行为是和求雨有关的，头一两天那些阿佳拉和小孩子相互间的泼水打闹我以为只是一个民族乐观好动的一种表现，是把平淡乏味的生活增添乐趣的一种自娱，但渐渐我发现并不是这样的，因为在那段时间每天都上演着这种快乐的闹剧，于是向当地的朋友打听才知道这已经是拉萨的传统了，在干旱的季节，这种泼水而开怀大笑的方式，已经成为了一种求雨的别致另类的全民参与活动。只不过这种方式真的让我好好吃了几惊，因为平常很温柔的大姐和小孩都变得异常迅捷彪悍起来。

　　我曾经的小酒吧在拉萨的一条小巷子里面,巷子虽小,但每天往来的人流很多,而这段时间小巷子仿佛炸开了锅一样沸腾开来。拉萨的阳光很充足,每天中午以后,巷子里的一些店铺就开始上演平常难以见到的喜剧。那些阿佳拉们仿佛回到了童年时代,各种各样只要能装水的盆和桶或者塑料瓶都派上了用场,只要是经过店门口的年轻人或者中年人,都会被这些"圣水"从头到脚洗礼一番,不管是认识还是不认识的,甚至是店铺相互之间,大人和小孩之间,整个下午都在上演着一场水仗,场面异常激烈和壮观,到处都是疯狂的大笑,因为那些行人往往毫无思想准备就被突如其来的瓢盆大水给浇到了,各种狼狈的形态实在让人无法不笑到肚子发痛。但那些被特殊礼遇的行人没有一个人会生气,不是笑着逃跑就是抢过脸盆参与进来。我见过泼水节,但像西藏这样特别而没有任何商量准备的全民活动确实没见过,而且大家都这么的默契和配合。印象最深的一幕是两个挂着工作牌的人员巡视过来,告诫大家不要玩得太过火的同时,瞬间就被不知道从哪里泼出来的大水给湿了一身,而后整个小巷子都爆笑了,在众人的注视当

中工作人员很尴尬但也没有生气就走了。在欢笑和享受这种乐趣的同时，也让我对这个民族的人文和精神有了更多的认识，他们真的有很多与生俱来的优点是我们所欠缺的，他们的快乐真的是很简单就能够得到满足。

那天我也被泼了一身，但很开心，由里到外的开心，冰凉的水在滚烫的夏日里直沁心脾，拿起相机，捕捉了一个又一个让人难以忘怀的画面，留下了我在拉萨的日子里不一样的风景和记忆，记录下了没有烦恼和忧愁的一页。

十

一次算命

在拉萨结识了某个来旅游的大姐，是个工程师。大姐心地善良而温和，也善解人意。某日上午我还在睡觉她忽然发来消息：你最近不顺利，何不去算算命？某巷子里有个很出名的喇嘛听说算命挺准的。说那天她无意走进去，但那个喇嘛不给她算，说不懂汉语，大姐叫我去试试。朦胧之中看见这样的信息真是哭笑不得。我说就算很准，算了以后又如何，反而不是好事情，让心里有个疙瘩，而且也改变不了什么。大姐却一再坚持，我只好答应手下这份好意。

中午按照大姐给的地址寻找了过去，是一座很原始的古老藏式大院，院子三层楼房，古朴而清幽，一些花花草草安静在庭院当中。顺二楼左拐而上，看见有几个人坐在一间房门口的木凳子上等待，估计就是这间房了。

排队坐在一个藏族小姑娘旁边，心里很茫然，既然大姐说那喇嘛不懂汉语，我来做什么呢，完全无法交流的啊。不过心里又起了个念头，或许是那喇嘛故意掩饰的？于是跟那个小姑娘说帮帮我忙，希望那喇嘛可以接见一下，小姑娘有点害羞但还是答应了。

但结果很失望，小姑娘算完之后跟那喇嘛说了，出来后告诉我那喇嘛说让我不要进去……

小姑娘看见我的失望很为难，又进去跟喇嘛交涉，但结果依然如此。

我不知道如何是好，既然都来了，不到黄河心不死，不见那喇嘛我不甘心，只好继续纠缠那个小姑娘，小姑娘说再等等，于是等来了两个年轻人，是住在这个院子的，小姑娘用藏语跟他们说了情况，而后就将我丢给他们来处理。或许是缘分吧，也或许是我的诚意，那两个朋友进去帮我说，喇嘛居然同意了。

屋内空间很小，光线也很暗。喇嘛穿着便服盘腿坐在靠墙的位置，腿上盖着一方毛毯。前面是一张榻榻米式的方桌，桌上放着一些法器和藏文经书，还有一些摊开的藏历和经文。喇嘛身边堆满了信徒献的哈达。我觉得自己好冒昧，连哈达都没有准备。

给喇嘛鞠了个躬，喇嘛很认真地看着我，看了好久，不说话，而我就这样傻站着看着他。然后喇嘛开口叫我在他旁边坐下，原来他的汉语说得蛮好的。

　　以前在内地也算过命,类似掌相面相八字和抽签什么的,都是好话以及察言观色的江湖伎俩居多,我好奇的是西藏的算命方式。

　　喇嘛还是看着我不说话,我开始有点不自在,于是主动说最近一切都不太顺利,想问问结果和解决的办法。喇嘛问我是做什么的,我如实告知开了个小酒吧,喇嘛又问在什么位置,我也如实说了。而后问我属相和出生年份,却不问出生月份和哪天,然后喇嘛翻阅桌上的一本长本横条书,闭上眼睛开始掐指,嘴里念念有词。我当时真的像个傻子一样,因为没有接触过这样的事。

　　片刻之后,喇嘛问我,你酒吧前段时间打架了?我当时吓了一跳,差点站了起来,在一个月前确实有两个藏族人进来砍伤了另一个藏族人跑了,而后我报了警。这喇嘛怎么会知道的?喇嘛又不说话了,闭着眼睛继续掐指念咒,过了一会儿跟我说,你今年的运气不好,所以有很多是非。我说就一直这样吗?喇嘛突然破颜而笑了,说不是的,明年一切都好了。而后写了一张纸交给我,交代一定要拿到大昭寺去随意给点钱,让那里的喇嘛做功课的时候帮忙念诵纸上的文字。喇嘛说念了之后,就好了。

　　我知道不方便再打扰和询问更多的,给了五十元钱,鞠躬感谢退了出来。刚走到门口,突然听见喇嘛在背后说:你有佛缘。我再次吓了一跳,赶紧转身低头合十,飞快地逃了出来。

　　后来才知道,这个喇嘛是还俗的,还听说曾经坐过牢,但是名气很大,因为算得很准,所以每天都有很多人慕名排队而来。

　　拿着这张纸,找来一个藏族的小兄弟,因为我不懂藏语,只好麻烦

他帮我完善后面的事，他又交给了他母亲，让她帮我送到了大昭寺里面，回来还带来一条哈达说师父叫你戴上。不管效果如何，既然入了风俗，还是要按部就班地完成，也算是了了一个心结吧。当时藏族朋友说随便拿到哪个寺庙找个喇嘛念就可以了，我说不行，一定要送去大昭寺，因为那喇嘛是这样要求的。我好奇地问他纸上写的是什么？小兄弟说看得懂但翻译不过来，大概意思是你背后有很多人在说你。我说是不是就是内地说的很多小人在背后说我？他说不是，是说你坏话好话的都很多。我笑，原来背后说我好话多的人也会对我不好啊。

　　常听说西藏有很多异人，而且很多喇嘛的预示也很准确，对于这个，我是相信的，因为每个人，都有自己的命格和人生的轨迹。

　　只是，关键还在于自己是否心安、善良，心平和，逆境也就不会那么难过了。

十一

活法

每个人都有每个人的活法。

其实上天真的很公平，将快乐和烦恼、开心与痛苦安排在了每一个人身上，每一个生命都是赤条条的，生不带来死不带走，生老病死的承受，我们没有任何不同。在共同本质的生命基础上，延伸出的不同是生活的方式以及生活的质量，而这种方式和质量的不同其实是源于欲望多少的本身。欲望的不同导致所追求的过程和结果也就不同，满足和不满足的底线相对也就不同了。

佛说：人之所以痛苦，在于追求了错误的东西。这是真理。

有个老朋友告诉我，她有很多亲戚都在拉萨，最早的十多年前就来了，而后一个带一个，渐渐好几个亲戚和朋友以及家庭都来到了高原，扎根在了这里。这种现象在西藏人口比较多的地方很普遍，不管是做哪一行的，基本上内地人都是这样传帮带地过来，为什么会有这么多内地人在西藏，原因只有一个：钱比较好赚。相对于内地，西藏很多方面都比较落后，所以对于一个有点头脑又能吃苦的内地人来说，这里是个赚钱的好地方，虽然气候和生活比较艰苦一点，但收获也是相对多一点的。朋友说她的亲戚很多都没有什么文化，但这并不妨碍他们在拉萨成为百万富翁，朋友说他们每天除了钱再没有什么可以去思考的，并且他们的儿子读完了大学也跑到拉萨做生意去了。这样也不错，生活当中有了物质基础，很多条件都是可以改变的。对于这些，我不知道说什么好。每个人都不容易，在精神还是物质上哪个才更重要，往往我自己也无法分辨得清，但不管是怎么样的活法，日子都要过，吃得再好再饱，肚子都要饿，这本身就是一个讽刺，等吃饱了才有精神去想别的。

一些朋友说羡慕我，有些人会说佩服我的勇气，却不知道自由交换

的代价其实是很巨大的。许多人看到的只是风花雪月，却看不到或者刻意不去看隐藏在生活之下的艰辛和无奈。在拉萨的日子，我也经常为了生计而犯愁，也常常入不敷出，一切生活的压力和开支在拉萨同样存在，这就是现实。很多时候当我看着天空发呆的日子，我也会问自己这么执著地选择拉萨，是为了什么？换做以前我会回避这个问题，会觉得这个疑问本身就是很幼稚的，但今天我老实地仔细想了想，答案好像还是比较简单的，因为这里比内地舒服，舒服的不是这里的生活很惬意很轻松很满意，而是这里的生活方式要比内地舒服，没有那么快的节奏，没有那么多必须面对的人面对的事，没有那么多应酬客套，没有那么多必须要记得的日子和事情。这里比较适合我懒散而健忘的性格，更重要的是这里的阳光确实不错，而且不需要铭记日子和光阴。

来拉萨之后，基本上很少跟内地的朋友联系了，连网络上的朋友也疏远了。今天一个大哥打来电话说，你怎么去了西藏就把内地的朋友都抛弃了呢？总应该常常发个短信啊！我无语，因为我不知道该说些什么，客套的话，我都说过那么多年了，不想再说了。

说到这里，想起前几天一个好多年的朋友在 QQ 上找我，我和她本来话就不多，也知道交谈下去必然是会让我有点不愉快的，因为很多年来她都习惯了那种说话的方式：强势的语气。许多朋友都这样，无形之中会把一些生活当中的优越或者优势感流露在语气里，其实我不大喜欢。有些女人被男人包围惯了，陶醉在一些虚幻的满足里，这不奇怪，而有些男人因为事业的成功也会不期然中流露出一种骄傲感。换成以前，我会迎合会客套着，但今天我实在提不起兴趣了，因为我觉得朋友为什么一直都没有改变呢？而我却一直在变着，这个就是距离，一年两年三年好多年的距离了。朋友说没什么事，就是瞧瞧老朋友，看看在不在，老朋友都好就行了。以前我会为这样的话而感动，而今却觉得这样的话实在有点矫情。朋友说没必要知道我在想什么，那么什么叫朋友呢？哪怕我也不明白朋友在想什么，但是我会尝试去理解和倾听，要不我永远都不会明白。但在今天，我还是慢慢放弃了，毕竟每个人的生活都不一样，

很多事情并不能去希冀完满，何况西藏和内地距离是这样的遥远。我厌倦了内地的生活才跑到了拉萨，可是内地的朋友还是生活在内地那个笼子里，又怎么可能跟我一样看见青藏高原这样的天空呢？

拉萨也有很多很多不尽人意的地方，但是这些跟我都没有多大关系，我只享受目前的一刻，在艰难困苦当中寻找我的自由，坚持我的自由，我的生活我要做主，这个就是我的快乐，哪怕付出再大的代价，毕竟我也只活这一辈子而已。不管生活如何艰难，快乐总比烦恼多，简单比复杂好，懒散比奔波幸福，这个就是我在拉萨最大的满足。

原来一直以为在拉萨开酒吧的内地人都会是有钱人，纯属休闲享受的自我快乐选择，后来才发现其实大多都不是什么有钱人，甚至有些生活状况还比较艰难。但在拉萨能够有个理由和方式留下来。

来拉萨时间长了，渐渐认识了许多藏族的朋友，经常会谈起一些生活的方式和感受，大多数藏族朋友跟我聊起对内地的一些看法却是惊人的一致：他们去内地一趟总会感到困惑，困惑于内地人为什么会这么的累？他们说看见那些边吃着早餐边赶路的上班一族感到很不理解，看见在地铁或者公交车里拥挤的人群很不理解，看见那些人跑着去赶车挤车很不理解。听到这些疑问，我也无法做出一个合理的解答，只能苦笑。我自己不也是因为当初的很不理解所以才跑到拉萨来的吗？

常常觉得在拉萨生活的日子是有点可耻的，因为在这里不需要思想，也不需要奔忙，甚至没有时间观念，而在内地的朋友天天都那样艰难地为三餐一宿挣扎着，我看着他们，有时候会觉得自己太自私或者是可耻的。和一个藏族搞艺术的老师聊起这个话题，他问你们内地人为什么都活得那么累呢？我又被问得哑口无言。他说内地给他的印象就是奴隶太多，买了房子要买车子，一辈子都为这些做奴隶。他说大都市更不可理解，那些人为什么非要在那买个房子或者把户口迁到那才安心和满足，却要为此奴役自己一生？他说在内地住上一两个月还可以，时间一长就特别难受，特别烦躁和压抑。我说，我不是内地人，所以不了解他们的感受和想法。说这话的时候，我是违心的。

在西藏生活确实是很简单的，快乐很容易得到满足。但在内地就不一样了，各方面的压力很大，可又能怪谁呢？一切都是自己选择和造成的。和这位老师聊着，我说很幸运，可以过这么自由的生活，但如果内地人都像我这样，国家也就停滞不前了，所以觉得自己的生活方式有点可耻。他说这也是自己选择的，想想也是。不能说别人就是白活了，或者说活得很白痴，不能每个人都这么自私或者自由自在的。自由换取的代价往往最高昂，别人只看到了他的自我和另类的生活，却不知道这种代价的背后以及所付出和所放弃的所有，每一个人都可以选择自己的生活方式，区别只在于舍得和不舍得。在拉萨的日子常常让我想起了梭罗，

他只带一把斧头在瓦尔登湖住了两年多，而后写出了那本影响深远的名著《瓦尔登湖》。他分文没有，却拥有了整个瓦尔登湖，他是那片土地的国王，只需要以目光和双脚去丈量，就攫取了那里所有的营养。不可否认这是一本对我影响很深的书，在拉萨的日子，我也像梭罗那样，常常会以目光去丈量我的国土，榨取了目光所到之处的所有奶酪，没有人知道我内心究竟在想着什么，更不会知道我把所有的精华都带走了。

十二

一个洞延伸出来的

我左脚的鞋子脚拇指的地方破了个洞。

不大不小的一个洞，刚好够半个脚趾头露出来。鞋子是在拉萨买的，还是某某名牌，穿了不到半年时光。我忘记了这个洞是在踢到石头还是拉扯藏獒时候破的，因为脚趾头的痛早已经好了，好了伤疤忘了疼，只有这个洞告诉我曾经有过一段关于痛苦的记忆。

换做从前，我是坚决不会再穿这双鞋子了，太过难看和难堪。但是现在每当有朋友注视我的这只脚，我就会很自豪地告诉他们：这是现在最流行的款式，男人鞋子左脚拇指上有个洞，女人在右脚上。而后朋友们会开心得哈哈大笑，那些藏族的年轻人还带着一点半信半疑的神情。

这个洞破了很久了，以致我可以经常因看见穿着不同颜色袜子的脚拇指从洞中探头出来而惊讶，白袜子很白，黑袜子很黑，灰袜子很灰，而红袜子就太艳了。我也不知道为什么就喜欢让它这样坦然着张望，裸露得我还有点欢喜，因为我可以不在意这种人前的不修边幅了，就像我身上的那件独一无二的尼泊尔花衣服或者那件从冬天穿到春天的军大衣一样，我可以整整穿了三四个月没有换过，成了我的一个招牌，朋友老远一看就知道，啊，那是三郎。而最实际的还是让我省下了很多买衣服买鞋子的钱。

如果鞋子和衣服能够穿一辈子都不坏，那多好！就好像戒指一样，不用老是更换。衣服和鞋子是穿来暖身的，不是穿给别人看的，但是很多事物到了今天，意义都不一样了。女人越穿越少越短越紧身越透明，这种赤裸裸的诱惑，还不如不穿的好。

一个大老爷们今天突然大谈起关于鞋子上的一个破洞，好像很无聊很唐突，但是这个破洞对于我来说，还是有点价值，因为无形当中一些很关键的习惯被悄悄改变了，我们真的不是为别人而活着，也不应该。这个洞再大一点，我还是要去买一双，因为它不好穿了。而我一位拉漂的朋友才是完完全全不修边幅，两双皮鞋连底和面都断了他也照穿，也从来不擦拭。当然我们朋友的关系也照常，不会因一双破鞋而改变。

一双鞋子如果不是名牌当然费不了多少钱，但是能穿的时候，为什么要买新的呢？何况我还有另一双鞋子，虽然鞋带断了，但是我用牦牛皮绳子扎上，还是挺好看的。

其实我并不是一个节省的人，否则我早就成了富翁，不会今天还这么贫穷。对于朋友，我更不会节省，只要我有的，朋友就可以一起享受。但是今天我可以大大方方地穿着这个破了洞的鞋子到处走，而没有一点自卑和害羞，这个破洞于我，确实是值得纪念的。我为什么要为别人的眼光而活着呢？

近来越来越少与人打交道了，因为无话可说，也不想应付式地投其所好。人是孤独的物种，哪怕你的朋友再多，夜深时候，只有自己知道。而在拉萨同样如此，看起来朋友很容易就结交了，但是能够与你心灵相通的却几乎全无，你只能把内心的这种寂寞和失望隐藏，放下你的一面，换上大家都客套交往的另一面，这样大家都方便。但是我越来越不想这样了，毕竟这里是西藏，不应该把内地的习惯带来，而且这里也不会有人多么地在意和关心。就好像左脚鞋子上的这个洞，右脚从来不会在意它的与众不同，也不会与它同流合污或者说意气相投。

每天我窝在我的小窗前，看外面的行人来来往往，隔壁的邻居许多时候会在门前晃荡，那些灿烂的阳光将人的衣服和肌肤晒得发烫，好像就要透明。时间就这么的悠闲或者难以打发吗？如果可以，我宁愿一辈子待在房子里做个宅男，毕竟写写字看看书要比与人交往轻松愉悦多了。

有人说孤独是可耻的。我说这是胡说。说这样话的人一是耐不住寂寞，二还是耐不住寂寞。人虽说是群居的动物，但因为人有思想，而且还因为生和死的时候都是一个人来去，也就注定了孤独的一生，所以才会努力去寻找自己的另一半以及朋友，好彼此取暖。既然孤独是本质，为什么要说成可耻呢？当孤独成为了一种习惯甚至朋友之后，就会慢慢变成了精神上的一种自我的享受，就好像鞋子上的这个洞，它不会因此而感到难堪以及孤独。

直面自己，难免会痛，但会更接近真实，毕竟我们一生，被虚假的表象遮掩和粉饰得太久了。何况我也不是一个高贵的人。

十三

慵懒的天堂

有天看报纸说中国评选最懒的城市丽江排第一，拉萨排在了第二位，我有点意外。严格上来说，拉萨应该排在第一位才对，因为拉萨是一个城市，而丽江只是某一个角落而已。如果再延伸开来，整个西藏的生活习惯都是一样的，这里确实和内地有着根本的不同。

在西藏当公务员一直是内地人羡慕的职位，工资高还有高原补助，而且内地人每年还可以有几个月的假期回内地调养身体，可以不将任何工作带到悠闲生活当中，在西藏，别说是节假日，就连平常工作时间也会常常找不到人，这些大家都很习惯了，而且办个执照签字什么的如果没有关系，估计要拖上个一月半月，这些现象对于初来拉萨经营的人来说是很不习惯的，但住得久了，也就随流而安了。

其实这也不能怪这些部门的懒惰，整个西藏本身就是一个适合身心放松颐养精神的地方。西藏时差要比内地晚两个小时，而在西藏的首府拉萨，平均海拔高度也在三千七百米左右，这就导致了西藏的阳光会比别的地方热烈很多。拉萨的夏天常常在下午五点的时候，阳光还像内地的正午一样，而在晚上九点天还亮着。又因为海拔高度的原因，导致这里长年缺氧，缺氧最直接的反应就是缺脑，也就是说，基本上可以不怎

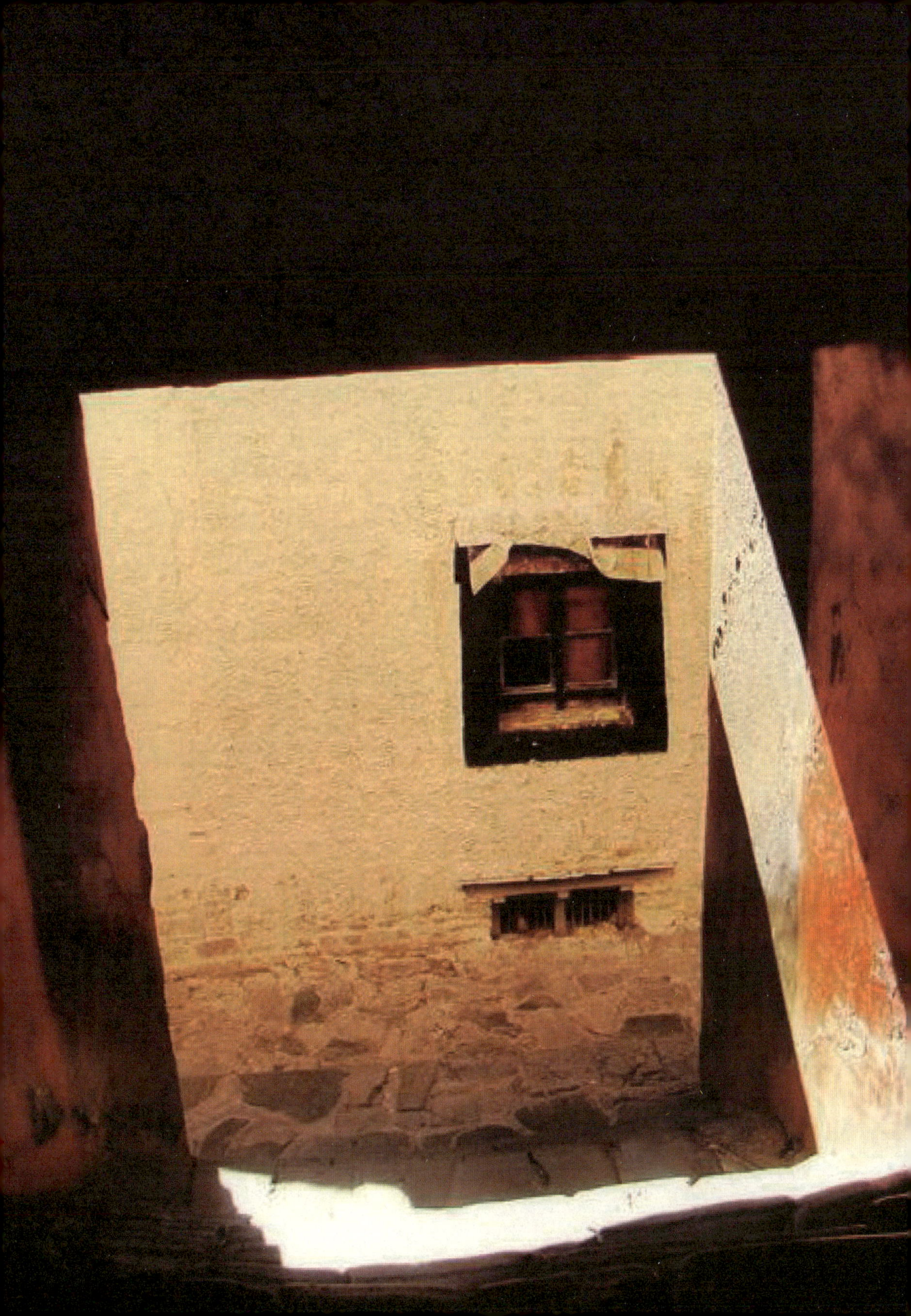

拉漂的日子

么动脑筋，也不愿意动脑筋。这些因素都导致了这个城市的懒，而且因为这里的风景也无处不诱发人类心灵深处的一种静美，一种与世无争和天性祥和的怡然自得之乐。

从内地到拉萨，感触最大的，还是这里的简单与原生态的美。对于"拉漂"一族来说，喜欢上这里的什么，估计很多人都很难作出一个准确而满意的答复，毕竟这里的诱因实在太多，而可以轻松自在地享受这里的阳光以及过自己喜欢过的生活，也就是自由，想必这是大多数"拉漂"们的一致感受。来到拉萨之后才会发现从前苦苦追求的很多东西，

098

其实并不是很重要，大多时候，我们只是活在一个"面子"的氛围里，不得不在一个特定的圈子里共同沉浮。而在拉萨，根本不会有人在意你做什么或者怎么打扮，所有的生灵在西藏这个土地里，都是神佛的儿子，大自然给予这里的生命一切的本真，给予了我们所有最纯的大美，就连在拉萨街头上四处游走的流浪狗都那么的悠闲而富有，这种富有并不是金钱所能衡量的，因为这里的阳光从来就不知道什么叫吝啬，这里的空气从来不知道什么叫污染，这里的宗教从来不知道什么叫得到，这里的风景从来不知道什么叫人工。在这样的环境之下，有什么理由不懒惰呢，与内地早晚奔波忙碌思想念头一刻不停的人们相比，这里真的可以说是天堂了，因为在拉萨，你实在懒得去想，而且很容易健忘，有什么人什么事是必需的呢？这里的一切都在告示着我们：一生，就一世；一世，也就是一时，一时只是刹那之间而已。从前的都已成为了过去，未来的还没有到来，只有在当下，才是最真实的。

评价拉萨的懒，我个人以为并不是一种贬义，而是内地人劳累而无奈之后的一种向往和渴望，谁不想生活在这样舒适悠闲的空间里呢？只不过很多时候我们一方面在抒发这种向往的同时，另一方面又感叹着自己的身不由己和无奈，却不知道，所有的所有，都是最初自己亲自选择的，古人有句话叫做作茧自缚，确实是我们大部分人一生当中最真实和贴切的写照，不管是工作还是生活，或者是情感世界。

我喜欢拉萨的慵懒随意，如果可以一直这样，为什么不呢？

第三章 薄如蝉翼的时光

一

拉漂

不知道从什么时候开始，有了"拉漂"这样的词。

一叶浮萍漂在水上，看上去很美。无根的随波逐流，没有方向，也没有目的，只是在移动当中体会这种漂流的过程。更多的时候漂只是漂泊的诠释。不知道从什么时候开始，北漂曾经一度成为了人们的话题，在经历了改革开放、下海经商的热潮之后，人们从单一的世界瞬间感触到色彩的多元，在躁动和攫取的同时，精神世界也随之变得不安和浮躁，个人的追求变得迷茫，于是出走选择一个陌生的大都市来证实自己，或者来雕琢体现自己，成为年轻人的最大梦想。而拉漂，这里特指没有稳定的工作，又不想离开或者在努力寻找一个理由留下的从内地来的一小部分人（并不包含援藏或者长期在这里做生意的内地人）。在西藏漂称为"藏漂"，在拉萨漂的称为"拉漂"。

第三章 薄如蝉翼的时光

这是一群独特而带着神秘色彩的人。每一个都那么的个性鲜明，每一个都有着隐藏的过去，或者穿得非常异类，像一只蝴蝶；也或者一件又脏又旧的军棉袄，从年头穿到了年尾。他们在拉萨熟悉八廓街的每一个大街小巷，知道哪个角落的甜茶最好，哪里的酥油茶最香，哪里的青稞酒最美；也知道哪个小酒吧最温馨浪漫；当然也知道哪些小餐馆的菜既便宜而且味道又好。

拉漂们可以不工作，但绝对不能没有阳光。享受高原不一样的日照，仿佛是拉漂们进藏的唯一目的，也是他们来来去去总是不舍的理由。在漆黑的夜里，他们像幽灵出现在酒吧昏暗的角落，在那尽情地高歌或者落泪；在白天某个茶馆或者墙角，懒洋洋地坐着靠着，只有同样的一个面容和表情，仿佛整个世界都被他们所遗忘了，当然包括他们的过去，以及昨夜的激情。

也不知道从什么时候开始，拉漂渐渐变成了一个贬义词。一些相对来得较早的朋友，那留守在拉萨时间较长的人，潜意识里都将自己和拉漂划清界限。以致很多刚从内地来到拉萨的新面孔好奇地打听关于拉漂的故事的时候，那些人不是微笑不语，就是立马澄清自己并非拉漂。这也并不奇怪，早在九十年代初期，最早在拉萨晒太阳的人，几乎都是怀才不遇或者是特立独行有着自己纯粹精神世界的人，而随着高原交通的好转，随着火车、飞机进藏的方便，每到夏季，各色各样的人群都涌进了西藏，于是在旅游旺季的拉萨，你会看见大街小巷到处都是游客，而且每一个都穿得花枝招展，甚至服饰怪异（印度、尼泊尔服饰居多），而这些人群，热闹了一个夏季，入冬前转身就走了。还有一部分人来了又去去了又来，茫然于这片土地，不知道是留恋什么，这部分人大多都是很年轻的，甚至大学都未毕业，就将青春丢在了高原。也因了这些人，于是让拉萨的白天和夜晚变得无比的热闹，当然，各种各样的故事，也就泛滥开来。

拉漂的日子

在拉萨的夏季，艳遇，成了最流行的词语，甚至相比于丽江有过之而无不及。早些年在拉萨圈子有句很著名的话，说莫名其妙来拉萨就不想再走的人，都逃不过三种情况，大家称为三失：失恋、失业、失常。这虽然是一句笑话，但仔细观察和体会，事实也确实是这样的。一个正常的人，又怎么会如此地迷恋这个相对遥远和落后的城市？而且高原缺氧、紫外线强，对身体内脏和皮肤都影响很大，但这些人还是宁愿待在这里，哪怕是一个夏天，哪怕明年再回来，哪怕是一年来回几趟，就像着了魔似的欲罢不能。

在拉萨，时光仿佛是静止的。在这里有个奇特的现象，就是健忘，会越来越健忘。一方面是氧气稀薄造成的脑细胞减少，我们戏称为脑残；另一方面，是和精神彻底放松相关。在拉萨，没有人会关心你的过去，甚至没有人会在意你的真名叫什么，一个外号，从认识之后，会叫上一辈子。这里几乎没有时间和日期的概念，如果没有特别重要的事，你会把日历和时间彻底遗忘。走到街上，你随意问一个拉漂今天是几号，估计对方都要想个好半天。因为在拉萨的日子里，好像没有什么事情是值得关注的，除了晒太阳和泡酒吧。我曾经去过一趟尼泊尔，有个小城市叫博卡拉，就一条街道，环着一面湖，却聚集了无数的老外，还有无数的餐馆、旅店和酒吧。那些老外以及中国内地的游客每天无所事事晒太阳，晚上闹酒吧，还抽着大麻，艳遇的故事也就可想而知。而拉萨在某种程度上也是这样的，就是彻底的放松和随意着生活。

还有很多朋友因为种种原因没来过西藏，对于西藏的认识一直停留在原始和陌生的层面，印象之中西藏就是一个神秘而遥远的传说。于是这些朋友带着这样或那样的疑惑，常常会问我同样的一些问题，要我介绍一下西藏以及类似一些藏漂拉漂的人和事。我说，我不是拉漂啊，你应该自己来看看，自己来亲自认识，或者自己当一回拉漂，那样感触就最真实了。对于西藏，我所了解的毕竟非常有限，因为西藏很大，而且古老，我来的时间却很短暂；对于拉漂一族（我喜欢这么称呼他们），更不知道该如何说起，因为每一个人都有自己的故事，而且性情都比较另类、个性鲜明突出而且自我。单以我有限的心量和目光去打量和评价那么多的人生人性人心，恐怕很难表达到位，也很难描述准确，因此每当朋友问起，我想说的很多，话到嘴边，又咽了回去，该从何说起呢？我和拉漂一直都保持着距离，直到今天，我走得更远更孤僻了。

找个理由可以留下来，这是所有拉漂一族最基本的问题，关乎生存和理想或者说是逃避。而拉萨又是一个很好找工作的城市，哪怕不工作，拉漂们照样生活得很好，可以吃得简单点，睡得简陋些，在旺季每天都会有新的朋友可以认识，于是这里吃一顿那里喝一顿也不成问题。这样的日子和生活，常常让我觉得不可思议，这些拉漂们实在太幸福了。而且他们后面还有个家，待不下去或者冬天来了，又可以轻轻松松回内地得到家的温暖。

拉漂的日子

　　当一个人生活在没有什么压力没有什么追求没有什么约束，而且风景人文又那么独特的环境里，人会懒得思考的，而且会因此而上瘾，习惯了这种生活，回到内地又怎能适应？于是走了又来，成为了拉萨的一个怪异现象。

　　每天不同的感受还在继续上演，拉漂的日子还在继续，因此零乱与矛盾是在所难免了。当然他们的故事也在继续，最重要的是，晒太阳是谁也无法阻挡的。

二

晨昏之间

　　清晨的拉萨很安静，安静缘于晨姿的静美。住在拉萨河边的房子，卧室的窗户正对着拉萨河岸的山色，以致躺在床上就可以直接面对这种安宁的流淌。当清晨太阳的光色投上阳台折叠成半明半暗的色彩，远处的山就以一种金色的语言开始述说亘古的往事。常常就这样睁着眼睛躺在床上，看着窗外的蓝天和绮丽的阳光，一动不动。在这样的早晨，身心都是慵懒而舒适的，思想不再像尘埃一样纷纷扰扰，甚至连身体也会被遗忘，只有那无穷无尽的清凉一直延伸到天的尽头，我不知道那一刻是自己遗忘了世界还是自己遗忘了自己，还是被世界给遗忘了。

　　常常会有一两只麻雀或者鸽子或叫不出名字的鸟儿在这样的清晨飞到那一堵墙上，那堵墙面窗，于是我可以将小鸟的姿态神情甚至心事尽收眼底，我和它们都是每一个清晨的主人。它们都很充实忙碌，总是匆匆地来小憩一下又匆匆飞走了，而我，把这些镜像当成了一个梦境，在它们走后满足地微笑转身，又沉沉睡去。

　　在拉萨睡眠会很浓很深，而我因为职业的关系，常常都在夜半才入眠，但这不妨碍每一个清晨可以梦幻般迷迷糊糊地将安安静静的早晨分享，与时间一起分享这种宁静是一种莫大的满足，满足于没有任何嘈杂以及污染的空间，甚至连内地的一切人和事都被忽略了，甚至连自己都被忽略了。佛经上说：人生如梦，凡所有相，皆属虚妄。但在这有限的生命里得以拥有当下的喜悦满足，虽说是短暂的，但也会眷恋和着迷到无法自拔，因为这一刻感受到了从未有过的轻松与自由。

　　拉萨的正午同样很安静，安静缘于阳光的静美。不到拉萨，永远体会不到什么才是真正的阳光，那种暖得身心由里到外的祥和。在青藏高原,阳光从不会吝啬自己的热情,从清晨直到傍晚,那种暖意才会渐渐消退,换成夜色的清澜将高原柔软。长住拉萨,日日免费享受着这种日光的亲吻,渐渐会产生一种被恩宠的溺爱感觉,你会觉得幸福来得这么容易,会觉得从前的种种是那么的累赘和多余。都说西藏的雪山、圣湖、草原多么多么的美,但这些大美到无法形容的壮丽,没有了阳光的普照,全都将黯然失色。来西藏的人们,往往会把每日无私照耀的阳光忽略,因为实在太过习惯和熟悉了,却忘记了在内地的日子,要想见到这么蓝的天这么白的云这么温暖的阳光,是很难的,而在拉萨却可以随时享受这种待遇,不能不说是一种奢侈的幸福。

来过拉萨的人,永远不会忘记这里的阳光,也只有在青藏高原之上,才能够体会到这种与众不同的光芒。拉萨不论是夏天还是冬天,日照时间都很长,而且阳光炽热,冬天再冷,只要太阳出来,就会将高原照耀得暖洋洋一片的畅肺舒心,待在藏式房子里,透过门帘和窗户,看光线将色彩分割成屋檐下、墙壁上、道路间一线两边的明暗冷暖,看那些小小的虫子和微尘在光色里自由自在飞舞,会让人以为时间和世界就此静止了。而在夏天,哪怕外面再热,拉萨屋子里都是很凉快的,完全不需要空调来降温,于是会让人在脑海里浮现出清凉世界的词汇,一明一暗两个世界,泾渭分明又融合一体,坐着或半躺在拉萨这样的午后,当真是妙不可言。如果此刻你靠在大昭寺那面太阳墙下,感觉会更加舒适,舒适得忘记了自己的身体,以及灵魂的束缚。

拉萨的夜晚依然很安静,安静缘于夜色的静美。拉萨夜晚的色调变幻实在太多,不知道该怎么形容我所见到过的各种景象。每一种景致都会让人忍不住产生发自内心的欢喜、惊奇或者敬畏。在西藏,敬畏是内在最自然的感情流露,不论是寺庙还是雪山湖泊,不论是藏獒牦牛格桑花还是那些虔诚的信徒,或者只是西藏平常的晨昏之间,都会不期然地让人流露出潜藏的敬畏,敬畏缘于心灵的撞击,陌生而且瞬间迅猛的直

第三章 薄如蝉翼的时光

抵。再平凡的景致入于我们内地人的眼里，都会是惊奇而讶然的，因为我们从没见过。比如拉萨的夜。

　　拉萨的夜来得很晚，当太阳的热情迟迟未肯退却的时候，月亮早已挂在天边一角静静地等待，于是很多时候就形成了阳光明媚而月盘如碧相应衬托的傍晚景色。月色虽不炽热，但晶莹如玉，宛如处子出水般剔透在蔚蓝的天空下，窃以为古人所谓的日月争辉，当是如此景象。热如火，凉如水，同在一个天空下，像是一对恩爱的情侣，这样相互陪伴了万载千年。

　　走在傍晚的拉萨河畔，四周是远山，远山上飘着日落的彩云，天空由蔚蓝变成了墨蓝，如果说白天的蓝让人蓝得心里发慌，那么此刻傍晚的蓝，就把拉萨的夜渐渐牵引进了神秘的世界。除了神秘还是神秘，不论是什么样的夜晚，只要你抬头看看天空，这片蓝都能将你的思维带进那种亘古而神秘的传说当中。

拉漂的日子

　　拉萨的夜色，春夏秋冬都不一样，每一个晚上都不一样。都说星空是夜色最好的描写，看过拉萨星空的人们，对这句话应该最有体会。我从没有见过这么多这么亮的星星，就像是一个大的部族在召开一个全体的聚会一样，闪闪烁烁的私语遍布了整个天空，甚至是镶满了整个山头。我不知道是不是因为拉萨海拔高，那些星星才会显得这样的低矮清晰，行走在这样的路上，你会以为自己走进了一个魔术晚会，那些精灵顽皮地和你开着善意而狡黠的玩笑。

　　有时候月亮周边会出现一圈厚厚的彩色月晕，真的是彩色的，又圆又大，让你无法不相信其后有某种我们尚未可知的力量在作用着，在那广阔的天空后面，到底隐藏着什么？人类是那样的渺小，又被那样的宠爱眷顾着。

当群山被白雪覆盖的时候，夜就变成了琉璃世界，极目而尽，朗朗乾坤，一切都清清白白。在桃花盛开的春天，夜色清明，群星璀璨万里无云，爽朗的夏云多情的秋风，都将拉萨的夜细致地打扮巧妆，真的没有比这更变幻莫测、多姿多彩，更让人心潮澎湃的夜了。

而最让我不可思议的是那些云。拉萨的夜晚如果有云，必定是千奇百怪的。有时候满满的一层把月亮和天空都遮住了，云都不厚，于是天光与月光隐约透出，衬得云外的世界愈加神秘莫测。有时候东一抹西一片地凌乱布局，形态各异仿如仙人闲庭散步；有时就像是被孩童顽皮撕开的棉花絮一样，一条条一线线静静地挂在天边，没有风，也没有谁来收拾。这些夜空上的云，都像白天一样白得那么的耀眼，而且都是那么那么的低，仿佛伸手就可触及。无法形容它们是如何的美丽，因为这种美在我从前的记忆里找寻不到一点存在过的痕迹以及可以用来赞美的词句。

三

拉萨的雨

"拉萨的雨是有灵气的。"走在路上抬头看天的时候我忽然冒出这句。刚到拉萨的朋友好奇："为什么？"

说来奇怪，拉萨下雨的时候基本都是在夜里，有时候会下整整一夜，但在清晨渐渐就停了。在白天偶尔也会有雨，但都是很短暂很温柔地飘飘然来过一下就走了，这使得出行和旅游很方便，更主要的是可以依旧享受免费的日光浴。这种现象我观察了很长时间，我不懂气象以及地理原因，只是非常想当然地认为在拉萨这个众神居住的地方，连雨都透着灵性的恩泽。

每年的五月至八月，是拉萨的雨季。在内地的雨季，那些梅雨天气，雨会一直下，下得万物潮湿身心发霉，但拉萨的雨季不会，它们总是在夜里悄悄地来，清晨轻轻地走，而后又是一整日的阳光普照，半点不会影响到干爽脆朗的心情。拉萨下雨选择在夜里，让人们白天可以尽情享受着阳光而不被苦雨困扰，而后在夜里又可享受到那种潮湿的温柔，拉萨的雨仿佛一直都带着灵气和爱心。那年五月的第一天的正午，拉萨迎来了年度的第一场雨，薄薄的一层碎雨还未将路面打湿就施施然地走了。我坐在酒吧透过窗户看这场如约而至的雨，感慨万千，不知道为什么会这样准时，在进入雨季的第一天问候就迎面而来，这不是灵性所使，又是什么？概率和巧合，被我放在了一边，因为我在拉萨，这里是完全不一样的地方。

常常会在夜深时候怀念起往年拉萨的雨季，甚至这种怀念，在离开拉萨很多年以后，依然会在某个夜深时分清晰地记起。在那样的夜里关上电脑熄了灯，伴着记忆之中拉萨啤酒清纯的味道，将头挨上柔软的枕，开始闭目冥想，一切都安静了下来，发现窗外也下着雨。那个时候，我变得这样的迟钝，迟钝得忘记了是身处高原还是内地，或许是那些年高原的缺氧，在不知不觉当中，我的记忆也开始渐渐衰退，却享受着这种记忆游移的快感。

拉萨的每一个夜晚都是不一样的。因为每一个夜晚心情的不一样。

拉萨夜里的雨量通常很小，淅淅沥沥，落在那些屋檐、铁棚、夜树与稀疏的灌木上，清晰成偶然天成的音符，在我安然闭目的世界里错落成梦。而且八月拉萨的夜雨下得特别的勤。在这样的梦里睡觉可以睡得很沉，因为夜来得很晚，因为呼吸来得很深。常常是在不经意间合上

了眼拢着夜色缠绵,又在不经意间迎来晨光满面。

这样的夜,翻阅脑海里的日记,仿佛在盘点自己,在夜深人静的时候将过去一一打开,日记却像是搁置在忘记关窗的案台,被夜雨打湿成斑斑点点,朦朦胧胧。

过去的该如何清点,思绪像窗外雨滴一样的密集,却又找不到线条的来龙去脉,找不到依据,来和去,变成无所从来亦无所去。那样的夜里,我是个倒霉孩子,只能在雨夜里呼吸,却不能拾起这些个欢喜,将之永久地盛装。

经常会在雨季的夜里醒来。好久没有过的奇特现象浮现在眼前,那一刻不知道自己身在何方,也不愿意睁开眼睛看,就这么半是迷糊而半

枯漂的日子

是清醒着。不知道方向，不知道地点，不知道时间，因好奇而睁开了眼睛，才知道自己还在拉萨这个小房子里面躺着，外面正下着夜雨。

下着夜雨的拉萨，会被错听成江南的晚上。黑夜遮盖了一切，阳光的热青草的绿天空的蓝，都被厚厚浓浓的夜色隐藏。没有人去在意和解释这种交替的因由，因为在这里，在这样的夜，这样的雨单纯得要命。

喜欢这样的夜，因为它的冷清与悠然自得。夜里没有方向，于是梦就可以四处流淌。想起了白天高原的阳光，同样令目光失去了方向而快乐地飞翔。简单和复杂，在同一个天空下，变得泾渭分明起来，仿佛火车的铁轨从格尔木开始，就是两个世界的一线划分。内地和西藏，哪个世界才是真实的？就好像夜里忽然梦醒，不知道心在哪里。

这个城市很少雨水，所以干燥，而且因了阳光的热烈使得热气久久未能消散。这样的夜里，悄然而至的雨无疑就是一场惊喜，甚至像是一个行走在沙漠里的人喝完了最后一滴水一样，麻木地走着走着，忽然就看见了一泉半涸的洼，它带来的不单是憧憬，还有微笑下用力按捺的激动，以及最初远离人间烟火的清凉的似曾相识，像某个春天里的潮，使得记忆里的一些柔软瞬间就湿湿润润开来。闭上眼睛侧卧，拥着被子，一半温暖，一半微凉，冷暖之间是丝绸一样的随风覆盖，轻吁一声，为这一夜轻柔地悄然而至，叩我久已苍凉干涸的心扉。

那样的夜里，我拥有过从未拥有的满足。可我终究是个倒霉的孩子，想去奢求这么多无法拥有的。那样的夜里我常常问自己：我错了吗？为这一世的茫然和不甘心，为蠢蠢欲动的火。我是真的害怕，带着这一世的纠缠，轮回到下一生另一个陌生的世界，害怕那个世界再没有阳光和雨季。

还记得大春那天晚上哭了，当一个中央电视台的实习生为了采访"拉漂一族"选中他的时候。之前找的几个拉漂，都刻意拒绝和回避了。那个夜晚酒吧昏暗得让人迷幻，外面还下着一场大雨。

没有人会在这样的夜里在意某个人的情绪，因为每个人在拉萨都会在某个特定的时间、地点里莫名其妙地感伤。我知道大春就如我此刻的心情一样，或许是想家了，或许是想起了在拉萨这些年的人和事，一页页被揭开的时候，在拉萨这个独特的天空下，在这个下着绵绵秋雨的晚上，还有什么是不可思议的呢？想家又不舍得拉萨，这是很多拉漂的心结。

人都会有孤单的时候，孤独的时候就脆弱了，而在拉萨，脆弱的时候就会缺堤。大春此刻就是如此。

这场雨越下越久，仿佛就是为了一场心事而来。与夜对话，多少都需要一点勇气，而与夜雨私语，就需要将埋藏的寂寞一点一点地牵扯出来让它过目，而后串成它即兴编排的曲子，应和成温润的节奏，才能与灵魂共舞。

一个人的灵魂是否注定了要孤独一世？恩爱的日子，已经不多，那么在老去的时候，为什么还要抛弃一个自己先走了，留下另一个，备受折磨？爱，难道错了吗？还是因为爱字本身，就是上帝给予人们的最大讽刺！已经有很多年，不敢奢谈这个字眼了。无关爱，像莲那样地盛开。

但是，莲也寂寞。所以，雨才会来。
那夜大春喝着笑着说着，忽然就痛哭开来。 我们却都没心没肺地笑了，笑他眼睛红肿得像金鱼一样。 这一夜我们都说了很多话，喝了很多酒，我们都喝醉了。

大春第二天就要回到他原来的那个世界，要经过唐古拉山，要经过可可西里，还要经过格尔木，就像他当初来的时候一样。夜本来很简单，但被他这样一哭，就变得复杂了，让我们的笑也复杂得如此要命，连那些雨都像是撩人思绪的诗句一样，开始沉吟起来。

大春的家乡在江南，江南的雨和拉萨的雨声是一样的，而且都透着微微的冷。夜半醒来，我拥着被子闭着眼睛，听窗外淅淅沥沥的节奏，昏昏迷迷。不同的是，拉萨的雨敲打在窗棂上，而江南的雨滴落在芭蕉叶上。脸庞和露出被子的胳膊是冷的，这种冷很亲切很熟悉，就像某个冬天的早晨，也像某个秋天深夜独自行走的雨巷，更像是夏日情人贴过来的肌肤，让人着迷。

雨逐渐大了，眼皮是那么的沉，心事仿佛是春光里的烟云，浓郁而轻卷，飘来荡去，忽而纠缠成结，忽又散得无牵无挂，就这样多好，不近不远，触不到却能一一感觉，抽了重量，入了梦乡。

梦里依然是有雨的，雨一来，天气就冷了。天气冷了，就想拥抱，可是当我醒来之后，发现抱着的是一床被子，虽然它同样是这么温暖，可是终究是入不到我的灵魂我的血脉，我只能以肌肤，触觉到它沉默寡言的温情。

没有人会在意大春为什么会哭，也没有人去在意拉萨某天的一场夜雨。不管是江南还是拉萨，夜里的梦，是一样的浓。

雨终究会停，心情也终究会成为过去，每个人，也终究要离开的。去年的雨再也寻找不见了，就好比大春，再也没有回来。但雨季还是会来，心情还是要来，哪怕你轮回到了下一个世纪，你还是需要这样的面

拉漂的日子

对、感受或者煎熬，这是宿命，只因多情。

　　还有谁会在意今年的雨季是否和去年的一样？一样在夜里如期而至，一样在夜里辗转沉吟，一样在夜里想起了家乡以及一声长叹？或者，你还是会喜欢上这样的夜的，雨点轻敲的孤独，不需要谁，来与灵魂共舞。

四

那堵墙

曾经，我那么地喜欢上了那堵墙。何时，那堵墙却成了我无法企及的距离。

那年的夏天，我给大昭寺门前文成公主纪念碑下的那堵墙取了个名字：太阳墙。大昭寺坐东向西，那堵不高的墙就面对着大昭寺正门，墙体大概二米高八九米长。下午二三点以后墙身正好将炙热的太阳遮挡，靠墙安坐，面对大昭寺灿烂的金顶，金顶上洁白的云朵和蔚蓝的天空，人就会无比松懈和舒坦开来。前面几米处是各式各样虔诚长叩膜拜的信众，此起彼伏的身姿剪影着色彩斑斓的服饰衣着，还有那喃喃低语的诵经梵唱牵扯着耳线，一两只鸽子自由穿梭起落，把拉萨的午后暖得懒洋洋。

拉漂的日子

不知道从什么时候开始，这堵墙渐渐成为了内地游客的一堵文化墙，所谓的文化，就是来拉萨的过客，那些多少熟悉一点拉萨的人，都会在这里驻足坐坐，把这段光阴定格成记忆里的一次放逐，一次毫无戒备的休憩和享受。拉萨很小，而大昭寺又是游客必到的观光之地，更是当地老百姓心中神圣的殿堂，因此大昭寺的人流每天都很多，绕寺经行（当地人习惯绕寺经行祈福，传统习俗采用单数的圈数绕大昭寺外围）和磕长头的信众将这里形成了独特的一道风景。最初一些游客累了或者因为阳光的热烈，于是习惯在大昭寺这面墙下休息坐坐，顺便看看眼前陌生的景致，感受不一样的人文和景致，久而久之，竟然形成了一种默契，那些长期待在拉萨的拉漂们，渐渐就把这里当成了晒太阳的最佳场所。一是这里热闹人多，不管是当地信众还是游客都在这里出现；二是这里的阳光不会直照在身上灼伤肌肤但又能享受到阳光火热的气息。更重要的是，这里可以交流，与陌生的人成为朋友，一种缘分的碰撞。

在拉萨，很容易就可以交上陌生的朋友，这和内地差异非常大，好像来到拉萨的人，哪怕在内地再聪明和计较，都会被这里的环境气氛所感染所默化，将一些内地里的不良习惯和思维方式悄悄掩藏，展露出坦诚的阳光。这是难得的坦然松懈，但也因为这种环境导致了一些变异的病菌在飞速蔓延，而在大昭寺的这堵墙下，更是如此，曼妙轻松的同时，也促成了某些异样情绪的凝聚，最后这堵墙竟成了一堵令人哭笑不得的是非之墙。 我们，是否真的太过孤单？

初来拉萨的时候，我也和好奇的朋友一样，喜欢与人或者独自在这里享受日光浴的恩宠，那是一种无法用言语表达出来的新奇感受，从衣服到毛孔直达血液内心的一种温暖和惬意。没有人打扰，什么都不用思考，闭着眼睛渐渐就似睡非睡起来在这个高原的角落忘乎所以。在这堵墙下，整个世界都是你的，天空和云彩乃至眼前所有的景象仿佛都是因你涂画出来的，思想可以无边无际地放逐。我很怀念那年的这段时光，可以一句话不说就那么呆坐一个又一个下午，直至坐到神情恍惚，坐到太阳西下。可是这种美好依然是那么的短暂，哪怕是在拉萨，拥有同样是奢华的，因为那种纯粹，如此的珍贵。是不是所有最美好的事物，都是因为短暂才美好呢？我不想知道答案，因为我没有更多的精力去思考这些令人难耐的问题，我只是偶尔会怀念，怀念那段日子，与我若即若离。 我怀念那堵墙，也怀念我曾经为其取过的名字。

从不是一个清高而自律的圣洁之士，也无意无力去干涉改变他人，但一些事情入于眼底上了心头，还是会升起不自在不安宁的波澜，就如曾经的这堵太阳墙。太阳墙下的人和事，不知道从什么时候开始，被渐渐改变了。

不管是什么文化历史和地域背景，作为一个外来人，我想最根本最起码的表现应是尊重，不论你内心是否赞同这种文化。即便你内心抵触，但尊重当地人文，是我们的文明最基本的礼节和礼貌，但是在这里，很难看到。古人说："无知者无畏"，当一个人没有了敬畏和尊重，还有什么是不可能发生的呢？太阳墙很快就成为了一些拉漂们的聚集地，这种聚集更多时候变成了一种无聊和发泄以及有机可乘的理想之地。一次和另一个常待在拉萨的朋友聊起，说到了太阳墙，他说一些人把内地人的名声给玷污了，把这堵墙给抹黑了。我说我已经不去了。朋友说他还是会去，但会选择冬天，因为那个时候很安静，留在拉萨的内地人没有几个了。其实在拉萨，"拉漂"已经逐渐变成了贬义词，甚至是变相讥笑的一种嘲讽，也特指很多在内地混不下去才跑来拉萨的人。但我以为，在拉萨漂泊是一种个人的自由和选择，也不尽是颓废或者混混，毕竟有些人是确实在追求一种精神上的自由和坚持自己的理念。也有些人是不习惯于内地的一些生活方式和琐碎，毕竟只有在拉萨，才能够体会到一种彻底的自我和放松。

拉漂的日子

但是，一些"拉漂"们也确实如那位朋友所说的，有点莫名其妙，自我放纵得太彻底无畏了。也确实因为这一部分人影响到了很大的一部分人，影响到了后来的拉漂，影响到了当地人对内地人的印象，影响到了内地人对拉萨的印象，这种损失和后患是无法估量的。有些人来到拉萨不是为了享受这里不一样的生活不一样的世界不一样的感受，反而是将自己原有的劣根性和欲望尽情发挥和发泄，因为在拉萨几乎没有人会干涉你约束你，仿佛所做的一切事情都是正常的，是无所谓的，是自我个性的展露，但事实并不是这样，有些事我至今都没能看明白，因为我不知道这是为什么。前段时间有个朋友问我，能不能收留一个小弟让他到我酒吧里打工，只管吃住就行。我看着他半天没反应过来，因为他自己来拉萨也有几年了，什么都没有做，我不知道他的生活来源是什么，也不知道他每天在做什么。我尊重别人的选择和生活的方式，可是他说的这个小弟他也是刚认识的，只是觉得他可怜，说他是半路弃学一路逃票来到拉萨的，才十七岁。愣了一会儿我问他，你这是对他负责还是在害他？据我所知所见像那样的小弟在拉萨每年的旅游旺季有无数，身无分文半路辍学，不知道是受什么诱惑和误导，义无反顾就跑到了几千里之外的西藏，而后每天什么都不做，跟着一些拉萨刚认识的好心哥哥姐姐白天晒太阳晚上泡酒吧，去蹭吃蹭喝蹭睡，最后还见缝插针地和内地来的女游客暧昧着，而一些女客也因为他们的年轻个性，因为和内地生活方式的不一样，也因为没有人知道而乐此不疲着。这里面没有一点感情的成分在内，就是一种赤裸裸的陌生猎奇。丽江的奢靡早已泛滥，可是在拉萨不知道从什么时候开始也变成了这个样子。而一些年轻的女孩同样如此，没毕业或者刚毕业就跑来了，而后自我得不知所以，夜夜笙歌花天酒地，并且以认识新男人为享受和价值。这些年轻人都好眉好貌都应该有个好前程的，却不知道为什么会聚集出现在了这里，寻找艳遇寻找一夜情，成为了一些人来拉萨的最大诱因。

  曾经跟一个初来拉萨寻找这种刺激的朋友说，你以为你很帅气有吸引力，其实你是不清楚这里的某种文化，这里的一些女性或许只是当你小三罢了。他硬是把我给说傻了。有个问题我一直没想明白，这些在内地或许相对隐秘的行为方式，为什么会在拉萨被放大演绎呢？别人的私生活和幸福方式，我无权说三道四，但在这堵墙下矫情和刻意，甚至嬉笑喧哗，对于眼前那些虔诚膜拜的信众，会是一个什么样的印象？记得墙下曾经有个女孩对一个男孩说，你们年纪轻轻为什么要这样生活？让人鄙视。男孩说生活所迫。我听了不禁哑然，生活是什么，他们知道吗？而说这话的女孩本身虽也比较开放，但她依然看不起这样的行为模式。她之所以说出这话，是因为头天夜里那个男孩在酒吧主动提出交易价格而且还不断降价，邻桌的我真的无法表达当时的感受。拉萨，号称最后的一片净土，却被这些无畏的年轻人给蹂躏了，还美其名曰追求自由。我也是从小就到处跑的人，理解那种青春的驿动和不安分，但我担心的是，他们离开了西藏回到内地，会怎样面对那个竞争激烈的社会？过早就享受了最纯粹的精神享受，还有什么动力能够让他们继续生存和奋斗呢？拉萨的一切都是慵懒随意的，都是让人懈怠安逸的。最后实在混不下去了还是要回到内地去的人是走了一拨又一拨，没有人记得他们来过，可是他们会被拉萨诅咒，成为一种长久的依附，为这段年轻而无畏的曾经，将在现实与虚幻、安逸与辛劳之间让灵魂备受折磨。事实也是这样，很多年轻人反复地来了又去，去了又来，就是背负了诅咒而不能明白，于是拉萨的时光，已经成了他们的慢性毒品而无法戒除。

在太阳墙下，更多不和谐的影像会时常出现在你原本安静平和的眼里。一些人不知道是因为无知还是为了突出表现自己，会在那些虔诚的信众面前忘乎所以地展露个性，使得大昭寺门前常常上演着滑稽而荒唐的闹剧。有些人会光着膀子拖着鞋子横七竖八躺在那里享受阳光，或者毫不讲究地喝着青稞酒或者啤酒，在那里打情骂俏嬉笑怒骂大声喧哗，有些嫌地面脏，会直接一屁股坐在信众用来磕长头的磕垫上，还有的拿着一些廉价而暴利的所谓手工艺品在那里兜售给身边的内地游客。另外一些人，会以怪异的装束打扮来吸引他人，达到拉客到自己酒吧或者客栈的目的，还有些，直接就是为了满足对异性的欲望而待在那里所谓的享受太阳。而这些，都是所谓的长期或者来了一段时间的拉漂们的壮举，根本就无视眼前那么多信众正在一遍又一遍虔诚地磕着长头，在忏悔在祈福在清心念着远古的梵音，这个画面是生硬而极端不协调的。

我不明白，内地人从小就接受着文明的教育，为什么来到这里反而变得如此的野蛮与无礼呢？这让我想起在一些寺庙里的游客，对着佛像指指点点，对着那些镶嵌的金银珠宝天珠玛瑙钻石大呼小叫估算价值，对着活佛赐予的藏药嫌脏当场说些让人难堪的话，对着殿堂的庄严说酥油的味道实在太难闻说地面那么脏，对着藏族人说手抓糌粑吃很不卫生，对着不懂汉语的藏族老太太老大爷明知道他们生气地比画是叫你不要拍摄还朝他人面门猛按快门甚至一直追随着抓拍的人们，我们的汉族兄弟姐妹，我们号称自古就是礼仪之邦的民族，为什么会如此自私自傲，以至于到了无知无畏甚至无耻的地步呢？我们所学的东西难道就是为了体现在这里的这种方式吗？相比于那些外国人，哪怕别人是信仰基督天主

的，进寺庙都知道脱帽子都知道轻声低语都知道不能对佛像指指点点都知道对别的文化要保持尊重，而我们自己却完全罔顾同胞的信仰和尊严，把缺点暴露无遗，这难道还不够可怜与悲哀，不值得反省和深思吗？如此愚昧自大无知荒唐，凡此种种，并不是我加油添醋的捏事生造，而是我亲眼所见亲身经历再熟悉不过的画面。还有些人，拿一点小钱给那些贫穷的牧区老人或小孩，让后者按自己的要求不断变换着姿势和表情，让自己的镜头得到最大的满足，而后回到内地炫耀或者参展，我不知道这样做有什么意义。我想不明白，设身处地换位思考一下，我们不觉得脸红和难堪吗？而一个藏族朋友后来告诉我的一个故事更让我笑不出来：一个内地喜好藏獒的人在一个寺庙看见活佛养的藏獒品相很纯（藏族地区自古活佛和藏人都喜欢藏獒，当成自己的家庭成员一样），于是向活佛买。活佛不卖，他就在那寺庙旁边住了三个多月，天天亲近活佛，最后活佛被感动了，将那藏獒送给了他。这本来是非常感人的故事，可是那人回到内地转手就将那条藏獒给卖了一百多万。我不知道那个活佛会是什么样的心情，我也说不出我当时听了是什么样的心情。但我从不怀疑这个故事的真实性，因为通过交朋友的方式得到一些藏式古老物品的人很多，转手高价卖掉图利的人也不少。

    我不想过多说别的民族的缺点，但我们可以认真对待和正视我们自身的不足，更重要的是，团结与和睦来自尊重，这种尊重不分民族和信仰，而是一种发自内心的对大自然对历史的敬畏，对一种源远流长的文化的敬畏，对未知世界的敬畏，对人与人之间相互尊重的敬畏，尊重别人就是尊重自己，我们知道却没有做到。

    我喜欢这面太阳墙，哪怕我很久都没有去了，或许不会再去了，但曾经的记忆还是美好的居多，正因为美好的居多，但在生活当中这种深触内心的美好毕竟是占据了很少的位置而且短暂，因此大昭寺的这面太阳墙，我还是宁愿选择放在了心里保存，哪怕是近在咫尺，我也愿意保持着一种不愿再去刻意触碰的距离。

五

夏花一季，开至荼蘼

　　没来西藏以前，一直以为这里是没有什么植物的地方，因为海拔高气候恶劣。但是我错了，而且错得非常愕然。每到夏季之初，西藏竟然会是花的海洋，而且艳得如此灿烂芬芳，这不得不说又是一个意外的视觉和心灵的撞击。

　　西藏有个林芝地区，那年我徒步墨脱的时候经过这个地方，车窗外的景色让我无法相信这里是海拔几千米的高原，因为眼前的一切都像极了内地的南方，树木参天葱郁密集，绿水环绕，伴着蓝宝石一样翠碧的天空，让人有一种置身于人间仙境般的错觉。从墨脱回来的路上，再次经过林芝地区，已是初秋时分，漫山的林叶开始青黄交接，而一些早熟的叶片已经泛红，将山色装点得分外妖娆。这让我想起了北京的秋天，那密云的水岸，虽说这里的秋山没有密云那么的灿烂，没有那么猛烈的燃烧，但这里的山连绵不绝地拓展进视野，与青黄红绿的衬染交替，在开阖之间透出的妩媚，又是另一番无法描述的斑斓壮阔。青山绿水的世界，让人不敢相信这高原上的江南就是西藏。

西藏的夏天实在太过炽热了，因了夏花的艳美。不是亲自感受，是无法真切体会到这种灼热奔放的，在西藏的夏天，所有的严寒与冰冷都被那些夏花给燃烧掉了。生如夏花，只有在西藏，才能明白这种内涵所表达的意义，从前以为，生如夏花，传递的是只有一季灿烂生命的悲观意识，来到西藏，才知道这句话实际是说：生，要如夏花一样，尽情得完完全全，彻彻底底。不问春天，忽视秋天，忘记冬天，生命奔放在夏

日，太阳里燃烧，每一瓣的色彩，都比阳光还要火烫。

我保证没有半点夸张，如果此刻你就站在我的身旁，在夏日的郊外，在小巷的阳台，在藏民的房前几亩地的栅栏边，你会为这些花朵而滞留了目光。我也曾经走过了内地一个又一个城市和村庄，看见过无数枝头的鲜艳色彩，但都敌不过西藏，都比不了西藏夏日盛开的花朵。那些花会艳得让人错以为是假的，是喷涂上去的艳丽，是塑胶捏造成的挺拔。

说到西藏的花朵，又不得不提到浪漫的格桑花。对于格桑花的认识，至今我还很肤浅，只听说格桑花有很多很多种，六瓣、八瓣、复瓣的，各种各样的色彩。我只是在一些寺庙的墙角，一些道路的边上，甚至是一些残垣的缝隙与野地上，随处都见到那一支支娇弱的根茎上盛开的一朵朵轻轻浅浅薄薄但色彩又艳丽无比的格桑花。它们那么轻盈地摇荡在高原夏日的风里，那么温顺，那么娇柔，那么安安静静。你的目光掠过，会错觉成一只只七彩的蝴蝶在阳光里在草原上在屋檐下翩跹，将时光剪影成记忆的童年。格桑花就像是美丽的姑娘，只盛开在多情的高原上，为高原而生为高原而爱为高原装扮上最亮丽的色彩。大美西藏，因了格桑花，在粗犷苍茫当中抹上了一笔娇艳而浓郁的芬芳。格桑花开得太尽开得太性情，开得那么义无反顾，以致你折下一朵，瞬间就会萎败。生如夏花，还有什么比它演绎得更加真切与彻底呢？

如果说格桑花是高原美丽而尊贵的格格，因为羞涩还来得太晚，那么春天的桃花，就像是格格的丫鬟，会把姑娘的心事早早安排。去年六月进藏，我错过了桃花盛开的时光，但在今年的三月，却让我满足了晚到的惊喜。当桃花一树一树欢笑在眼前，再次让我进入到了一个恍惚的世界，在桃花的艳丽当中听见了禅定的磬音。

听说过西藏有桃花，但不知道会是这么多，而且会如此的丰腴。这种美和内地的桃花还是不一样的，它没有内地的桃花那么娇嫩，没有那么粉红，它甚至淡成一种粉白的色彩，粉白里微微带红，微微带紫，主枝一杆挺立，而后所有的枝条细细向上一致延伸，没有左顾右盼的神情，将春天专心入于每一朵每一瓣的陶然，忘我地摇曳于春光里。花开时节，不见一片叶子，盛开得如此专注，这样唯一，它们安静地盘坐着，入于禅定的欢喜。

西藏的夏天，又怎么可能只有几种色彩？那些月季玫瑰，那些芍药蔷薇，还有那么那么多我根本不知道名字的花骨朵，都在夏日争相放妍，而且一朵比一朵艳丽，一朵比一朵饱满丰腴。甚至墙角边野路旁田埂上的野花，甚至青稞的金穗，都是那么的灿烂，这种灿烂色彩，是远远亮丽过内地所有花朵的。如果此刻你就在我的身边，与我一同凝望夏天，无穷无尽的烂漫会灿烂地把我们的目光狠狠灼伤。

六

来与不来

　　喜欢这样的下午，炎热的夏天坐在阴凉的角落喝着加冰的手工酿的青稞酒，和朋友有一句没一句地侃着，仿佛忘记了还有一个世界就在雪山和高原那边。 这样的日子很平淡，平常得忘记了日子的存在，就好像我们忘记了呼吸和空气的存在一样。

　　问朋友在拉萨还准备待多久？朋友想了想，想了又想，摇头说不知道。其实问朋友的一刻也是在问我自己，答案我也不知道。朋友忽然说明年可能要去北京，将酒吧转了之后，回北京结婚。我笑，多好。我是真的笑了，不论你在哪里生活，无论你选择了什么，能够和自己喜欢的人在一起，就是件幸福愉悦的事情。

　　朋友在拉萨认识了一个女人，莫名其妙地爱上了。那个女人是因为感情的问题想来西藏逃避，但不知道会有更多的问题，她决定回去解除婚约，而后跟我这个朋友一起好好生活。我笑，多好，愿天下有情人终成眷属。但我私底下又不期然地想，她更多的可能是会重新回到北京，而我的朋友最后会重新回到拉萨，毕竟那个世界，有很多的不同以及无奈。恋爱当中的人们，都是这样的单纯而义无反顾着美好的念想。

　　"私奔是个不错的选择，只不过生活压力从此就大了。"我对朋友很真挚地说，朋友却陷入了沉默。

　　酒精度数再低，喝多了都会上头，何况是阳光明媚的午后，这是拉萨的夏天。这样的夏天容易让人懒散，哪怕是迫在眉睫的事情，能拖就拖，能忘就忘，一切都可以装作无所谓的样子，再多的心事都可以放一放，在一杯冰镇青稞酒诱惑的时候，忘记了走过了多少年，或者还有多

第三章 薄如蝉翼的时光

少年未曾走过。

我们像一群乞丐，将身体蜷进阳光里，只为了贪图这一刻的失忆或者自由，为了这样的午后，而赖着不走。我们给了自己很多的理由，而且看上去，好像还挺美的，就这样忘记了从前和以后。我不知道在这样慢慢消磨的腐蚀当中，日子算个什么，也不知道精神还有没有追求，信仰和支柱，都不重要了，只要活着，还能做自己喜欢做的。

这里没什么真正的朋友，因为见到谁很容易就成为了朋友。大家来到这里，仿佛都是为了躲避什么，贪婪地寻找着什么，一种说不清楚的饥渴在急促地呼吸着，氧气却越来越稀薄。

不知道怎么又和朋友聊起了梭罗，我说真想带着一条狗去过梭罗那样的生活，而朋友说，只怕耐不住寂寞。梭罗在瓦尔登湖边只住了两年多，他得到了什么？他把瓦尔登湖所有的营养都带走了，而后他还是要回到山的那一边，去过从前一样的世俗生活。他比谁都寂寞，所以他写了最寂寞的一本书籍，只有他自己才能看懂的笔记，然后他就忘了，成为了过去。

拉漂的日子

很多年以后，对于西藏和西藏的日子，我只能说，我曾经来过。而后再也说不出什么，因为我已经老得什么都忘了。可能还会记得某个云淡风轻的午后，有一杯手工酿的青稞酒，被冰镇着，而与我对坐的人是谁，那个下午说起过什么，是真的忘了。

如果我老了，老伴也走了，是否还有一条老狗陪着？想起曾经有位年轻的女子常常握着我的手说：等老之将至的时候她一定要先我而去。她说害怕那种孤单单的老，害怕想起念起曾经，所以她自私地要将孤独的煎熬留给我，她说我是男人，总应比女人能承受更多。说这话的女子如今也不见了，回到了她并不喜欢的都市，继续着她本来的生活。而有一天在外面下着小雨的咖啡馆里，她会不会突然想起冰镇的微酸微甜的

青稞酒,以及那段令人眼眶微湿的过去,她还会不会害怕孤单,我就真的无法知道了。生活其实没有更多的精彩和选择,忙来忙去折腾的,都是些丝丝线线,麻团一样的细节和纠葛,用一生的时间,只为了把最后的心事理平。

终于又下雨了。从夜半一直下到现在,着着实实地下了一场豪雨,把这片干旱的大地好好滋润了一番。一场雨就将气温完全改变了,昨天还三十度的高温,今天迎着小雨微风出门的时候,手上的肌肤已经感觉到了一种秋天才有的冰凉,看来炽热的夏天就这样成为过去了。

心情当真会随着季节的转变而改变,就像此刻,忽然之间就变得想要冬眠般的困顿和疲软,渴望被子的温暖,想象着那种可以一睡入梦而不需要醒来的深沉呼吸是多么的幸福,而那些浣熊和土拨鼠也睁开了冬眠的眼睛,放眼望去已全是春天的绿了。夏日里突然想起了春天,其实高原是没有春秋两季的,夏衣换冬袄都在一夜之间。

下雨的日子,拉萨的天空就不再晴朗,宝石蓝的颜色变成了灰蒙蒙的光,那些棉花糖一样的云朵也不见了,只有那些七彩的龙达,还在藏式的房顶上飘荡,告诉我有些心情不一定会随季节的转变而改变。

依然安坐在我这扇小窗里面,笔记本电脑前依然是那么翠绿挺拔的一盆文竹,窗前依然有不断的人流穿过,各式各样的颜色和服装告诉我生活的气息。只是那些小小错落如珠的雨点敲打在屋檐和青石路上的时候,我以为此刻是在江南的雨巷,而后在烟雨朦胧的深处,一把素雅的花伞伸出,带下了几片脆稚的梨花。江南并不是我的故乡,就好像西藏一样。但是江南已经不再是某个城市或者地域的名词,就好像西藏一样,变成了一些旅人心里的某种情感的依附,就像长江,于江头江尾的思绪牵扯当中流淌着某种剪不断理还乱的缠绵。

雨在窗外下着，仿佛把窗内的人也打湿了。那些夏天的记忆也潮湿起来。你可以看见一页页的心情笔记，被风从窗子牵了出去，而后贴在了湿湿的地上，地很坚硬，纸很柔软，那些文字瞬间就被打湿而后墨渍开始扩散。没有人在意纸上曾经写过什么，连写字的人自己都忘了曾经写下的内容。

体温开始流失的时候躯壳是慵懒的，而精神却是愈发的清醒，仿佛进入了一个冰清世界，那些尘埃和过往都被过滤了，安安静静，无悲无喜。一年有四季，春夏秋冬；一生有四字，生老病死。万物总脱不得这种宿命和轮回，在不可抵挡的接受当中，还能有思绪可以任性流浪，这是造物的意外恩宠，哪怕这种性灵或许是悲剧和烦恼的产生之因，生而知痛，虽艰难困苦，却也活得值得。

雨是越下越密了。而那方阳光是冷的，因为风。阳光将世界照得金光灿灿，却无法直射进房内，被屋檐分成两段，于是一半明一半暗。我坐在阴暗这方，扭头就可以看见阳光灿烂的目光所到之处，虽然眼前的一切在昨夜是黑漆一片的茫然。

那只小鸟停在了被雨水剥得斑驳一片的墙上，在阳光下梳理着被夜色的露水打湿的羽毛，它根本无视我的存在，以及我的目光。我也无法知道昨夜它在哪里一宿，或是怎样的心情，只看见此刻它那悠然自得的神情。亦如远方，那些胡思乱想我幸福时光的目光。

总是健忘。

难听点叫脑残。在高原更深刻的体会是缺氧。而今健忘得连缺氧都忽略了，只在呼吸之间看流年暗访，未叩我的房门，就飘然而去。只有我养的那条藏獒，警觉嗅到了门边，从门缝里往外张望。

朋友说来，我说那就来；朋友说走，我说那就不送。朋友总是这样的匆忙，而我总是一个人的庭院，看夏去冬来。没有人在意我的寂寞或者洒脱，就像我也从不在意那些城市里的悲喜。相忘于江湖还是相濡以沫，都已健忘了。朋友总是好奇，为什么？我说我喜欢距离，不喜欢熟悉，不走寻常路，只爱陌生人的欢喜。而今却连这种欢喜，也健忘成了过去，在日复一日的平静和淡然之中。

仿佛是这片土地的国王，而臣民只有自己。梭罗每日还去用脚丈量瓦尔登湖的土地，他还想着他的富有以及国土的扩张，而我却懒得刻意前行，我在，我的国土就不会被偷窃和丢失。生有何欢，不是我的问题，只把呼吸继续。

健忘有个最大的好处在于把舍不得的就这样莫名其妙地舍了，在你不知不觉当中曾经以为无法呼吸的痛，就这样莫名其妙地忽略成了过去，包括生活的压力。健忘同时也会让你享受着自闭，唯有自闭才能找回自己，于是我拥有了自己的土地，在目光所到之处，都是君主的驾临。只要我愿意。

我在雨中呼吸，在呼吸中忘记，昨天的、前天的、过去的。小雨带来的还有风的秋起，那种似曾相识的薄凉记忆。每个冬天都会很漫长，都会很寒冷，寒冷的日子里正好冬眠，伴着催眠曲，渐渐忘记了自己以及自己的呼吸。而那首歌这样唱着：你来与不来，我都在这里。

七

花开的声音

　　同样是那个夏天，云很低，像是随手就能摘下来的棉花糖，也像身边那群散漫吃着青草的羊群。仰躺在草原上，夏月流光，天是那么的蓝。当我放下所有的重量，坐在这里，才发现野外的格桑花，全都盛开了。

　　这条路没有人，这条路的尽头，有一座常年被白雪覆盖的雪山。

　　山花满开的日子，阳光也被吸引，恋恋着不舍离去，还有那冰雪融化的溪流在欢乐低语，这清凉的小曲，将宁静的夏天引向深远，带进心的里面。心是什么样子？这是夏天，夏天的样子，阳光与树荫私语，山花开遍，清水白云。

　　心随物转。本真的作用，就是自然而然地攫取，攫取目前。目前安安静静，纤尘不染，于是将夏天贪婪地一网打尽，将景色尽目而收，将这个季节浓缩成奶酪，放入了我的行囊。带不走更多的，却可以带走纯粹的记忆精华，攫取了这片风景里所有的营养，选择继续前行。

　　偶尔放下包袱，偶尔低头或抬目于那些往常被忽略的细节，不经意间与大自然默契交流，与长路对视，与宁静交友，当与心相应的一刻，原来，心就是这个样子的，春有百花秋有月，夏有凉风冬有雪。我这样想的时候，脚边的格桑花就脆脆地笑了。

　　这个夏天，我在很远很远的地方独自走着，那里没有都市的楼房，没有华灯初上后的杯来盏往，没有夜夜笙歌的璀璨，也没有情人耳边窃窃私语的浪漫。这里一切都那么安静，却听见了花开的声音。天是圆的，天边四角仿佛被多情的阿佳拉掖在了高原的草垫里，隆起了一个大大的泛着青蓝白色的藏包，藏包里随意休闲着飘荡的白云，以及煨桑后的青烟。酥油茶和糌粑的香味满溢开来，那只健硕的吊嘴藏獒流着哈喇子欢快地跑了过来。从远古到今天，什么都未曾改变，未曾改变的，不是我们的眼睛，是我们最本真的心，就像这个草原，这个夏天，如此的宁静而波澜不惊。

　　　　注：阿佳拉，藏语，属称呼里的尊称类。阿佳拉一词在藏族的不同地区存有不同的含义故不可乱用滥用。在藏北地区是"大姐"的意思，而在拉萨地区则是"大妈、大婶"的意思，也用于对妻子的称呼，另外在行话里也暗指情人。

拉漂的日子

　　抬头看地平线，才发觉城市早已不见了，远到了天边。才发觉朋友离我很远了，远得模糊了容颜。很远的朋友发来消息，告诉我城市的夏天，那樱桃那翠绿以及微醺的夏花朵朵，仿佛可以勾起我对城市的留恋。但这些城市里的记忆不知道从什么时候开始渐渐泛黄，城市里的朋友也不知道我已不再使用日历，因为这里再不需要将日子一页一页登记，然后撕去，这里没有时间。朋友活在城市的梦里，锅碗瓢盆，灯红酒绿，我活在高原的梦里，白云青草，牦牛羊群。同是一个梦，不一样的心境。我把含在嘴角的青草取下，蘸着蓝蓝的墨汁，在白云的信笺上微笑写下：我在这里。

　　一天又一天的重叠压挤，挤成了一年；一年又一年的层层堆积，垒成了一生。朋友被时间雾化成视线之内的那一座雪山，那一个湖泊，那一朵山花，那一片白云。

　　不再说想与不想了。也不再争辩成熟还是天真。不再探究朋友的心事，不再为那些落花时节的雨和落雨时节的花，而与你一同开心或者忧戚。日子就像流水匆匆逝去，带着我们的青春，一路奔驰。听说最东那头，有海，海的颜色和我现在的天空，一样的蔚蓝、开阔。

八

屋脊

　　坐在世界的屋脊上，阳光暖着脸庞，将柔软的烟丝放进薄薄的纸上细致地卷着，将一些心事慢慢卷进了纸里，将高原的时光也卷了进去，而后旋进嘴角，微微润湿、封闭。满足于这种漫不经心的过程，也乐意在拉萨的阳光底下无遮无挡地做着自己喜欢做的事情。火柴点燃了喇叭状的烟卷，往事慢慢开始燃烧，看青烟袅袅升起，将远处的布达拉宫缥缈成煨桑的氤氲。我在这里，将记忆的行囊慢慢铺开，放在阳光下面曝晒。而苍鹰在与低矮的白云彼此熟悉地打着招呼，屋顶上插着的七彩龙达在和清风细语，我又找不到说话的人了，而且我已经懒得说话很久了。

　　四周都是山，将拉萨紧紧包裹着。山外的世界不是这里的世界，山外世界的欢喜和烦忧被这山隔断，连同那些人那些事，连同那些春夏秋冬。阳光将肌肤烤得滚烫，往事被一一曝晒风干，就像那些风中的牦牛肉，没有滋味，却可以慢慢咀嚼，眯起眼睛，是很蓝的天。很蓝的天空下，是时间透明的剪影，海市蜃楼般幻映着现在、将来和过去。懒洋洋地哈欠一个懒腰，舒适得这样疲倦和满足，还带着一点点空空荡荡的失落，当久负的重量突然消失，适应也需要一个过程，因了曾经的那些习惯。

　　白日梦里，那些牦牛群，长长的毛发在风中起伏，似蓝天无意散落在青翠草地的星棋，错落在广袤的草原上，三三五五，或低头啃着佛菩萨赐予的慈悲，或抬头仰望曾经未被降凡的地方，似乎某次犯下的小小的错误，反而带来了这样的惊喜，天堂里没有草原，草原在人间，在这个青藏高原。这让我想起了山外的世界，那些城里的人们，同样是从天堂贬谪入凡间，却从此不得自在与安宁。

　　其实此刻我是可以什么都不想的。毕竟在这样的日子里，没有什么

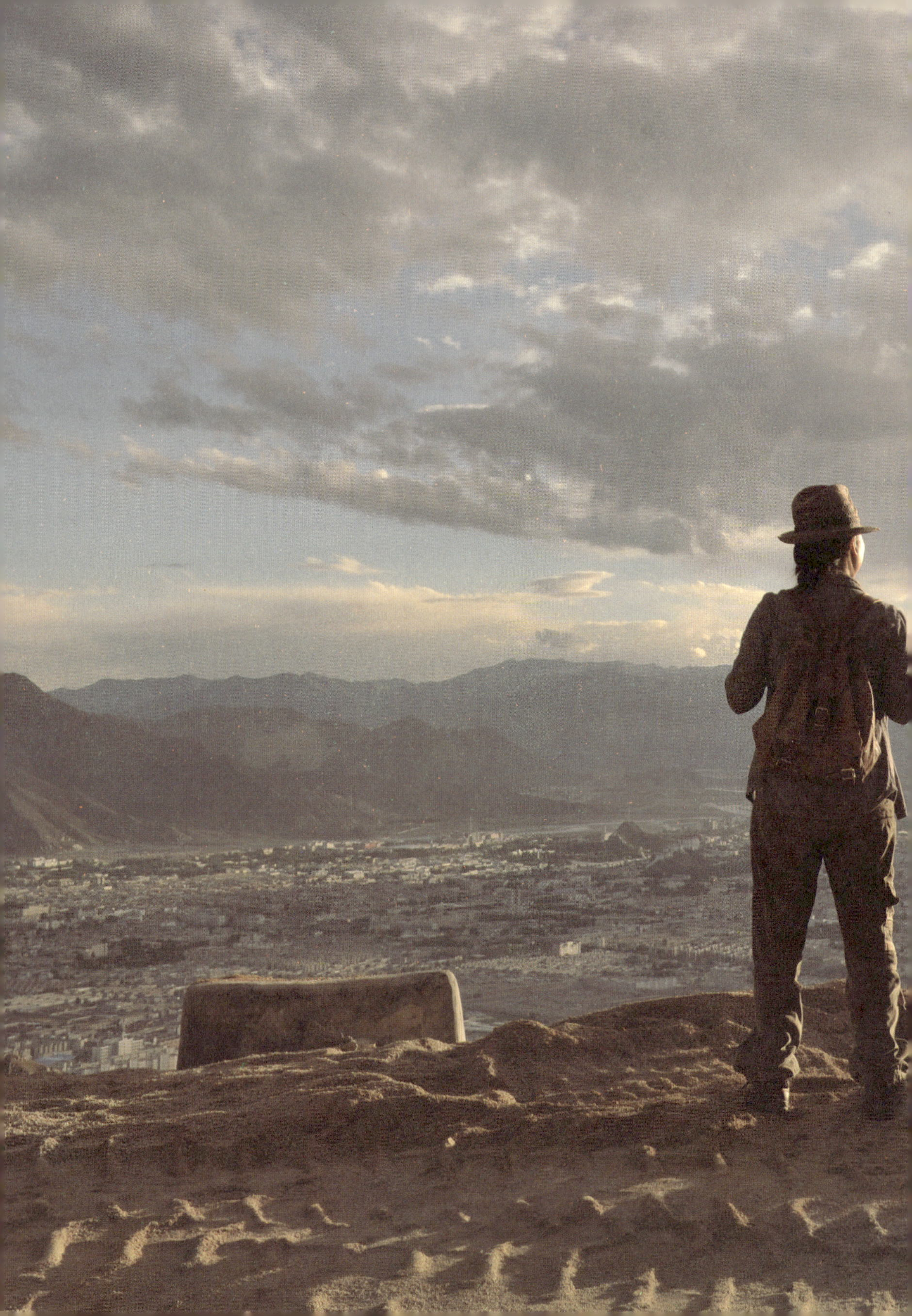

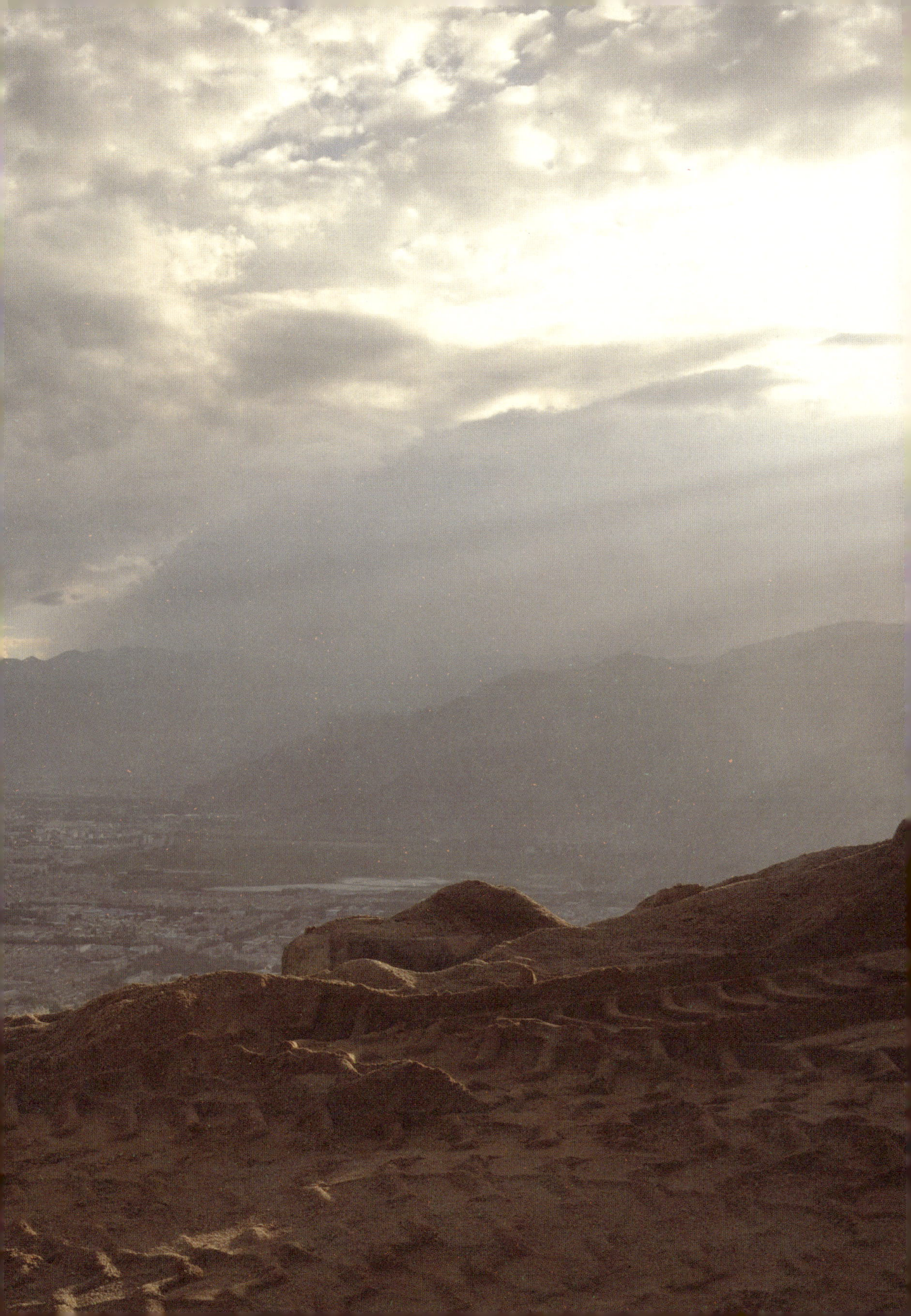

是需要去想的。可是我不能太可耻了，来到西藏之后就将山外世界那么珍贵的时间给浪费和糟蹋了。于是我又卷起了一根纸烟，躺在世界屋脊之上，在白日梦里希望能够回忆起一些从前。突然就想起了那个诗人：海子。如果此刻他和我一样躺在这里，是不是比躺在那段冰冷的铁轨上要暖和舒适多了？金黄的青稞会不会替代他梦里的麦田？我也想起了梭罗的瓦尔登湖。如果梭罗来过这里，会不会在羊卓雍措或者纳木错湖边住上个三年五年？而后用他的双脚在晨昏之间丈量这片属于他的国土，最后挤干了这里的奶酪不再回头？在高原的海拔之上，辽阔的心事，可以这样地放任无边。但是，任我再怎么想，都想不起来山那边城里的事、城里的人，哪怕那些事那些人曾经跟随过我的半生。

藏包被木桩稳固在美丽的青藏高原，不，是被紧紧地钉在了我的白日梦里。一两只藏獒张扬地蹦跳吠，四只巨爪抓地，颈毛在风中怒张，只为风中传来了狩猎归来的气味，还隐约听见男主人那豪迈的笑伴着马蹄声声。而美丽的卓玛，正精心专注地在帐篷前上下捣弄着浓浓的酥油，脚下的裙摆边，依偎着静静的格桑花。这片宁静而大美的土地，在我的梦里，已有好几千年了，只要我闭上眼，就能清晰地看见；只要我睁开眼，这片宁静而大美的土地，依然是情人最初的眼眸，处子般的圣湖，将纤尘不染的天空倒映，于是可以日夜枕着星光拥着翡翠般的圣湖安然入梦。

我坐在世界的屋脊之上，抽着纸卷的烟，阳光吻着我的肌肤我的脸。孤独原来是一个独特的世界。在这个世界里面，我就是国王，没有人能与你并肩。一个西藏，一个寂寞而孤独的高原，就是我，和我的世界。

九

文竹小语

酒吧窗前有一棵文竹，每天没有客人的时候，我就面对着这扇窗户码字，外面阳光普照，窗内世界一片清凉。文竹是酒吧开业时候同租一个房子的朋友送的，当时叶已半黄快要枯死了，因为朋友没有多少时间打理，我说干脆送我吧，从此就成了我每天抬头就可以看到的沉默伙伴。

其实文竹每天都在跟我交谈，如果你细心的话，就可以看见她悄悄变化的容貌和身姿，她以这种方式和我交流着关于美感和生命的话题。前段时间我翻过一本书，叫《水知道答案》，内容是说水是有自己的生命和视觉感情的，看见什么就会显现出不同的水晶形体，这些并不是什么神奇奥妙的事情，世界本来就很微妙。只是书中有个实验让我比较感兴趣，它可以证明植物都是有感情的，你对植物说谢谢和关怀，它就会长得很好，于是每次浇水的时候我也傻傻地对着文竹和一些植物说谢谢你们，好像从此之后这些植物就真的变得姿态蓬勃起来了。其实一个生命走到尽头的时候，再怎么努力甚至是神仙之力也是无法挽回的，但我

不想它们过早地就颓败了，不想它们因为我而中途夭折了，于是说声谢谢，也是一种希冀或者感恩吧，毕竟它们给了我这么多个赏心悦目的午后以及陪我度过许多个安静的时光。我在写字偶尔停顿思考的时候，就会看见这一片翠绿，就会觉得生命这么的不可思议。

　　文竹天然，我没有按自己的所想给她任何修饰与剪裁，小窗不大，她自己爱怎么伸展就怎么伸展，几乎每天都有新鲜的嫩芽发出，渐渐由嫩黄变成翠绿，就像一片一片云朵横陈舒展着，而有些枝条因为一直向上挺拔缺少支撑，又转而垂下，却在无意之间形成了一幅曲意盎然、行云流水般的构图。我喜欢这种肆意无拘的自然布局，就好像小酒吧门前那丛青稞和金银花束一样，我都任由它们在自我状态中生长着。青稞苗在半个月前开始抽穗了，之前就好像秧苗的样子，细细绿绿于风中婀娜多姿着，不管是青稞还是麦苗或者稻谷，结实的时候总会让人有种身心愉悦的满足，能够从中感受到生命的力量和惊奇。青稞丛中还长出了一两束油菜花和青菜叶子，我也任由它们快乐着自己的夏天，短短的一夏，它们来过，和我一起感受过西藏高原不一样的天空。而那丛金银花也在这个夏天开放了，芬芳的香气沿着排水管道向上，它们一直向上舒展着自己的快乐。我从不去想冬天，它们也一样，从不考虑这个关于严寒的问题，冬天还这么遥远，冬天，不属于它们的世界。灿烂一季，足够所愿了。

　　生命确实是平等的。平等在一点一点地成长，都在一分一秒地争取，都在努力地完成和完善自己。都有自己的烦恼和快乐，也都有无数的意外在前面等候。生命的意义，需要什么样的答案？是否在活着的时候，努力活着，活得尽情尽性一点，就是活着的意义呢？意义是否就在于这个过程，而不是结局？

　　写到这里，忽然就想起了关于2012年的玛雅预言。在消失的玛雅

文化预言里，无情的刻录指向了世界毁灭之年，就在 2012 年 12 月 22 日。预言里说，12 月 21 日入夜以后，太阳将不再升起。

不管是外来智慧生物来净化地球还是人类本身走到了尽头，这些我都不太在意，我只记得预言里面提到的一句话：2012 年 12 月 21 日将是本次人类文明结束的日子。此后，人类将进入与本次文明毫无关系的一个全新的文明。其实不管世界灭亡不灭亡，生命都是要走向死亡的，这也是生命之所以平等的最真实本质，所以也没有什么好害怕的，毕竟我们现在每天活着都是在慢慢接近死亡，这个未来每一个人都可以预知得到。其实就算 2012 年的预言是错误荒谬的，但总会有一年有一天会是世界的末日，因为我们每天都在自毁在剥夺在消耗，我们也会自我残杀和毁灭。我感兴趣的是，那个即将出现的完全不同于我们现在的文明是什么样的呢？

我猜想，这应该就是挖掘出每个人潜藏的心性和灵魂原本拥有的力量吧，也就是我们人人都拥有的小宇宙。当这种力量被发掘出来，整个人生观、宇宙观和生死观都将完全改变，而我们从前日常所有的认识和习惯都将被完全颠覆。这个就是另一种崭新的文明、崭新的认识和崭新的世界。

拉萨的日子

或许这些并不是什么神奇或者荒诞的事情，毕竟我们目前所掌握的科学还很肤浅，虽然可以毁灭整个地球，却对于人类自身的秘密，对于生老病死和思维能力都知之甚少，更何况宇宙呢？我们一直停留在一个局限性的瓶颈里活着，却不知道瓶颈外面的世界，或者说，我们一直生活在一个自以为真实的梦境里，以为自己操控左右着一切，而忽略了一些最根本和真实的事情。我们从来不了解生命以及生命的意义，因此

第三章 薄如蝉翼的时光

无知而无畏地活着,看起来还活得五彩缤纷,活得有滋有味。但是我们真的了解我们自己吗?了解人生的秘密和意义吗?我们每天除了上班下班,家庭朋友,饮食男女、喜怒哀乐之外,我们还明白什么?除了睡觉就是工作和吃喝玩乐,而后就是感情的波折,而后就是听天由命。对于生老病死对于命运我们什么都不知道,只知道这是理所当然,却不知道为什么会理所当然。当灾难来临的那一刻,所有的快乐一一剖开,都是那么的脆弱和不真实。"当我从灾难当中逃离出来，身后瞬间变成了废墟，而后几天里空气中到处都是腐尸和消毒药水的臭味，突然发现从前所追求和苦苦拥有不舍的一切变得那么一文不值。"一个从汶川大地震余生的朋友和我闲聊时无意说出的一句话，让我久久无言。

我们的灵魂和心性一直在沉睡着，从来没有醒来过。

但我们活着。就好像窗前的这棵文竹，冬天还很遥远，既然我们无法抗拒冬天，那么我们应当好好珍惜这个夏天，好好为当下而活着，为生命本有的意义而活着，将生命尽情地伸展，在伸展的过程体会生命的完美和不可思议。可是我们却在尽情挥霍着生命，而不是珍惜生命里的每一寸阳光和雨露，以及生命过程当中的每一次蜕变和惊喜。

佛说每个生灵的佛性是与佛平等无差别的，就像宝珠被尘封了一样，宝珠不会褪变本质，只不过被尘封起来了。发掘自己内在的光明和智慧，才是我们应该去追求的，才会找回本来的真实自己。但真的很难，因为欲望是这么的多，被左右和诱惑是这样的多，无知、自大和自负又是这么牢牢束缚着我们，哪怕是一分光明世界就在眼前，只是被一张薄薄的纸轻轻隔着，却永远无法捅破。

十

快乐和不快乐

在拉萨，时光真的太轻盈了，如一杯白开水的日常，心绪会在一种沉淀当中慢慢清晰或者空灵。常常会在半梦半醒之间浮现这样的画面：几叶月色下圆圆的莲叶贴在水上，两枝安静伸出的莲花高矮错落，月光明媚，画面安静得异常清寥和寂灭。我不大喜欢说寂寞这个词，一个男人或者成年人说寂寞，表现给人的往往是幼稚和脆弱，但让我最无法回避的却也是这个词。人说"要耐得住寂寞"，这真的很难，因为寂寞通常都是与现实不融洽的，也是人类灵魂深处最难消遣的某种无法言喻的东西。寂寞是天使和魔鬼打赌后植入人类骨髓里的诅咒，天使相信人之初性本善，而魔鬼却相信人之初性本恶，于是以寂寞证明他们之间的这个赌博，天使和魔鬼只是一时的好奇和游戏，却让人类的灵魂从此日夜不得安息。

而有一种寂寞，是将寂寞本身都吞噬了，就再也失去了表达的欲望和一切言词的修饰。这种寂寞就像常常出现在我梦里的莲，那幅疏影横斜的清寥画面。我常常不知道那些莲是死的还是活的，以及那些银白的月色是天堂还是地狱。大美到极致，就是连寂寞也被吞噬的时刻，也包括了灵魂，灵魂被吞噬之后，剩下的只是行尸走肉了。所以上帝才会失笑，因为行尸走肉的人类居然会说思考。

不知道为什么我会经常做些千奇百怪的梦，而且这些梦多是与寂灭和难以言喻的隐性相关。常听人说我深具慧根，却不知我为此慧根而深受折磨。

人说日有所思夜有所梦，在拉萨的日子，更多的时候其实我并没有什么思想，因为这里的时光太过悠闲慵懒，不想去思考很多问题。而从前在内地的许多想法与困惑来到拉萨之后也渐渐被搁置或者消磨，许多原本认为很重要的人事也变得轻飘起来，或许也是我自己潜意识里有意要变成这样的。前几天朋友问我：拉萨和内地相比，哪里舒适？想了想我说："在拉萨我的物质生活要比内地艰难一些，精神享受要比内地富有许多。"在这个物欲至上的世界，真的说不清楚到底哪个比哪个要更舒适，也说不清楚哪个比哪个要更重要一些。只是你现在活在这里，自己的感受才是最真实的。

听得多看得多遇得多了，许多事情也就沉淀成了内心深处的一种隐性的悲哀，这种悲哀的缺口无从寻找和突破，仿佛就是与生俱来，灵与肉和髓的依附。这种悲哀难以启齿，因为悲哀源于一种无奈，或者宿命的天性，或者是矛盾体的结合，看似完美，更多的只是讽刺。我以为来到拉萨就解脱了，其实只是被更深的隐性埋藏，有时候藏得太秘，令我自己都以为消失掉了，但在神经被某些东西触动的一刻，那些久远的熟悉就会召之即来，挥之不去。

"人生是苦"。台湾一个比较有名的法师说当他在大学毕业后看到这句话时，就大彻大悟了，于是出了家。我不知道他大彻大悟到了什么，但我很羡慕他有这样的慧根以及勇气。抛开那些武断和肤浅的"乐观"、"悲观"思想认识来讲，人生是苦的直白真谛，确实如是。在生老病死、求不得、爱别离、怨嗔会这些绵绵不绝的大苦当中，我们的快乐都是脆弱而短暂的，更不用说天灾人祸、战争与瘟疫等意外的随时降临。于苦的最真切的直面，是我们总要经历一场谁也无法回避也莫名其妙的生离死别。人生还有什么是比生与死更大更重要的事情呢？人生本来就苦，更苦的是，我们在无法逃避这些力量和宿命的同时，又给自己平添了很多的欲望，由于这些欲望，使得我们苦上加苦。又由于我们的无知和自负，使得因果变本加厉而导致苦不堪言。有时候认真想想人这一辈子，确实是乐少苦多的，所以佛才会称这个世界为"娑婆世界"，意思是堪忍的无奈，佛说人之所以痛苦，在于追求了错误的东西。但反过头来想

第三章 薄如蝉翼的时光

想，却也正是因为人生是苦的真相，所以苦中作乐以及苦中得到的快乐才会变得这样的金贵和不容易。我们没有理由不在苦难当中去寻找幸福，去发掘快乐，虽然这个过程会是无比艰辛。我们从一生下来就与苦难相依，我们天性上的缺陷也导致了我们的苦难形成，如我们的自私，我们的欲望，我们的无法满足，甚至是我们的爱。我们的爱的本质多是源于我们自己的自私，因为执著于一个我字，于是这个是我的，那个是我的，爱得那么辛苦和浓烈，爱得那么的不可自拔，最后却是撒手人世时什么都带不走。

是就此浑浑噩噩地过完一生呢，还是应当思考和改变一下呢？思考的结果通常都没有结果，而浑浑噩噩地过，通常看起来都很快乐。但一辈子就像一个机器或者只能按特定的轨迹去生活，难道这样是正确的吗？

写到这里又想起了另外一句话："人在悲哀之中，才像一个人。"这句话是十八世纪法国著名思想家、法学家孟德斯鸠说的。无意中看到的这句话，却给我带来了思考上很大的冲击，就好像一面平静的湖水被投入了一颗硕大的石头。人只有在悲哀的时候，才会去思考和反省。而悲哀往往是和逆境以及意外的发生相关联。或许很多人可能会误会了这句话，认为是极其悲观的一种消极思想，但我却认为作者说的，实际上是这个社会以及人的本质和不得不面对、思考的重大问题。

有人问一个刚结婚的女人，你幸福吗？女人兴奋得忘乎所以地点头。两年之后，那人遇到这个女人又问了同样的问题，你幸福吗？女人微笑着说：还可以。三年后，再问她，你幸福吗？女人刚生了孩子：当然幸福。过了七年，再问她，你幸福吗？女人犹豫了一会儿说：还行吧。十年之后，关于幸福的话题，女人以沉默替代了回答。

这个世间，总有许多事情不是我们所能想象和预料的，也总有许多事情是违背我们初衷和意愿的。当意外忽然造访或者纷至沓来的时候，往往会在一夜之间改变和打破我们原有的生活轨迹以及习惯，于是悲哀之情就会生起，如所爱别离，如病痛，如死亡以及烦恼、枯燥的生活当中没完没尽的琐碎。通常在无法面对，无法理解以及无法得到帮助和解决的时候，我们就会产生悲哀的情绪，这种无以言表的情绪，有时会蔓延成生不如死的一种呼吸之痛的煎熬，而面对生离死别，悲哀更是无以复加的痛。

孟德斯鸠为什么要这么说呢？

或许正是因为一个人在悲哀的时候，也是思想情感最真实的一刻。通常我们在极端悲哀的日子，都会选择背对着人群独自承受着这种无助和痛苦，而不愿意将自己脆弱的一面展示在他人面前。也或许会在最要好的朋友、亲人面前崩溃，但这些都属于很私密的范围。我们会将快乐毫不犹豫地展现于大众面前，却将悲伤尽力掩藏。孟德斯鸠这样说，更多的，应该是指我们放下伪装和面具的时候，才真正地像一个人，回到了人性最初的脆弱与柔弱的真实那面。

导致悲哀的因素有无数种，如青春的流逝、权利的剥夺、名誉的摧毁、财产的破败、事业的倒塌、亲朋的离去、爱情的枯萎以及目睹社会人间的种种不合理不公平现象等产生的一种情绪。诱因有无数种，但是悲哀的感受，却大多是一样的：无助、失落、痛苦、伤心。观古往今来，那些震撼人心的文字或者事件，都是与悲和哀相关联的，因为那种痛苦直抵了我们内心最深处的柔软，是每一个人隐性潜藏的一种恐惧。而这种柔软，是经不得触碰的，就好比初生婴儿的皮肤连香皂都不能使用的道理一样。每个人内心都有一处最柔软的世界，只是被我们自己刻意隐藏了起来，隐藏得太久太深，有时候会导致我们自己都很难再寻找回来，于是以为她并不存在，而自己仿佛看起来还很坚强。

脱掉伪装，是我们最不习惯的。不习惯是因为难以忍受，如曝晒下的肌肤；而且暴露需要莫大的勇气。但只有脱去了所有的衣服和面具，擦去了化妆和修饰，才会看见我们最赤裸的真相。心，也正是如此。

"男儿有泪不轻弹，只是未到伤心处。"我们可以嘲笑一切可嘲笑的人，但我们是否经历过别人那样的困苦？如果没有，那么嘲笑会是这样的无知与苍白；如果有，应当感同身受。当你处在天花和瘟疫横行的

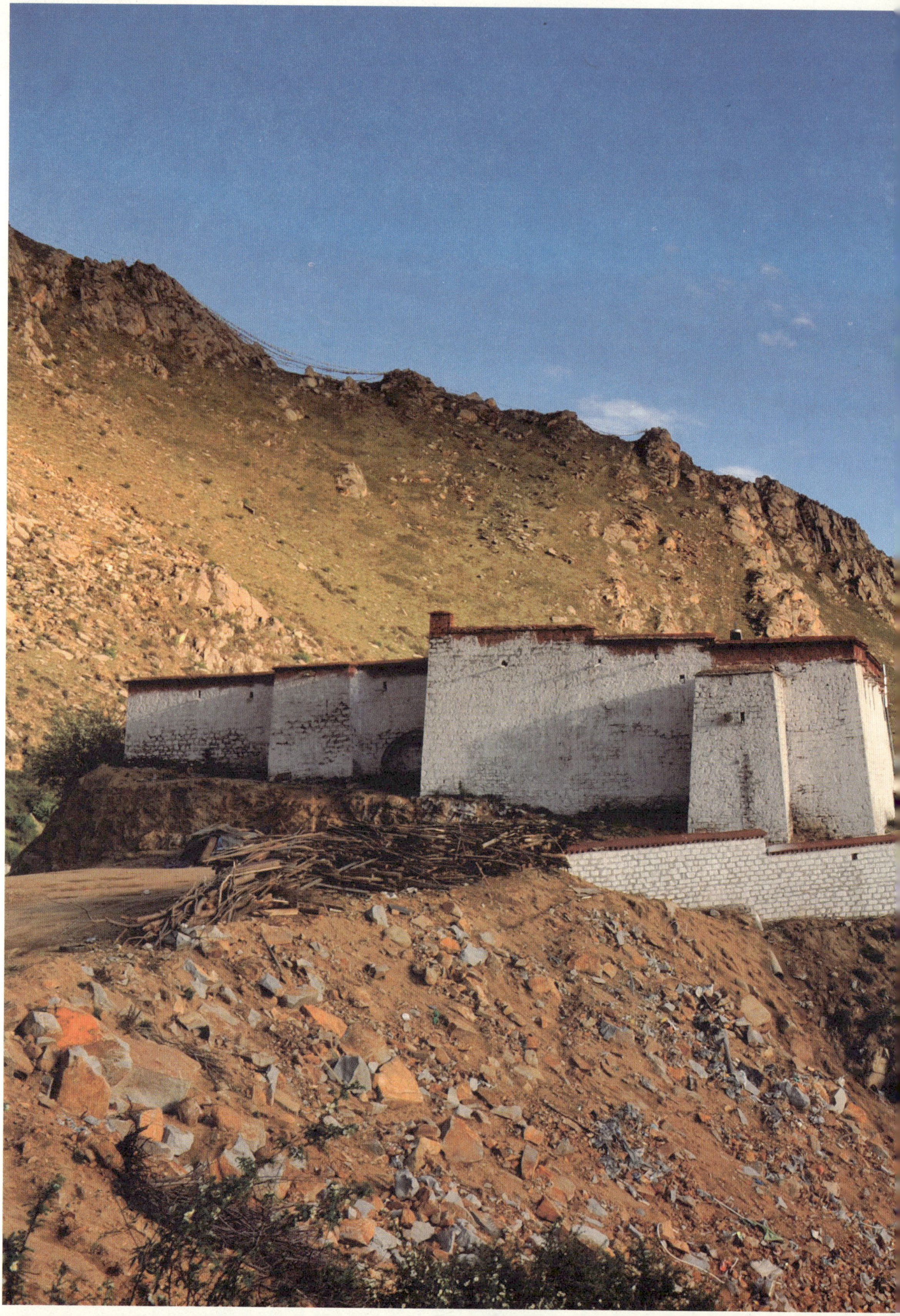

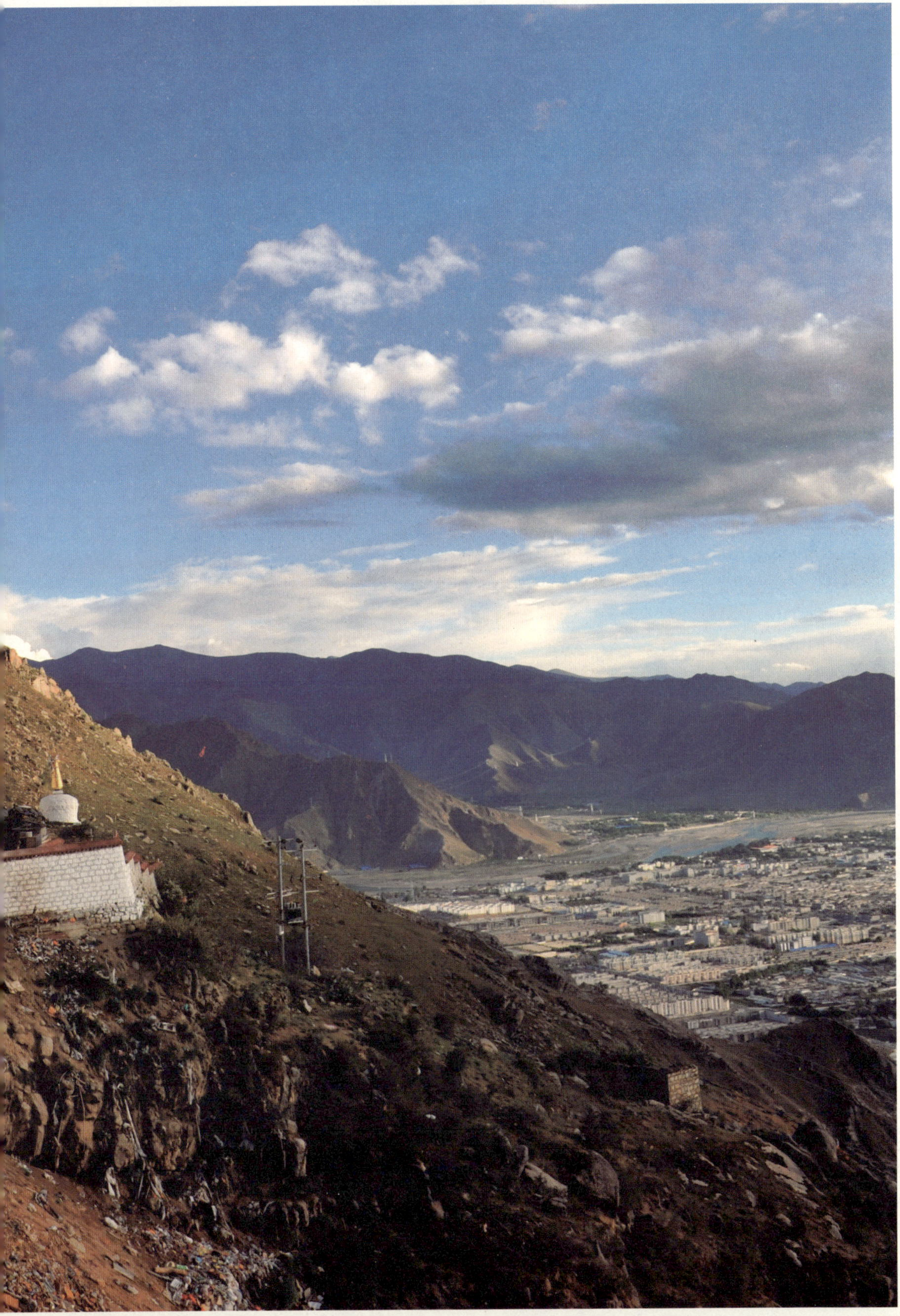

时代，你的笑容与自信会在哪里？当处在战争的核心，我们的安宁和幸福在哪里？当失去了水源以及空气，我们的满足和拥有在哪里？当生命即将离开这个世界的时候，我们的一生该写上什么来作为休止符？"回首向来萧瑟处，归去，也无风雨也无晴。"苏东坡说是这么说了，潇洒了一刻，但在后期四处放逐的颠沛流离当中，他是否还记得，是否还保留着当时风华正茂意气风发的洒脱？ 醉里挑灯，为何看剑？一灯如豆，因何引来芭蕉夜雨？看似两不相干的环境和事情，底下，实是同样一种

情怀。谁不愿意国泰民安而要去驰骋沙场以性命相搏，谁不愿意拥有贤妻孝子安居乐业而要长夜独坐？人，立于世间，就要被世间折磨，哪怕你富可敌国，却逃不得躲不过这种悲哀的折磨。

我们从生下来，悲哀就是潜藏在髓里的一种天性，与生俱来要面对种种意外和打击，求不得苦与爱别离苦，将会从此伴随着我们一生。但正因为潜藏的这种无奈，迫使我们去寻找光明和幸福，不断去寻找快乐，以填充这种先天缺陷的悲哀。没有见过父母或者子女离世，亲人不痛的；

没有见过爱情的破裂，男女不哀的；没有见过战友或者良朋反目成仇会不失落愤怒的。而这些还只是最根本的无奈，那么财富、权利、地位、健康等等这些失去和无法满足的时候呢？

有时候我们不得不去思考这些问题，虽然这些问题常常没有真切的答案，但人类是地球上唯一靠思考而生存延续的物种，这不能不说是一种悲哀。说这些，并不是在鼓吹消极，而是人生这两个字的真实本质。我们只有透过本质去看，去反思，才能更好地去理解，以及找到相应的解决办法。我们也只有在不断的挫折以及痛苦当中，才会拥有抵抗力免疫力，才会逐渐明朗清晰以及坚强。我们甚至可能需要以一生的坚毅和智慧去寻找和解决这种悲哀。如果我们不去面对以及思考这个问题，这一生，就形同行尸走肉一般浑浑噩噩地度过，而且可怜的是，我们并不能因为无知而逃避以及避免。当手足无措的时候，当日渐衰老的时候，当孤独痛苦的时候，我们才会反思，反思以前那些所谓的快乐，是那么的不真实。

我们常讥讽别人是杞人忧天的多此一举，却往往忽略了"未雨绸缪、防微杜渐"和"人无远虑，必有近忧"的字句。你不去想不去看，它就不来了吗？虽然说想了它依然会来，区别可能在于一种是手足无措的惊慌，一种是有准备而当下承受的坦然。我们能够提早认识以及理解了那种困苦，也就提早有了思想准备和智慧，那么痛苦的是人世俗情，痛苦的背后还有一片智慧的光明笼罩。 前人说的话，往往只是一句就会触动我们，但他的一句，或许是由一生的艰难困苦浓缩而成。孟德斯鸠这句话，我并没有看成是消极颓废的思想，相反，从中却看到了积极甚至是勇敢的精神，一种大智慧即将启蒙之前的曙光。 人只有回到人的本位那最脆弱的地方，才会认真去思考许多平常被自己所忽略的问题。也只有了解了人的本质之后，才会去发掘和了解未知的领域。

柏拉图在被迫饮鸩临刑的一刻，面对他那些悲哀的学生平静地说道：
"你们因为没有看见另一扇门背后的世界，所以你们才会如此悲哀，而我，
看见了。"魏晋时期的嵇康，刑场上面对三千哭泣送行的学生，从容弹
奏了一曲《广陵散》的绝响。之所以能够这样坦然，无非还是走过了"人
在悲哀之中，才像个人"的过程。在悲哀之中，寻找到了解决困惑的钥匙，
从而打开人生光明的解脱之门。因此，悲哀并不是可怜和可怕的毒药，
我们在痛苦无助的时候，冷静下来面对和思考这种莫大的悲哀反而会是
我们最好的苦口良药。人只有在经历过悲哀，懂得了悲哀之后，才会开
始将人生认识。

十一

枯的好，荣的好

唐朝药山禅师有两位弟子，一个叫云岩，一个叫道吾，都是参禅有成就的大师。有一天，药山禅师在庭院里打坐，这两位弟子在师父身旁站着，药山禅师看到院子里一棵树长得很茂盛，而旁边相邻的一棵却枯死了，他指着院子里一生一死的两棵树，先对道吾问道："这两棵树是枯的好呢？还是荣的好呢？"

道吾回答道："荣的好。"

药山再问云岩道："枯的好呢？荣的好呢？"

云岩回答道："枯的好。"

这时药山禅师的侍者正好经过，药山又以同样的问题问侍者："枯的好呢？荣的好呢？"

侍者回答道："枯者由他枯，荣者任他荣。"

每次从家里出发步行到大昭寺，都要走过一条安静的碎石小路，小

第三章 薄如蝉翼的时光

路中间有个部队营房,营区围墙外种有几棵大树。从春至秋,一直走到冬天,这些树陪着我细数过这段流年。秋天这些树丰腴灿烂,却不经意在某个午后发现,这些树忽然就寂静无声了,仿佛在一夜之间所有的叶片都不见了,只剩下光秃秃的枝条。于是想起了古代那个禅宗公案,一枯一荣,都在眼前,也在心间。

当这些树入冬之后,我在拉萨的冬天,也开始了。

虽然冬天的拉萨早晚已经是零下五度的气温,但白日里阳光很灿烂,

157

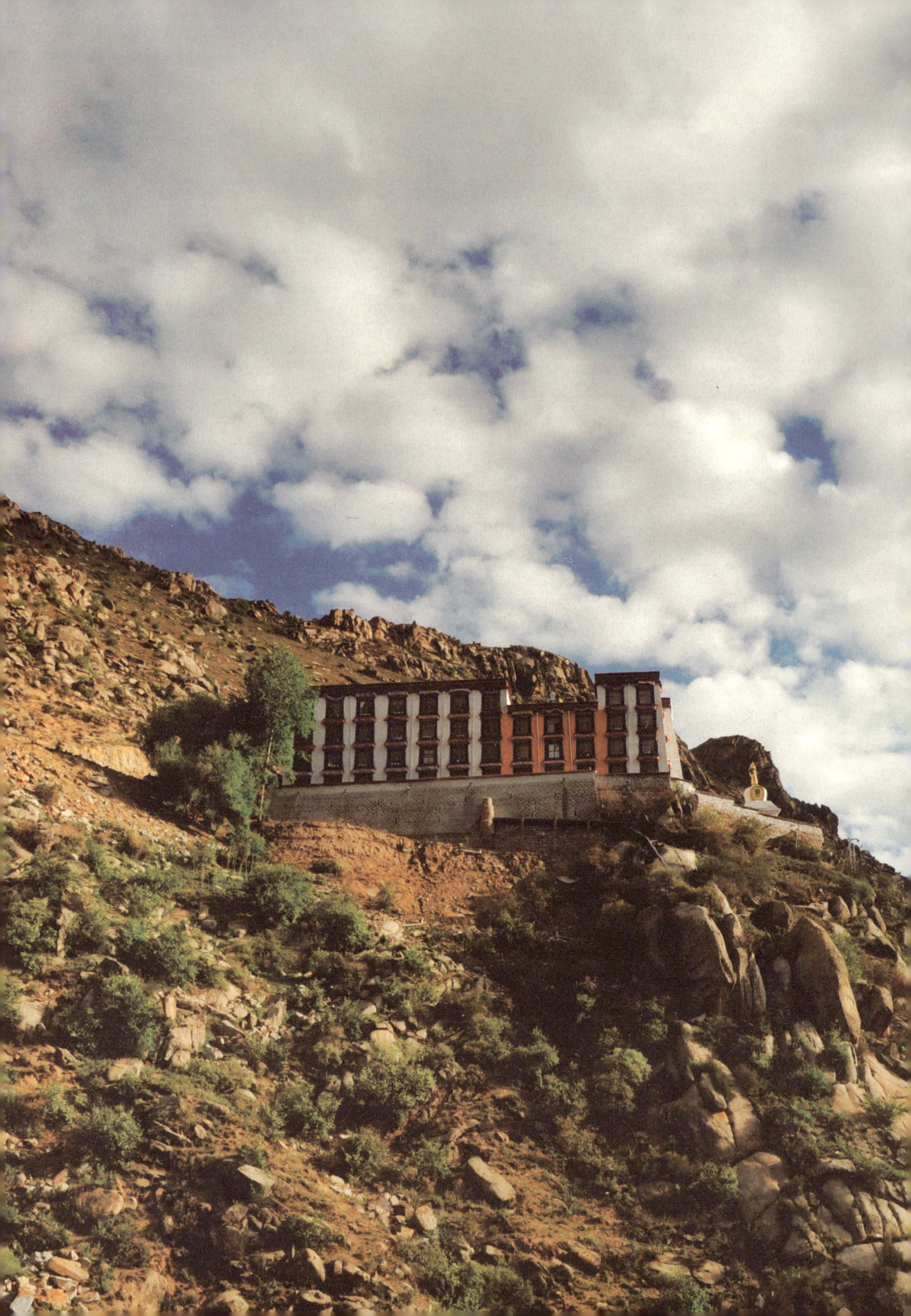

第三章 薄如蝉翼的时光

行走在这样万里无云又晴天碧碧的光景里，身心无疑都是遍满阳光味道的。进入冬天，拉萨也就没有了什么游客，显得异常冷清，但冬天也有冬天的好，终于可以静下心来，借阳光把身心梳理一遍。于是决定做些什么，在这个漫长的日子。

选了一张温暖的毯子，每日里悠然从家里步行四十分钟，穿过一路阳光到达大昭寺，靠墙安然坐下。冬天的拉萨游客逐渐稀少了，那些拉漂们往常的喧嚣也不见了，只有虔诚的藏族同胞在大昭寺门前此起彼伏地磕着没完没了的长头。我说我要在拉萨过冬，就是为了此刻没有骚扰、烦忧和挂碍的纯粹阳光，让自己独享。

大昭寺是座非常好的道场，因为有那么多的信众在这里祈祷和修行，这么大的磁场，让你的心很容易安静祥和下来。古人说人老了首先是病腿，腿的气脉不通，老了就会无力和枯萎，于是许多人跏趺盘坐，就是为了这双腿的气血畅通。这个冬天闲着也是闲着，而且我不能让烦恼把我左右，于是乎也学起了前人模样，在大昭寺的阳光底下把跏趺给盘起，而后是一本经书。

159

拉漂的日子

　　《楞严经》，我非常喜欢这部最后传进中国的佛教经典。看过好多次了，却没有一次看完过，不是被纷扰左右，就是被是非纠缠，终究是个遗憾。但这个冬天，这个遗憾将会被阳光抹去，而后是《圆觉经》、《维摩诘经》和《瓦尔登湖》，读书的日程都编排好了，这些书籍都是曾经非常喜爱的，却无端被多年束之高阁，可想而知，我浪费了自己多少光阴。

　　大昭寺前跏趺打坐，其实还是在打妄想，看得经书入迷，看得身物两忘，本身就是个大妄想，妄想着自己进入了佛国净土的大光明境，但此刻身心确实非常舒服。如果说来拉萨是这辈子最独特异类的日子，在拉萨特别是在大昭寺的冬日里盘腿而坐，却也是这辈子最自由和舒坦的时光，从未有过的宁静和惬意，在阳光底下看书，而且是看自己喜爱的书，没有什么比这种快乐更幸福和简单的事了。

　　腿却不争气，跏趺半小时，就剧痛无比，于是烦恼依然是烦恼，心依旧要被身累，终是功夫不够。但这有什么关系，每天练练腿子，自然会越来越持久，而且双盘累了，还可以单盘，于是又能够继续享受这里的阳光和经文里的乐趣，时间不知不觉就这么溜走了。枯的好，荣的好？都好。

　　大昭寺享受够了，于是前行仓姑寺，一壶一块五毛钱的甜茶，陪我将下午余烬的光阴消受。依然是一张毛毯一本书籍，依然是一个人的世界，目中无人，喧闹尽消。忽而想起了陶渊明的那句：结庐在人境，而无车马喧。枯的好，荣的好？不枯不荣。

　　离开了大昭寺，离开了仓姑寺，心绪又被尘世所扰，一切又都回到了从前，烦恼依旧是烦恼，欲望仍然是欲望，但这又有什么关系。荣的好，枯的好？枯者由他枯，荣者任他荣。烦恼自烦恼，但每日的快乐，也是真快乐的，这也是从前在内地永远无法感受得到的。

回去的路上，再次经过那几棵凋零的大树，我知道不久之后，又会是一树芳华，于是这个冬天，会很阳光，会很吉祥。

十二

拉萨河

一切都那么安静，而且寒冷，手是冰的。窗外却洒满了冬天的阳光，看起来很温暖。那些秋天还遍满叶片的树，在一夜间光秃秃地将枝条伸向天空，天空很蓝很蓝，蓝得心有点发慌。而那些近点儿的桃树，让我想起了四月，那时候开得如此的艳美和决然，连一片叶子都不需要，只是一树尽情的光鲜。

拉萨河的水还没结冰，于是可以一直哼着自己的心事流淌，偶尔一些猫或狗的尸体，就搁浅在一些浅滩上，没有苍蝇的骚扰，这么安静。沿河的山，连绵着拉萨河的水，远方，再远方，夕阳的余晖，把山头染成金黄。

我想，我是不是老了，安静成这样。一只狗，陪我坐在河岸，河岸上有浅灰而软软的沙，河岸上有黑黑而硬的石头。当然，河岸上还有不时飞过的水鸟，偶尔会有一两声歌唱。岁月静好，岁月却不会老。有时候会有一种莫名的感伤，在那冷风度入衣服的一刻，冰冷亲吻上火热的肌肤，会微微地颤抖。我还没有白发，但体温已经无法抵抗严寒，竟然想到了从前的温暖，于是拉萨河边忽然就开始想和念，觉得有点寂寞，有点孤单。

我的狗傻傻地看，看看山，看看水，又看看我，忽然兴奋地在我眼前来回飞奔，扬起一身的沙尘，仿佛告诉我，它很快乐，快乐就这么简

单。摸摸它的脑袋就像从前摸过她的眉眼,掌心是温暖而快乐的,眼睛却茫然了。

我在城市的边沿,千里又千里之外很远很远的边沿了,城市里的记忆,几乎被我全部忘记。如果不是还有电话和电脑偶尔的信息,我也将被城市完全忘记。所有来到西藏的人,都会偶尔出神,就好比此刻的拉萨河岸,夕阳也在发呆。

好想有个小木屋，就坐落在湖的岸边，日夜是湖光山色和林木葱葱，在四季的怀里，如此坦诚。老有何惧，这一路上老去了多少人，忙忙碌碌一生，拾起了，丢弃了，再拾起，终归还是要丢弃，连同自己的性命和一生的爱情。

没有什么是留得住的，所以不需要过分地为拥有悲哀，也没有什么是不变的，所以不要过分地为永恒伤怀。时间里来过，岁月中静好，看着我老,看着你笑,也是缘分一场恰好地到来。

向晚是无声的,月亮高挂了,我的狗安安静静地卧在我的脚边,想着它想不明白的心事。还有啤酒,在这个冬夜,和我守候,守候明年的春天,那冰冷里花开的声音。

十三

依旧年年格桑花

九月,西藏大部分地区都开始转凉,许多偏远的山头已经开始下雪。毕竟这已是初秋时分,高原要比内地更早感受到秋凉的问候。

不知道为什么大自然会有四季的分明,由春天蓬勃生机的绿到盛夏的荣而后秋的丰腴,渐渐萧瑟凉成冬的寂灭和沉默,与人之一生是如此的相似。我们在成长的过程当中谁也无法回避的生、老、病、死,恰恰也就是四季放大的翻版,人与自然,确实是息息相关的。而心情同样如此,每天每时的变化,不也是和四季的变化一样么?

每年的秋天,都是拉萨驴友或者拉漂一族以及在这里做生意的内地朋友告别的季节。因为入秋以后,天就冷了,西藏的冬天早晚冷得厉害,而且没有供暖设备,来旅游的人开始渐渐断绝,几乎没有什么人会在冬天来西藏旅游。所以这个季节的高原,那些远道而来忙碌了一整个夏季的人们,就开始依次渐渐撤离,还有一个不得不走的理由:要回家过年。于是拉萨每年的冬天,街道上都是冷冷清清的,除了本地的藏族朋友几乎没有几个内地人。而这一切都是从秋天开始,一直到明年的四月春来,才又渐渐恢复了那种熙熙攘攘的热闹。

离别总是会让人神伤和孤单，特别是在秋天。虽然一直以来都孤单而且习惯了，但是在身边的好友——离开之后，仿佛就变成了两个世界，特别是在拉萨。西藏之于内地，本来就像两个世界，一是太遥远，二是人文与景观的根本差异。如果在内地的城市，就不会有这种感觉，因为每个城市的名片基本上都越来越相像，并且都是一样地拥挤着。

一个人的秋天也不是那么的寂寞。虽然早晚天气凉了，但是西藏的日照时光很长，所以在白天还是很温暖的。而且西藏各种各样的野花此时也盛开得最热烈，如果你走出郊外或者路边，会惊觉怎么前两天还绿绿的草忽然之间就开满了枝头的艳。

为什么西藏的花就可以这么放肆而鲜艳？于是在孤单的日子里，我在想着高原的这些鲜花，聊以自慰。

说起西藏和西藏的花朵，没有不知道格桑花这个名字的吧，歌曲都唱过那么多了。但是对于格桑花的认识，我也是最近才知道个大概。前段时间从一个报社的朋友采访后发表的一篇文章里我才知道，自己像大多数人一样对于格桑花的认识，从一开始就错了，而且一直错了很久。西藏进入九月，在路边野陌以及一些小区花园之中，随处都可以看见一丛一丛枝丫长得很高而花朵很薄色彩很艳的八瓣鲜花，都是单瓣的，在阳光和风中亭亭玉立地招展。如果不是朋友发表的这篇文章，我以为这就是格桑花了，因为她是这样与众不同和艳丽。而且我还告诉过很多朋友这个就是格桑花。现在想起来都觉得无知而汗颜。

这种美丽的花其实叫张大人，是清末时候清朝政府派驻到西藏的副都统张荫棠大人所带来的花种，因为张大人口碑好，让朝廷和藏族之间的关系十分融洽，老百姓就赋予了这种花一个纪念的名字，叫张大人，却忘记了这些花的本名叫波斯菊或者扫帚梅。但是在今天，几乎大多数外地人都把这种花认成了格桑花。而一些藏族人也渐渐把这种花归类到格桑花里了，是因为藏族朋友天性上的奔放和随性，因为在当地，只要漂亮的花都可以说成是格桑花，格桑花的意思就是好时光、幸福美好之意。

本来也只是个名字而已，好看的花在西藏夏秋的野外非常多，而且都很鲜艳美丽，那么多没有名字的花，都可以称为格桑花吧，因为那种美入到了每一个人的心里，成为了永远的记忆。

真正的格桑花要比张大人花还要艳丽，而且复瓣单瓣都有，也应该是属于菊科的一种，色彩鲜艳得就像是假花一样，让人不敢相信。不管是什么花，开在西藏，都那么的神奇，而且旷野里的世界，真的就是一片花的海洋。

朋友离开了拉萨的秋天，但秋天并没有将我遗弃，那些花骨朵儿以

奔放的热情给予我热烈的拥抱。一些拉漂们曾说：在西藏，春天收获希望，夏天收获阳光，秋天收获丰腴。我想确实如此，还有什么比眼前的这些花朵更丰腴开放的秋天呢？于是，我的心灵被目光所到之处的九月再次狠狠灼伤。

十四

挥别

"如果我老了不能做爱了，你还会爱我吗？如果我老了掉光了头发，你还会觉得我帅吗？陪我到大昭寺晒晒太阳，我们一起磕个长头吧，数你的皱纹数我的白发，我们一生一世不要分离啊……"

这原本是一首丽江之歌，在丽江很有名，据说是罗大佑谱的曲。后来被拉漂的朋友改了个别歌词，就成了拉萨的名曲。以前在拉萨，酒吧去得比较多，而身边的朋友许多是弹唱歌手，有些也长期混在拉萨，于是常常能听到这样的曲调在另类的时空另类的地域另类的酒吧和另类的人群当中蔓延。拉萨的夜色很浓，是因为氧气的稀薄使得夜变得压抑，更是因为离别的情绪，为拉萨这一寸如梦似幻的光阴。

常常会有内地的朋友来西藏，于是拉萨就成了落脚点，而我成了接待和迎来送往的小二。每每这个时候，很多话想说，却又说不出口，因为内地的朋友无法了解和理解这里的生活。朋友们总是带着有色眼镜来观看这个世界，而且都那么的聪明、谨慎以及自以为是，哪怕是一二十年的兄弟。

我们相差三千公里，就是另一个完全不同的世界。朋友们都喜欢把内地的一些思维方式和行为习惯带到西藏，却不知道这里并不需要也不欢迎这样的模式。在这里，幸福很简单，痛苦也很简单。这里没有所谓的睿智和长远的思考，这里有的只是健忘，偶尔心灵的放松或者回归。或许这在一些朋友眼里，是一种迷失，更多的是蔑视和不理解，但又有什么关系呢？就像前一阵将要送走一批远方而来的客人的前一夜里，因为一些话题，让我不开心了。最后我说，我接待你们的日子，只是在逢场作戏。朋友讽刺说逢场作戏都做得这么投入。我说，哪怕是逢场作戏，我都是用心去做的。于是结束了这场有点不愉快的对话。他们并不能懂得，虽然这里没有时间观念，但让我浪费在这些人身上，我还是觉得很委屈，我宁愿把这些时间留给自己去大昭寺晒晒太阳或去仓姑寺里喝一杯甜茶，只因为没有那无话找话的辛苦以及话不投机的应付。而且朋友并不知道，他们的来和去都这样匆匆忙忙，他们并不需要了解和理解这里的生活，接受这里的文化，对于他们来说，我只是他们的逢场作戏或者好奇而已，也只是他们茶余饭后的某个话题。离开了，谁又会想起？

如果物欲不是至高的时候，幸福真的很简单。这种幸福不会是永久，也不希冀那种永久，就好像上面那歌词里唱的。只要是一刻的感动，就会是记忆里的某次永恒。一生一世不分离，怎么可能呢？傻瓜，总会是一个先走留下另一个。但是我们一起晒过太阳一起磕过长头，数过我的皱纹你的白发，这就足够了。我们可以忘掉从前和以后。

下着雨的酒吧，将淡淡的旋律缓缓流淌进心里，昏黄的灯光恍惚，让人们忘记了这里是拉萨或者丽江，那些即将离别或者还要继续留守的人们，或随曲调轻哼，或黯然不语，青烟袅绕啤酒生花，这样的日子，心不能纯粹，就会扑朔迷离。

世界是越来越遥远了，四面环绕的山，将内地和西藏分隔。为什么会有两个世界，将一颗心泾渭分明地分割？三千公里，连接这一条天路，蜻蜓点水的感悟，终究是蜻蜓点水的轻浮。

不要问什么是大美和幸福，如果鱼在水里。不要问鱼有没有泪滴，如果你在岸上。

十五

留守

不是每天都会阳光灿烂而温暖的。

进入九月，拉萨的雨季就停了，而天气也渐渐冷起来。这是拉萨的秋天，拉萨河边的山色还青郁着，虽然没有树，但那些被整个八月的雨季滋润开来的草还不想就此匆匆与夏日告别，于是放肆成漫山遍野的嫩，但拉萨的秋天已经到来，冬天就不远了。

拉萨的日子，习惯了三点一线的生活，从家里出来就到酒吧，或者夜里在喧闹的北京东路摆摆地摊，从前不觉得有什么两样，但在八月之后，一切都悄悄改变了。

习惯了北京东路的小和热闹，习惯了这里熟悉的餐馆和酒吧，但是朋友走了之后，很多都开始不习惯起来。以前摆地摊的时候，因为城管的干涉，往往时间上不固定，总要等城管老爷高兴不高兴地离开之后才能够安心下来。但朋友在的日子，可以去这个餐馆那个酒吧聊聊、坐坐，消磨掉等待城管离开的时光。这些餐馆和酒吧都很近，而且朋友之间都很熟悉。于是常常只要聊得尽兴喝得痛快，地摊不摆也罢。可是这些天背着那个大包包在北京东路晃悠的时候，突然之间，觉得自己真的像在流浪一样。找不到落脚的地方，也找不到可以一诉的，哪怕是可以相与浅饮一杯的人。

拉漂的日子

北京东路人来人往，华灯璀璨，那些本地人不认识，那些游客不认识，似乎连自己的影子都变得陌生了。天也渐渐开始冰凉，肌肤能够感觉到那种特异的冷。虽然一直以来自己都是独断独行的乖僻之人，真正的朋友本来就不多，朋友在一起聊到骨髓里的话题也很少，但一些习惯了的朋友一个接一个地离开之后，一切也真的一点一点地改变了。

我开始担心。

我担心我会因为寂寞而害怕孤独，我担心我是否足够的强大，也有点害怕这个冬天，会不会冷得我发抖，但我别无选择，而且性情倔强。既然你们都走了，那么我就为你们留守西藏吧。

早上送三妹去火车站，拉萨火车站四周山峦的顶，被晨曦照耀得金灿灿的。三妹说好漂亮。三妹说，真希望过安检的时候被拦下来，就可以不走了。因为三妹没票，是托列车长亲自带进去的。我只能笑笑，摸摸她的头说

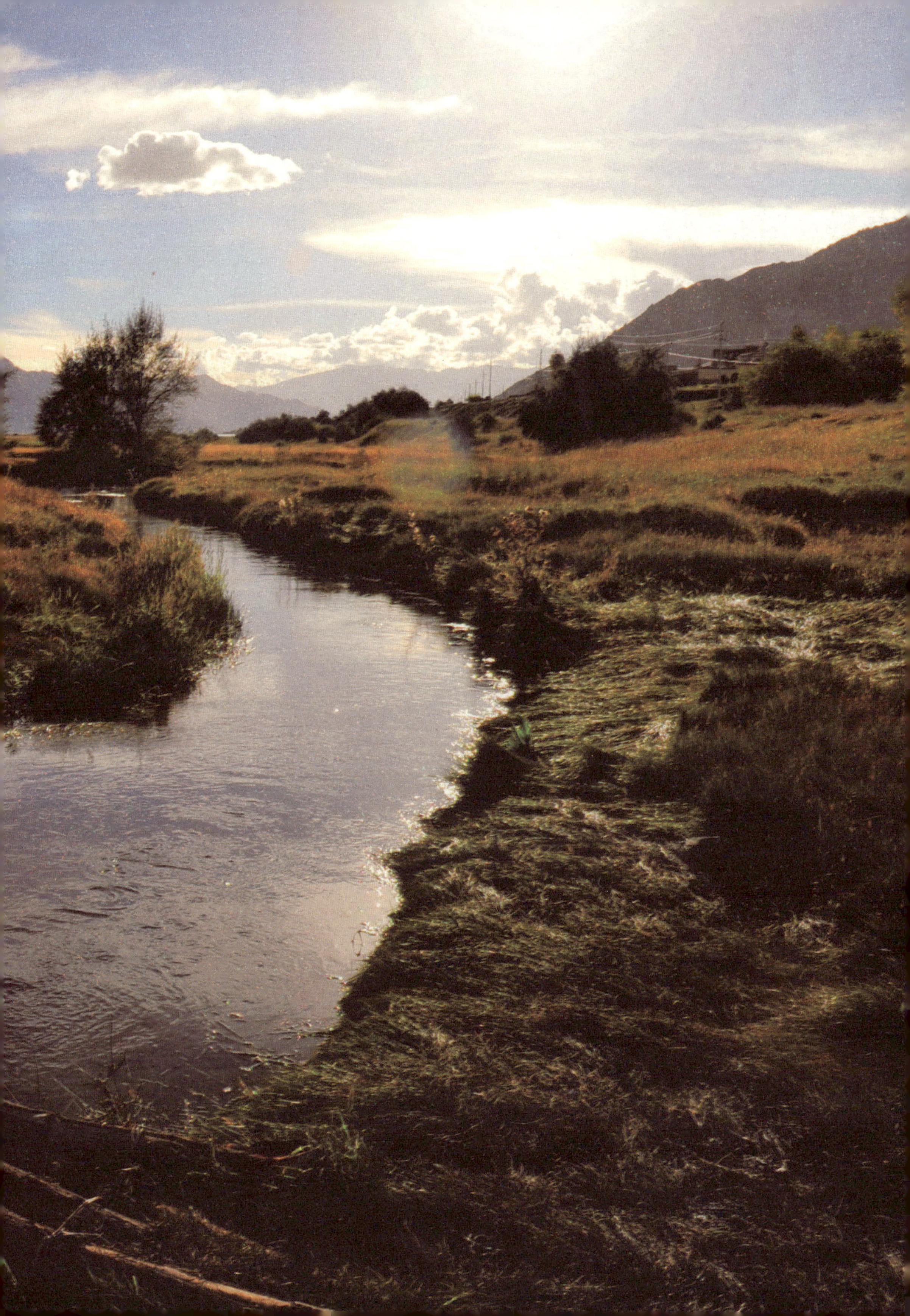

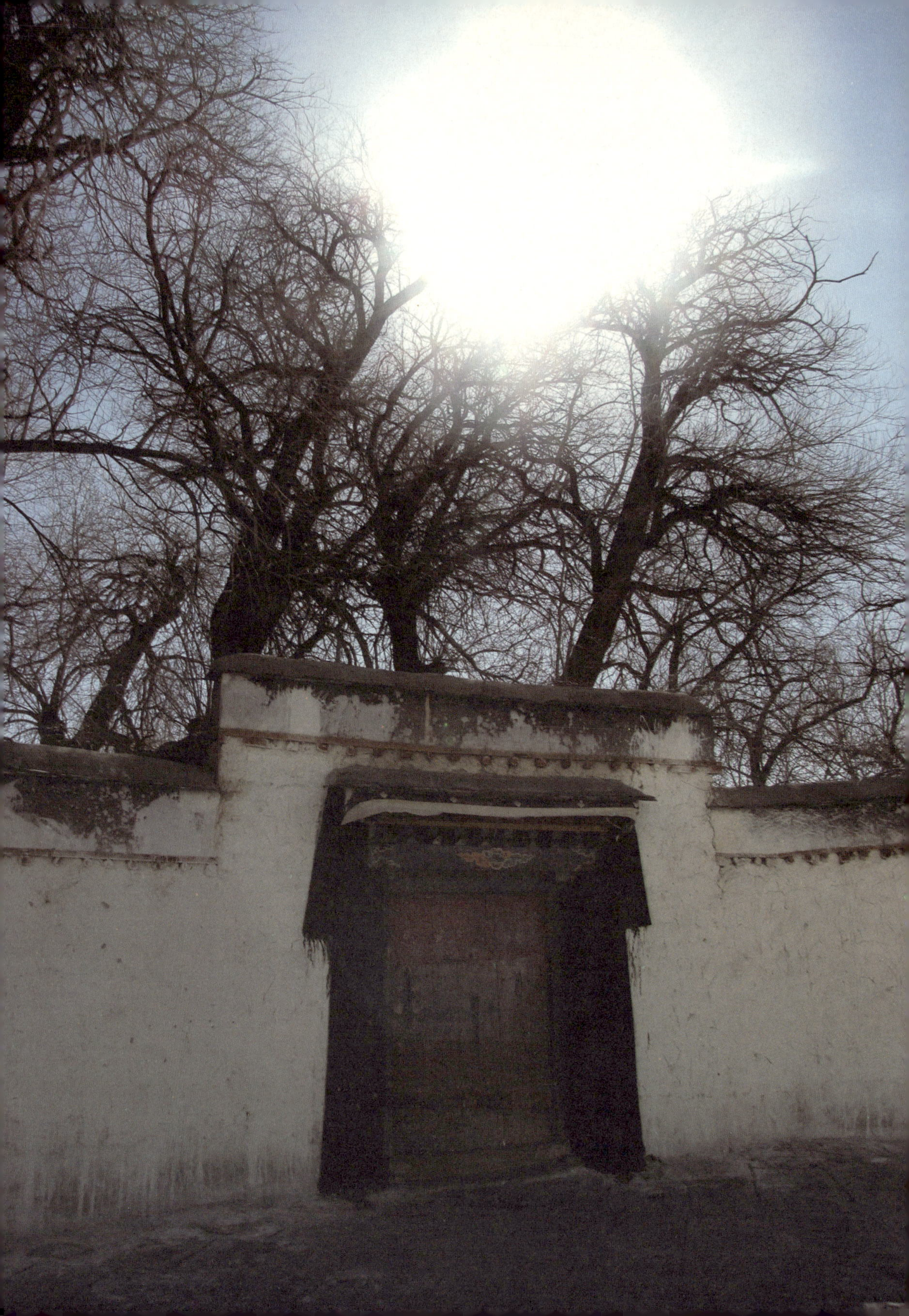

好傻。列车开动的一刻，不哭，就好。

房间现在空了三个，我自己住了一个。一直租不出去，也一直搬不出去。只能这样继续耗着。

我的藏獒阿修罗长大了，像个藏獒的样子了，它不再忧郁和躲避人。忘记是哪一天开始，主动对我摇尾巴和玩耍，也忘记是哪一天，开始换却那些绒绒密密的胎毛，只记得三妹长期对它的疼爱和怀抱，以后却再也抱不动它了。

时光在这些纷纷扰扰当中静静流淌，心事也是这般模样。而青春和容颜，伴随着拉萨河的水由东往西轻轻哼唱。拉萨河沿岸，有很多插着龙达经幡的水葬台，那是一些未成年的生命下葬的地方，台是石头砌成，而尸体却由此随水而去。很多年以后，我在拉萨的那些漂泊的日子，也将在记忆里石砌的水葬台上，随水而去。

第四章 剪影

一

杨子

如果你在网上搜索杨柳松三个字，会看到大量的信息以及介绍，但今天我写的杨柳松，只是朋友之间一种真实的感受，也是我眼里真实的杨柳松，不论现在的户外界对他有多大的争议，杨柳松就是杨柳松，一个谜样的人。

和杨柳松见面是一个意外，那天去朋友家里吃饭，突然看到他戴顶帽子从楼上走了下来，刚开始我还没认出来，因为他看起来是那么的随意普通。这是我在一年之后，第二次见到杨柳松。这一年间，相互并没有往来，各过各的生活甚至毫无关联，他已经经过了一次华丽而持续低调的转身。他只身穿越羌塘无人区后出了一本备受户外人士瞩目的穿越纪实《北方的空地》。或许在文艺界并没有多少人知道这本书以及这本书的价值，但在户外圈里，这本书足够震颤了大众的神经，甚至觉得不可思议。在杨柳松只身穿越羌塘之前，还没有人有过这样的壮举，哪怕是最早的户外前辈余纯顺。不敢说这后无来者，但至少可以说是前无古人的，而且他只身从不同的线路穿越了三次羌塘，只为了好奇这片广阔的天地。而在这之前，他还花费了五十多天的时间，穿越了雅鲁藏布大峡谷，成为了后人探索雅鲁藏布大峡谷的最佳指南。更少有人知道他其他的探险经历，因为他实在太低调了，而且隐而不发，好比只身穿越可可西里、各拉丹冬长江源头探寻、世界第二大洞穴探险等等，每一次，都是和生命抗争的艰难旅行，但对于他来说，却都是无比平常之事，可是这些旅程对于大多数人来说，几乎是不可能完成的，因为都是他自己在独自前行，但他做到了，而且还不愿意更多的人知道，他认为这些都是理所当然以及微不足道的个人爱好的事情。

真的很难切实评价眼前的杨柳松。去年在一起喝过一顿酒，没有过多交流，给我感觉他好像不太在乎周边的人事，记得那时他几乎不说话。时隔一年再次见面，他却喝了不少，说是开心。就我所知，他几乎不喝酒，喝醉的次数也寥寥无几，而这次他的酒量让我感到惊奇，不喝酒的人，能够这样的干脆，这是我对他的另一种陌生感受。

我这辈子就真没见过有如此多不平凡经历却还能保持这样低调的人。那夜和我一起的另一个朋友问杨柳松，你有这样大的影响力，应该给那些户外人士多多示范，现在的驴友很多都太过盲目和冲动。杨柳松笑说，为什么要这样去做呢？大家有自己的生活理念和认知方式，我可不想干扰别人，我只做我自己认为该做的。

因为《北方的空地》一书的出现，杨柳松一夜之间成了户外圈里的热门话题，而因此延伸出来的媒体热炒效应，使得他不堪其扰，于是悄然躲了起来。这种别人求之不得的广告效应以及所带来的经济利益，在

他的眼里竟然成了一种精神负担和拖累，这也让我对这种纯粹和充实的自我精神世界钦佩不已。以他目前的影响效果，那么多的媒体以及户外装备的广告，完全可以让他继续自己喜欢的生活方式又可以生计无忧，更有可能因此暴富，但他理智地放弃了，而且放弃得这样坚决，他是一个真正纯粹的人，纯粹是因为他的智慧。是的，杨柳松绝对是我见过的一个充满智慧的人，他不会因为眼前的利益而扼杀了自己，因为他还要继续走下去，沿着那条完全属于他自己的道路。他推掉了所有含商业性的宣传，推掉了户外知名品牌的免费赞助，他是一个真正纯粹在走自己道路的人。

把酒言欢的一刻，我问：你准备这样走到什么时候？"没有答案。"他脱口而出。"等到某一天走腻了走不动了就不走了。回到城市里，生活也会有很多开心的乐趣，不一定只在路上才有。"杨柳松依然那样无所谓的淡然。是的，他是那么的年轻，而且心态如此的良好以及阳光。经历过的种种艰难危险，一次次的起死回生，在他的眼里都只如一杯白开水般的安静平淡，经历过这么多常人无法理解和想象的他，还有什么可以让他大惊小怪，抑或犹豫不决呢？问他：据说你曾经有过自闭症？他忍不住大笑开来："各种版本实在太多了，能解释得清么？你管不住别人的想法和嘴巴。就好比羌塘的过程，有人说我是因为偷窃了一个废旧屋里的一个扳手，所以才被拘了，其实是因为我只身穿越敏感的地区，又是敏感时节，还戴着卫星定位仪，于是被请了去调查询问，但一些人要这么说我有什么办法呢？最好的方式就是沉默吧。"看着他爽朗的笑容，我也感到了一种直率的豁达。只有经历过生与死的人，经历过那种无言的苍凉，经历过被人遗忘的孤独世界的人，或许才能懂得这里面的深深寂寞。

他依然如此的年轻，好像沧桑的过去对他来说只是一种暂时的洗礼，回到人间，他只是一个平凡而率真的年轻人。如果不是交谈当中轻描淡写地透露出过往的点滴，你不会相信眼前的这个人所经历的过去会是那样的跌宕起伏，而且匪夷所思。那超出常人的胆量和魄力、那无法想象的坚韧以及强大的神经，凡此种种，你根本无法理解怎么会综合在一个人的身上，而且还在继续。就在和杨柳松见面之前，他已经又完成了可可西里的穿越，还一个人撑着橡皮艇渡过了每年只有十来天被昆仑雪水冲洗而出的塔克拉玛干沙漠和田河河流的腹地。更少有人知道他曾经为了探寻一个世界第二大洞穴的真相，辗转来回了一年多的时间，而且差点丢了性命。我说，你怎么不把那些经历写出来？杨柳松停顿了一会，有点失落，他说不是不想写，而是写不到位，因为很多情感的世界不方便纪实，例如人文风俗的现实状况，更因为自己觉得还不够沉淀。我听了是真的动容了，因为他无意当中说出来的一些小插曲，已经让我如此激动，他的内心世界，究竟隐藏了多少不为他人所知的故事，实在让人着迷。

问他：这么多次历险当中，有没有一次是让你感到彻底绝望的？杨柳松点了一根烟，说，有。"那次探洞，和当地的一个苗族小伙子，下到半路的时候，觉得无法再继续了，感觉到了一种绝望，但最后还是坚持下去了。但在上来到一半的时候，是真的彻底没有了力气，连说话的力量都没了，那时候苗族的好兄弟在更高一点的上方，一条绳子，上面没有气力拉人了，而自己也没有了半分气力攀登，这时候只有三种选择，一是两个人一起掉下去，都死，一是他放弃我，一是我放弃自己。"说到这里，杨柳松沉默了。我问，结果呢？"我选择了第三种。"杨柳松话语很轻："我松开了绳子……"听到这个结果，我的心也随之抽紧了起来。"在松开绳子的一刻，我觉得自己没了。但运气还是站在了我这边，下滑将近十米的地方，踩到了一块突出的岩石，手也抓住了支撑物。"杨柳松看我一眼："当时既然没死，就不甘心再死了啊！于是想方设法拼命又活了过来。"这种惊心动魄的过程，来到他的嘴里竟然像是吃饭一样的平淡，我看着他，当真不可理喻。只是在他说起某次出行遇见的那户人家，杨柳松竟然眼含泪光。那户人家的房子是村里唯一的石头房，一块块石头是男主人自己从山上打磨下来垒起来的，房子建好之后男主人就病逝了，留下一个患病的女人以及一个刚刚辍学的女儿和年纪很小的弟弟。杨柳松路过借宿在这户人家。第二天看到那个小弟弟很亲切地抱着一只母鸡在抚摸，杨柳松奇怪怎么还有人把鸡当宠物的？没过一会就听见鸡的惨叫声，原来那户人家将家里唯一的一只鸡给杀了，为了招待这个从远方来的陌生人。当时杨柳松忍不住放声大哭，而后姐弟俩来安慰他，也陪着抱着一起哭。杨柳松说完这段话，整个屋子是那么的安静，我的眼眶也随之湿润了。

"毁誉参半的人都是纯粹理想主义者。"杨柳松这样说。其实他又怎会在乎自己的声誉，因为他的精神世界里，道路是那么的纯粹，而且坚定，方向明确。我说，一直想问你一个大多数媒体或许都想提出的问题：是什么动机促使你选择这样的方式活着？他说："这样的问题真的很不想回答，每个人都对生活有着自己个人的理解和方式，被人误解得太多了。我活着，就要有活着属于自己的意义。"想想也是，每个人都有自己的一条人生道路，总是需要自己去走的，而沿途的风景和经历，只是一种点缀而已。

我们谈了很多，凡事都讲缘分。或许我不该问这些，但杨柳松并没有回避和拒绝，要知道他本是为了远离那些热情追逐的媒体而躲到拉萨的。我说，我想写一篇这次聊天的内容文字，他又笑了，说没关系，你的文字你做主。而后我提出合影留个纪念，他笑说，那到庭院外面去照，那里阳光正好。而后当我提出给他单独拍一张独照的时候，他竟然快乐地自己蹦跳了几下，还带着一丝腼腆的笑容，这个时候的杨柳松，真像个大男孩一样，谁会相信这个并不强壮的身体以及温和的笑容背后，有过如此强悍而令人神奇振奋的经历。在和他分享私人的大量户外照片和一些独自穿越自拍的视频的时候，我是真的被震惊了。这些都是他私人

的珍藏，没有发表过的，也只是他所有经历当中的一小部分而已。如果不是亲眼见证这个过程，你是真的无法想象出过程的艰辛和危险，以及那种深深的寂寥和坚韧。

说实话，看到他自拍的穿越视频，我怎么都无法将那个视频中的杨柳松和现实身边的杨柳松联系起来，在拉萨休养歇息中的他这样斯文而安静，独自穿越中的他又是如此的沧桑而坚强。从来都是选择一个人默默穿越，真的是个传奇而低调的人物。在户外圈子里，杨柳松三个字，几乎已经代表了一个里程碑，但在平常生活当中，他又是那么的平凡而内敛，当真不可思议。我看的视频是他独自穿越中的一部分，如果不看视频只看文字，震撼的效果要差许多，因为视频里那种现场的真实性更能带来直观的冲击。那如雨的密集冰雹，那一望无垠的没有人烟的荒芜，那连绵的雪山，那一趟趟光脚试水过河的片段，那平均海拔五千米以上的独自而行，那负重一百四十斤的自行车艰难前行，那钻进抗寒零下二十度的睡袋还瑟瑟发抖的画面，那满脸沧桑和扭曲的脸，那一个个等待夜幕降临的傍晚，还有那么庞大的藏羚羊种群，还有那危险奔跑的野熊（每年都有牧民死于熊的掌下）等等，天地是那么的大，而他是那么的弱小和孤单，这种经历，他却一个人去承受，一个人挺了过来，完成了一次又一次华丽而寂寞的转身。

我问杨柳松，你有没有外号？他又笑了：叫我杨子吧。是的，这就是我眼里的杨柳松，这就是平凡而又传奇的杨柳松，他又即将出发了，面临一个新的旅程，一次新的洗礼，一次又一次新的征程。好样的杨子，祝福你，一路平安。

二

巴珠

巴珠快要死了。

公交车上我昏昏沉沉的脑袋一直闪着这个念头。直觉告诉我，巴珠撑不过今天，而面对一个生命走向死亡，我束手无策，无能为力。公交车上很热，人很多，没有人知道我在想着一个生命的离去，也没有人知道我此刻的心情。我也说不出此刻是什么样的心情，没有激动也没有过多的悲伤，就是一个生命即将了结的时候我正面对着，每天每时都有很多生命在消失，我无动于衷，因为和我没有什么关系，而巴珠是我养的一条小土狗。

巴珠快要死了，从昨天晚上回来我就感觉到了。死亡的气息是可以直觉的，它的眼神很无助，我看着它同样很无助，我连接触都不敢，因为它得的是犬瘟，而且很严重了，躺在地上喘息，呕吐，还有很多的眼屎，偶尔还抽搐。它看着我哼哼，挣扎了一下想站起来，却失败了。蹲在它面前，我有点失望和悲哀：为什么你这几天这么不听话呢？为什么一开门你就要蹿出去玩到晚上才知道回来？巴珠不说话，侧头哀伤地看着我。我更像一个布道士：你要坚强，希望你能挺过来，就看你的造化了。如果生命真的走到了尽头，那就早点投胎吧，投胎了早解脱，投胎去做人，不要再做狗了。巴珠看着我，不说话，哼哼了两下。

中午的公交车上很热，身体随车子颠簸摇晃着，思想也昏昏沉沉地摇晃着。忽然觉得很对不起巴珠。自从它开始喜欢咬垃圾篓里面的卫生纸和吃人的口痰开始，我就不大喜欢它了，因为它的屡教不改。而后合租的人也开始不喜欢它，骂它垃圾狗。其实巴珠以前不是这样的。

第四章 剪影

    今年二月份的时候，和朋友去日喀则，半路上经过一个村庄休息，在一个简陋的狗舍我看见了小小的巴珠窝在它妈的身边，那时候它还没断奶。有人告诉我这是藏獒，八百元成交了，后来我才知道其实巴珠只是一条普通的土狗，只不过当时狗窝旁边站着一头杂交的藏獒，我以为是它的父亲。我一直都希望能养一头藏獒，谁知道第一次就买错了品种。后来从日喀则回拉萨的路上又折回了那个地方，那人承认不是藏獒，说可以退钱给我，这反而让我为难了，因为和巴珠建立的感情。巴珠在日喀则和我睡一张床的时候，一直喜欢把下巴枕在我脖子上睡，还一直舔我的耳朵，让我有了感情，于是还是带回了拉萨。

    巴珠的名字是寺庙里一个师父取的，意思是懒懒憨憨很乖很听话的

样子。小时候的巴珠真的很乖，人见人爱，慢慢长大后就变了，变成和那些土狗一个德行，让我很失望。当时房子合租了好几个人，巴珠一直饲养在一楼的院子里，那些朋友每次吃完饭都把很多剩菜带回来，弄得巴珠最后只吃肉别的再不吃了。而后我又养了一条真正的小藏獒，因为怕病菌感染以及别人乱喂东西，就把藏獒养在了楼上的阳台，之后对巴珠除了吃就很少再关心。

巴珠得了犬瘟，我更多的竟然是怕藏獒被传染了，这让我内心更觉得不安。巴珠都快要死了，我在难受的同时竟然有一丝轻松夹杂在里面，因为很长一段时间我不知道该怎么处理巴珠，把它送人但按它现在的习性，只能让别人头疼，把它放逐出去又于心不忍，这成了我很长一段时间的心病和纠结。而今巴珠就要死了，我竟然有了一丝莫名的解脱感，想到这里我觉得自己真的很可耻。

傍晚的时候，三妹打来电话：你快回来，巴珠不行了。匆匆忙忙赶回去，半路叫了个兽医，回到家巴珠确实不行了。兽医看看巴珠看看我说，安乐死吧？巴珠在地上不断抽搐，眼看一点力气都没了。

女医生还不错，先给巴珠打了一针麻醉，不知道为什么在注射的时候她嘴里念了一句："学习雷锋"。而后在注射安乐死针药的时候，她一直看着我的眼睛，我一直麻木地看着她的针剂进入巴珠的体内，看着巴珠偶尔僵硬地撑两下，而后归于平静。这时候我脑海是一片空白的，什么话都说不出来，或许医生想看看我失落和痛苦的表情，但估计她失望了。

拉萨河的傍晚很安静，前几天的雨使得拉萨河水涨了起来，一直漫过了从前那片柔软的沙滩，轻轻地流淌，偶尔还有几只海鸥在天上轻巧地盘旋。按照西藏人的风俗习惯，小孩夭折都是要水葬的，藏族人爱狗，小狗死了就放在拉萨河里水葬。而巴珠得了犬瘟，我怕把河水污染了，同时觉得就这样丢在河里好像太残忍了，巴珠会很凄凉孤单，于是在拉萨河边挖了个坑把巴珠埋了。河水清澈，长年不息，对岸就是群山，风景美丽，巴珠躺在这样的环境里，或许要开心好多，会像它从前无忧无虑的日子，可以无边无际地幻想着自己的自由。

三

多情无情，谁的玛吉阿米

写下这个标题的时候，多少都有点无奈，因为这个名字，被人写得太多传唱得也太广了，之所以如此炽热而经久不衰，都源于一个富于传奇性的人物。我想在汉族和藏族人特定的宗教故事里，没有人会比他更具传奇和争议性了，传奇在于他的身份——第六世达赖喇嘛，这是藏传佛教最高的地位象征，但就是这么受万民膜拜的活佛，性情却像个饱含激情的诗人。他无视佛教的清规戒律，白天是至高无上的活佛，夜晚换上俗衣流连忘返于灯红酒肆，而且生性洒脱的他留下了那么多浪漫而脍炙人口的美妙诗句，真的让人不可思议。他的一生是个未曾解开的谜，他的传说很多很多，就连他最后的归宿至今也没有个确切的答案。多情和才情是他一生曲折的宿命，他创造了人间最真挚和浪漫的爱情诗句，他的故事和诗篇成为了当今年轻人争相阅读传诵的美妙遐想，几百年过去了，人们还是那么热衷好奇于他的一生，这确实是值得让人深思的一个话题。而他的故事里，不得不提到的一个名字，就是——玛吉阿米。

在那东山顶上
升起了白白的月亮
年轻姑娘的面容

拉漂的日子

浮现在我的心上

（仓央嘉措诗句）

多年前的那个晚上，天空万里无云，只有一轮皎洁的月亮高高挂在天上。仓央嘉措在寻母的路上走累了，坐在拉萨八廓街的一个小酒馆里歇息着，酥油灯闪闪映照着他英俊而略带疲惫的脸庞，没有人知道他就是位高名重的第六世达赖喇嘛，也没有人知道他的心在想着什么，酥油灯安安静静地燃着昏黄的光。

突然之间，随着门帘晃动的一刻，一个月亮般明媚的容颜随风飘了进来，一个美丽的姑娘微笑着婀娜而入，仓央嘉措久已干涸的心泉瞬间如潮水般涌动开来，面对姑娘那张无比清丽纯净的面容，脱口吟出了上面这首情诗。无数劫以来，多情种子瞬间生根发芽在佛门清规戒律的深深庭院之中，在仓央嘉措的心田里悄然滋长开来。这是一场难逃的劫难，还是一场缘分的宿命？仓央嘉措根本没有时间去思考，只是在这个瞬间呆呆地看着那个姑娘，忘记了他的上师，忘记了神佛，忘记了他自己。

后人为此写下了另一首感人至深的情歌，久久地传唱：

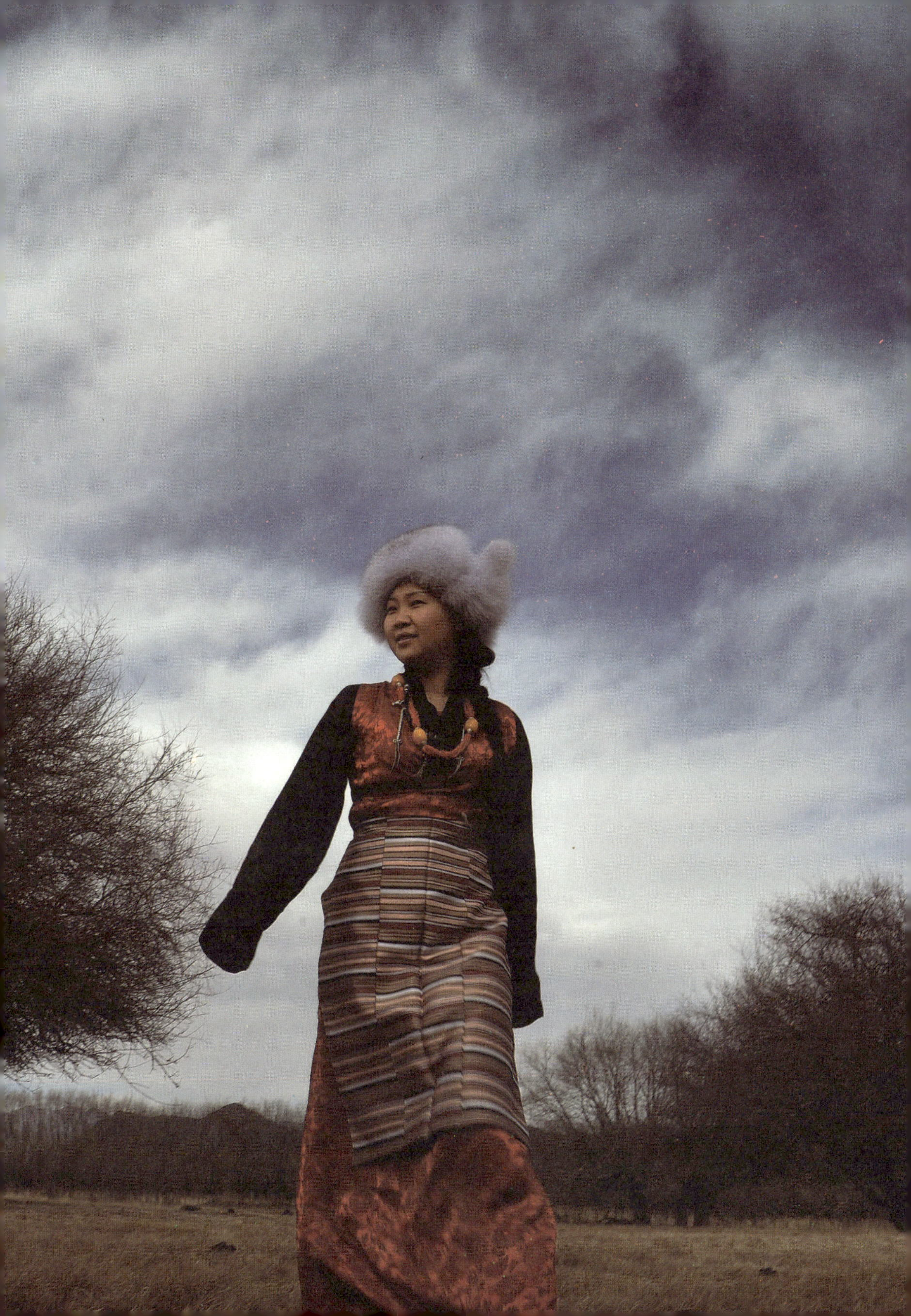

那一天

我闭目在经殿的香雾中

蓦然听见你诵经中的真言

那一月

我摇动所有的经筒

不为超度

只为触摸你的指尖

那一年

磕长头匍匐在山路

不为觐见

只为贴着你的温暖

那一世

转山转水转佛塔

不为修来世

只为途中与你相见

那一月

我轻转过所有经筒

不为超度，只为触摸你的指纹

那一年

我磕长头拥抱尘埃

不为朝佛，只为贴着你的温暖

那一世

我细翻遍十万大山

不为修来世，只为路中能与你相遇

只是，就在那一夜，我忘却了所有

抛却了信仰，舍弃了轮回

只为，那曾在佛前哭泣的玫瑰

早已失去旧日的光泽

第四章 剪影

这是一种煎熬，如炉火上慢慢焐热的冬夜，如香炉里袅袅的紫烟。凡人被因缘种下的诅咒同样落在了他的身上，哪怕他是至高无上的活佛，也难逃这场要了灵魂要了皮囊的宿命。

玛吉阿米，多么美妙的名字，她是仓央嘉措梦里的女神，是仓央嘉措夜夜沉吟的诗句。她是他的度母，她是他无数劫里未能渡岸于是不能放下的众生。不知道经过多少次沧海桑田的云雨轮回，多少回因因果果的次第相续，在这一世，彼岸的花终于盛开，花和叶第一次相见，打破了花开不见叶、叶开不见花的千万年诅咒。一个多情的诗人、一个美丽的姑娘并蒂成人间最耐人寻味的心莲，盛开了一个亘古而浪漫的爱情故事。

我不想说也不想问为什么。为什么一个那么尊贵的活佛，一个聪慧灵秀的智者，还会这么细致而多情，为什么还愿意为了爱这样沉迷得不可自拔。不问这些烦恼和困惑，我只看见一个性情之人，在爱情的火焰里奋不顾身，在世俗的目光当中我行我素的率性本真。或许出世真谛的本来，就是即空即色，或许入世的真谛本身，就是即色即空。世出世间，何谓仓央嘉措、何谓玛吉阿米？都是我们自己心灵如明镜般的倒影。

青灯闪闪的那个夜里，玛吉阿米的脸庞比月亮还要皎洁明亮，玛吉阿米的眼睛就像天边的星星，玛吉阿米的笑容就像佛菩萨的唇角雍容华贵而微微上翘着某种秘密。在那个夜里，仓央嘉措忘记了佛说的一切如梦幻泡影，忘记了青春和容颜如露亦如电。在那个夜里，我看见仓央嘉措的梦在作一次凤凰涅槃般的燃烧，既然"如幻亦如梦"，多情和无情不也同样如此么，不也是"佛法在世间，不离世间觉"的人生俗情真谛吗？一切都可以忽略成水月空华，因为一切都是我们在仓央嘉措的梦境当中执"我"为真。当我看见仓央嘉措的梦，看见他梦中的诗，当我将之反复沉吟朗诵成诗里绽放的莲花，传说就变得这样的美丽，而且在人间，花开得如此彻底、性情。莲花座上,那是不食人间烟火的地方吗?谁被安置得高高在上,像拉萨日日无思无想无系的云;谁愿意彻底地空,而失去了真心本有的当下?而我在那个青灯闪闪的夜里,终于相信,那个玛吉阿米,就是多情菩萨的化身,就是欢喜的度母,来成就了人间让凡俗所能理解和欢喜接受的浪漫爱情。应以何身得度者,即现何身以度之。

据说"玛吉"是未生、未染之意,"阿米"是母亲的称呼。但在仓央嘉措的故事流传之后,玛吉阿米这个词,已经远远超出了字意的本身。她可以代表情人,可以代表母亲,也可以代表一个地方以及某种精神世界的代言,就像仓央嘉措遇见那个姑娘的小小酒馆,甚至她还可以代表一个美丽的梦:欢喜的、圣洁的、缠绵而浪漫的梦。我不知道玛吉阿米最后去了哪里,我也不知道仓央嘉措最后去了哪里,但他的诗句他们之间的故事,却永远留在了那个夜里,一个月亮皎洁明亮高挂的晚上,那个酥油灯灯光闪闪的夜晚,那个物我两忘的夜晚。

人之一生,最大的惋惜莫过于青春的流逝,因为无法掌控,而青春又是如此的多梦缤纷。如果可以,让我也作出一次选择,是成佛,还是得到真爱,我宁愿是后者,宁愿一波三折地痛并快乐着,也不愿意寂灭在莲花台上,安安静静没有欢喜也没有泪滴的空,不要那种面无表情的永生和顿悟。仓央嘉措,一个被命运注定了要坐在莲花台上普度众生的佛,却又被宿命注定了天性怀揣一颗爱情种子的心,这两者同入于一人身上,会是怎样的火,在煎熬翻腾?放下佛的至高无上,我只是仓央嘉措,欣喜于眼前我的姑娘。我只是仓央嘉措,一个万世轮回里的仓央嘉措,那么那么多的灵性慧根,那么那么多浩繁的经卷,都敌不过此世今生玛吉阿米的一个微笑和回眸。如果可以,让我走下神台,做个离经背道的俗人,我也愿意,只要你是我的,玛吉阿米。

她是仓央嘉措的玛吉阿米,谁又是我的玛吉阿米?

第四章剪影

那日我在布达拉宫的脚下仰望，白云朵朵轻盈得像棉花糖四处飘荡，耳边萦绕着转经筒悠悠的梵音，我是那么的渺小和彷徨，时间和空间，把我挤成了正午阳光的一线。转经筒沿着白墙整齐排列，金色的太阳，金色的转经筒，让我头晕目眩。贴上了那光滑的铜面，仿佛仓央嘉措的指尖，仿佛贴上了哪家姑娘的腰间，滚烫和清凉，水与火之间。

燃烧还是溺亡，都只在瞬间，那远远传来低沉的法螺声声，伴随着清凉的风是在警醒还是呜咽？世界屋脊之上，是那么那么蓝的天，白云如此悠闲，好像这个世界这些生灵并不是人间。布达拉宫之顶，两只苍鹰恒久在盘旋，我仰望着骄傲的生灵，怎么可以这样自在得无法无天。

脚步没有了方向，沿着经墙走在时间的长廊，这片天空，摄走了我的灵魂和思想，以至"嘭"的一声闷响，一瞬间的呆滞，而后生生从蓝天和苍鹰之间收回了我茫然的目光。

眼前，是位美丽的藏族姑娘。

在我愕然的一刻，姑娘红着脸埋头跑掉，而后是旁边那些虔诚的信善，爆发出哄堂的笑声，那些慈悲的老人，笑声像经筒那般闪着灿灿金光，转动经筒的手，变成了捂嘴欢乐的海洋。回过神转头再看，已经不见了那位藏族姑娘，才想起"嘭"的那声闷响，是我撞着了姑娘，还是姑娘撞上了我？头和头的接触，导致佛土也晕眩了三分。我迷失于天上，姑娘迷失于何方？以至在梦幻的天国，一次生生的碰撞。

是否你就是仓央嘉措曾经梦中的玛吉阿米，只是时空让你忘了曾经的过去，但在我默念起他的一刻，导致你隐埋了多生的秘密突然印上了心。啊，姑娘，美丽的藏族姑娘，你在哪里？你的情人又在哪里？拉萨的天，蓝得让人如此的心慌。

后来有一次我徒步走进墨脱，一路上都想起了仓央嘉措，因为墨脱是他的故乡。这个全国唯一没有通公路的小小县城，出了个仓央嘉措，而后出了这么多的传说。墨脱翻译成汉语有很多种意思，其中我最欢喜的是：隐性的莲花。

按：
某天正午在布达拉宫，我被蓝天以及两只苍鹰给吸引了，当时突然想起了六世达赖喇嘛以及他那首出名的情诗，根本就没有看路，跟一个藏族姑娘的脑袋结结实实地撞在了一起。我最深刻的印象，是当时那些虔诚的老人们的笑脸以及姑娘绯红的脸庞。

四

缘分的天空下

杏是浙江人，凤眼樱唇，个子玲珑小巧，不大说话，嘴角常常含着一丝似笑非笑的表情坐在太阳底下看天看云看人。那天在大昭寺晒太阳，和我同来的朋友小飞离开去买一些纪念品，杏走过看见我旁边有空位就坐了下来。杏戴个大大的墨镜，靠着墙默默看着眼前那些虔诚磕头的人们。我看着杏，杏漆黑的墨镜将她的表情全遮挡住了，仿佛再热烈的阳光都无法将她隐藏的心事给烘焙干爽，只是她唇角的那丝微笑让我也莫名地微笑起来。杏挎着个泛白的黄背包，背包上挂着个牦牛翻皮小袋子，崭新得像动画片里的八宝袋，很好看。一个再平常不过的下午，就这样认识了杏，两个陌生的人挨在一起晒着拉萨的阳光，这种距离和感觉很好。

杏内敛，通常是我问她答，有时候声音很小，常常使得我必须再问一次或者将耳朵凑近才能听清。江南女子秀气，连说话都这么温婉，这样的女子应当在绿水环绕黄鹂声声的碧窗前绣花才对，而今却和我坐在拉萨大昭寺门前的地上发呆。在拉萨的日子，我也常常会对着天空发呆，因为天是这么的蓝，而杏此刻看来也同样如此。只不过在杏发呆的时候，我会有种奇怪的感觉，错觉成这里是她的家乡，那些一杯绿茶青烟袅绕、一张摇椅微微晃荡的日子，那些几卷书籍横陈，半干的笔墨慵懒在案台，光色铺满的江南午后。只不过猛烈的紫外线将肌肤晒痛的一刻,又把我的思绪牵扯了回来,看着身边的杏,我会无由地暗暗叹息,跑这么大老远来看天,西藏和江南,不一样吗?也或许正是因为不一样,所以杏才来到了这里,心甘情愿忍受着西域的灼热,或许是内心的灼热。

杏看我喜欢,于是带我去一家藏族人开的商店买那牦牛翻皮小袋子,到那才得知现货已经卖完了,于是又带我去她刚认识的店主康巴大哥家里去找。

出租车绕了好几个弯停下,我们又走了好几个小巷,大老远就听见院子里一只大狗的吠叫。我奇怪于这个小女子怎么找得到这个地方,因为她才来没几天。康巴朋友很热情,在水泥砖墙结构的房子大厅里面居然自己搭建了一座藏式帐篷,帐篷正面位置挂着一张很大的牦牛皮制品,上面悬着各样的自制手工皮口袋,有些装书籍,有些装刀具,而有些竟然装着啤酒瓶。主人养了一只藏獒,院子里还有硕大的鸟笼以及几只鹦鹉,而麻雀跳跃在笼子外面,院子里还种着蔬菜。我被杏带到了一个陌生却让人好奇的地方。

主人叫什么而今忘了,只记得是康巴汉子,三十多岁的样子,长发。康巴人自我、血性、好客,哪怕是生活在城市里,依然带着很浓烈的民族个性。他给我展示他自己制作的藏刀以及他自己佩带的腰刀,都是纯手工的,很精美,他还跟我讲解了刀的历史以及关于刀的藏族礼仪方式,规矩很多,有些还保留在传统原始习惯上,比如给人看刀,锋口必须朝向自己将刀柄递给对方,他说,如果在康巴地区,锋口向人,往往会引起麻烦和误会,是一种极端的不尊重,又说,康巴男人自己的佩刀一般不给人看,如果因纠纷而拔刀,就必须见血,这就是康巴汉子。喝着浓浓的酥油茶听他慢条斯理地讲这些故事,这个下午时间仿佛静止在了帐篷里面,但血液像是被火煨烫着暗自扑腾。杏任由我们神侃,自己则坐在一边安静地喝着酥油茶，好像这些跟她没有一丝关系，或者说，杏就是个隐形的透明人，仿佛可有可无。

杏是和自己男朋友一起来西藏的，行程计划里面还准备去尼泊尔，签证什么的都办好了。那天他们在拉萨买小商品时候认识了这个康巴大哥，成为朋友后，有次在他家的帐篷里喝酒的时候，杏的男朋友突然被那藏獒莫名地在脚上咬了一口。而康巴大哥虽然打了他的藏獒，但藏族人觉得藏獒对那个人不友好说明那人就是不好，而杏的男朋友却觉得是一件很晦气触霉头的事，于是因为这件意外的事情，导致杏和男友两人争吵进而感情急转直下。杏的男朋友不知道何故，回去旅店后再也没有搭理杏，不再跟她说一句话。两人就这样僵持了几天，杏很郁闷，于是那天杏自己跑到大昭寺晒太阳发呆，而后遇见了同样在发呆的我。

在拉萨有个朋友绰号"小飞"。来拉萨三年多了，是做小商品生意的，一次在一个烤鸡翅酒吧店里偶然遇见，邻桌健谈的小飞很快就和我搭上了话，而后我们成了朋友，于是在拉萨的日子里经常一起晒太阳或者进行一些诸如自行车远游等户外活动。拉萨就这样奇怪，没有人问你的过去，也没有人关心你的将来，甚至没有人在意你的名字，缘聚缘散就像吃饭一样简单和习惯。

小飞模样精瘦，一脸沧桑，仿佛在拉萨漂泊的人所有的忧伤和挫折都写在了他的脸上。小飞话很多，这个让我有点头疼，但更多时候他还是不错的一个人，并且心肠很好。

最近小飞准备回老家浙江一趟，因为我一句话一个点子，他就动了心，想回家乡去开一个以户外活动为主题的公司，然后让拉萨的朋友负责旅游线路和活动安排。对于他的冲动我没再提过任何建议，因为当时我只是看他什么都想做什么都有兴趣的样子，就随口说说的。小飞总是

拉漂的日子

想发财，而且要发大财，买彩票相同一组号码每次都是 50 倍地买，然后每次在酒精下的半梦半醒之间就会幻想自己中了多少多少钱，然后还担心那些钱该怎么花。对于这个梦想，我和小飞的其他朋友常常是直着眼睛像看怪物一样地看着他不说话，而他同样像看怪物一样地看着我们，觉得我们不思进取没有理想志气。其实也没什么，各做各的梦吧，毕竟在拉萨这样的阳光底下，各种梦总会是那么的光怪陆离。

　　杏的话很少，总是问一句回一句，但明显精神上活泼了许多，因为嘴角的笑意越来越多。偶尔杏会说说她自己的故事，比如她的男朋友、她的性格等，杏说她是个很任性的女人，就像这次来拉萨，母亲父亲都反对，责怪她已经很多天没上班了，再玩就不要回来了。杏说不回就不回，拉着男朋友就来了拉萨。杏说喜欢这里，或许是因为和江南不一样的天。谁知道杏会因为拉萨丢了江南的家，最后连男朋友也弄丢了。

　　其实杏不是这样的人，她有自己的梦想，她说，在拉萨痛快之后要

去大理开个旅馆式的酒吧,她说大理最好。这是她很多年的梦想了。我抬头看着大昭寺金顶上的白云蓝天,那么近,就像梦想,并不遥远,但实现起来又那么的无际无边。但只要有梦想,就还有希望。

杏还笑着对我说,两年之后,你过大理来吧,我给你干股,你做我的小二。

杏说这话的时候,刚购物回来的小飞坐在旁边听了大笑。

天蓝得发慌。

我们常常在这样的天空之下,忘记了说话,就这么靠在墙上看着天空呆坐着,各自想着或者没想着事情。白云很低,有时候像棉花糖一样安静地挂着,有时候像顽皮的孩子不知道跑哪儿去了,留下蓝蓝的天空,让我们任意遐想。小飞说，每次离开拉萨回内地，梦里总是出现拉萨的天空和白云，这种折磨很难受于是又折了回来。不单小飞这样说，大部分在拉萨待过很长一段时间的人，回到内地都有这样的感觉，失落严重的，回去就病了，从里到外都病了。

杏很倔强，那件事情之后男朋友从不和她说一句话，她也不说话，晚上住一间房各睡各的，而后早上起来又各自活动，互不联系。我想劝劝，想想还是算了，在拉萨，什么样的人什么样的事没有呢，发生什么都好像很正常。 但对于这样的关系，我还是觉得有点遗憾，毕竟从江南这么大老远跑来，茫茫人海，缘分说断就断。问她还去尼泊尔吗？她说没人陪她去了。那么这样的关系，算是什么呢？她说她也不知道，只是提前付了房钱，就当是合住睡大通铺的陌生人吧。杏这样说的时候，面无表情看着前方，前方男男女女面无表情地对着大昭寺磕着没完没了的长头。我不知道杏的痛苦，也无法感受那男人的痛苦，还有什么伤害比这样的无言更难受？拉萨很多青年旅馆和客栈都有大通铺，八到二十人不等的大间，男女混住，是为了方便那些来拉萨旅游的没钱或者想省钱或者想交朋友的背包客的，我们叫这些人作拉漂（拉萨漂泊）。那么杏和她男朋友千里迢迢来到这里，就是为了在这里变成陌生人吗？看看天，我没有再问任何问题。

小飞却来了兴趣好奇，旁边坐着没劲，于是老问杏一些比较敏感的私人问题，常常会被我骂了回去，因为杏通常好像不知道该怎么回答小飞那些古怪而不礼貌的问题。

拉萨什么都有可能发生。

小飞边开玩笑边看着杏，杏把墨镜摘下来擦拭，仿佛以这个举动就可以回避小飞的问题，而小飞看着杏突然就呆住了。

杏看着小飞的表情，也呆了一下。

我看着纳闷，才想起忘记介绍两人的城市，忽然想起，杏和小飞都是江南某个城市的人。

当小飞听说杏也是同一个城市的家乡人之后，表情变得更加古怪，对杏问出一句让我眼珠子都差点掉了出来的话：你是不是还有一个亲姐姐？杏点点头瞪着凤眼看着小飞。小飞又问：是不是叫梦雅？

当杏再次点头并且惊讶地叫出小飞的名字的时候，我的眼珠子在那一刻是真的掉了下来，脑袋嗡嗡的一片乱响，找不到东南西北了。我不相信。

而后旁边一起晒太阳的其他人也听到了，全都惊讶地开始相互传开："天啊，拉萨到底是个什么地方？"我还是没有反应过来，这样的事，就发生在我的身上。两个通过我相互认识的陌生人，竟然是小学的同班同学，而且一直同在一个城市，只是都在漂泊，而将光阴与缘分错过。

世界很大，但拉萨似乎让世界变得很小。

小飞和杏都还是单身。

之后？之后还有很多故事，我看见，我听见，杏回到了老家，小飞也回到了老家，听说小飞动了心，又听说杏死了心，之后渐渐又没了故事。我再没有见过小飞和杏，之后的事，只有天知道了。

五

那个小男生

　　曾经有过一个邻居，不对，应是一对邻居。男的女的都是 80 后。他们之间怎么认识的，我是在有限的几次喝酒时才隐约知道的，具体细节我都忘记了，也麻木了，应该都是属于比较开放而又不需要负责那种类型吧，也就是说此刻的温暖就是此刻的，以后的属于以后的。这种游戏或者激情，在现代的都市里都比较普遍了。

　　女的开了个小店，男的以前是做旅游的，不知道什么原因就没做了。阴差阳错两人就走到了一起，只记得他们告诉我从认识到同居还不到一个月。说这句话的时候，我在醉意阑珊中还能记得他们两人当时脸上泛着晚霞般的幸福之光。

　　后来，后来就是快要到冬天了。冬天将要来临之际，内地来拉萨做生意的、漂泊的或者公务员，就开始了冬天的打算。所谓的打算，就是回家过年，或者说是过冬吧，因为拉萨的冬天很冷，更因为拉萨的冬天会很寂寞。

　　说到寂寞，前两天在一个酒吧和一些熟悉或者不熟悉的朋友闲坐，某个女人忽然就说起了寂寞，于是大家突然就不说话了。拉萨也好拉漂也好，艳遇也好故事也好，都离不开这个词，于是又想起了丽江。不都是因为寂寞么？不知道是繁华的寂寞更深刻，还是荒芜的寂寞更寂寞？那些爱上自虐的人们啊，如人饮水，而冷暖自知。说山在那边，说路在那边，说风景在那边的人们，总是闲不住地莫名燥热着。

　　冬天就要来了，家在内地的人就要走了，于是我送别了一个又一个朋友。这些朋友很奇怪，去了，就没有人再想念，在的时候，也不会想念却感觉彼此很熟悉。拉萨就这么丁点大，出个门晒晒太阳都能够撞见。于是当那个邻居女人说要去丽江的时候，我没有在乎；但当她说是自己一个人去的时候，我忍不住还是问了一句：为什么？为什么不带着自己的男人去呢？不是说要一起回家么，怎么就变成了一个人去丽江？

没有答案。

答案就是她说她还会回来。答案就是我原本就不需要多此一问。

女人走后，不对，女人走之前还再三地告诉我："三哥，拜托你要把弟弟照看好。"于是我说："好啊，我带他去晒太阳艳遇去。"女人说："那好啊，只要不染上病就好，说明我的男人有魅力。"我无语。

女人走后，我是那么的寂寞，是因为那个男人，是那么的孤独。寂寞而孤独的那个小男生，不知道这个冬天该怎么过，而我，并没有带他出去过那种想入非非的生活。其实又何须别人来带呢？拉萨的大昭寺，某一堵很矮很短的墙，在某一天竟然变成了内地人嘴里的艳遇墙。某天我经过繁华的都市，那些打扮得像彩蝶一样的内地人从身边经过，我听到的是："艳遇墙在哪里啊？我们去看看……"而在去年的今天，我还给那道墙取了个很阳光的名字，叫太阳墙。虽然那时候，墙下的艳遇已经很多了。

女人走后，小男人的话是越来越少了。在一起的日子，他俩可以从

昨夜一直睡到第二天下午晚霞出来时分；不在一起的日子，他睡得更沉，以致我常常从酒吧关门回来，房间的灯都一直黑着。如果不是一两声咳嗽或者电话的交谈声，我以为整个空间只有我自己以及我养的那条藏獒。

小男人某日在庭院晒太阳时突然问我："三哥，该怎么度过这个冬天？"

我瞬间就像被电流击中一样怔住了，心里突然堵得难受，因为我知道他在难过。拉萨啊，究竟是怎么了？这方号称人间最后的一片净土，难道种植的都是罂粟么？那么多的人对拉萨趋之若鹜，来了不走，走了又来，多少纯洁的精子和卵子，在这里变异滋长成更多的美丽的罂粟花，难道罂粟花就是梦中的彼岸花？我想我是醉了，我本来就睡着，在睡梦当中，看见了花开的妖艳，又看见了花谢的奢靡。

再后来，小男人离开了拉萨，再也没有回来。

六

钢牙

出酒吧的一刻，回过头我问她：你叫什么名字？
"钢牙。"
她似笑非笑地爽快蹦出两个字。我愣了几秒，大笑推门而去。

拉萨是个奇怪的城市，奇怪在于这里住有很多看起来挺奇怪的人。钢牙就是其中之一。初到拉萨，什么都是新鲜的，当西藏特色的建筑、手工艺品、藏餐和民俗风格浏览一遍之后，我把目光关注在了那些拉漂一族的身上。每一个拉漂都有着自己的过去，而大多数拉漂的性格都比较另类，有着很独特的个性。不知道他们是因什么原因或以什么方式来到这里，也不知道会在什么时候离开，就像一叶浮萍，飘荡在拉萨的白天和晚上，在大部分人眼里，这是一小撮与众不同的族群。

钢牙是个女人，确切地说，是个女孩，二十一二岁的样子，五官清秀，皮肤白皙，有着四川女孩特有的肤色，个子中高稍显单薄。至今我也不知道该怎么形容她的性格，沉稳、安静、随和、自闭？好像都不太准确。话不多还有点倔，是我对她最初的印象。

钢牙在拉萨一家小酒吧打工，其实说打工也不正确，就是帮朋友照看一下酒吧，不拿工资，在拉萨漂泊的一些人，通常都比较随性，有时候甚至吃了上顿没下顿，但这些人总有很多办法让自己生存在这个自己喜欢的城市，例如在酒吧和餐馆做点什么，老板包吃包住就行。但回过头来想想，人活一辈子，最主要的不就是吃和住么，喜欢拉萨只要有吃喝以及住的，就解决了最基本的生存问题，而且可以做自己喜欢做的，于是很多人来拉萨就选择这种方式待了下去。

那夜和朋友饭后散步随意走进一家酒吧于是就看见了钢牙。当时她斜靠在一个长椅子上看书，光着两个脚丫子，脚丫子雪白，和酒吧内昏黄的灯色形成了不大协调的视觉反差。旁边两桌还坐着七八个客人，相互之间仿佛都很熟悉，因为他们很习惯钢牙这种无所谓的态度。

怎么看，她都不像个服务员，也不像个老板。因为她好像缺少了做生意的那种笑容以及招呼，我们进来后头都懒得抬，这让我们有点尴尬。很久以后我才逐渐习惯和融入了拉萨的这种生活方式，不管是开酒吧的老板还是客人，来到拉萨都好像是换了一个人，变得相当随性随意，城市里原有的一些约定俗成的生活方式和性情都被改变了，这种现象特别体现在一些小酒吧里，这些小酒吧都不像是做生意的，更像是一个提供给漂泊旅人休息落脚的角落。

落座后，钢牙抬头看一眼，把书一放，脚丫往鞋子里随便一戳，踩着鞋跟子走过来瓮声瓮气地问：喝什么？我们说啤酒。几瓶？我们还来不及回答而后她也不问喝什么牌子的啤酒，直接就提了两瓶拉萨啤酒过来放下转身就准备离开。我说有冰镇的吗？钢牙很正经地看了我一眼微微笑了下，带着调侃的语气说：小店简陋，没有冰箱。我们愣愣地看着钢牙的表情听她说的话，感觉从未有过的突兀和搞笑，觉得自己是不是进错了地方，这里是酒吧还是我们冒失闯进别人的家里了？

而后才发现整个店里就她一个人，既当老板又当小二（说是酒吧老板骑自行车旅游去了），钢牙在利索忙完一些工作的间隙，又窝回到原先那个角落，鞋子一脱把脚往矮桌上一架，就着脑袋上昏暗的灯光继续看书。如果没有人唤，也不管其他客人，爱干吗干吗，给我当时的感觉就是哪怕客人不买单起身走了也很难令她抬起头来。看到我们尴尬坐着，别桌的客人还充当起了小二，过来为我们开启酒瓶，笑说："她就这样，别当她是女人，习惯了就好。"我开始感觉到，我们在他们的眼里，就是一只刚到拉萨的菜鸟。

不多久酒吧又来了一拨客人，是从滇藏线骑自行车来到拉萨的年轻人。喝着聊着，就把钢牙叫了过去，要她听他们讲沿途的故事。钢牙没扭捏，过去坐在了那些男人中间，安静地听那些人吹嘘沿途发生的故事，偶尔说上几句不痛不痒却很温和的话。

夜渐渐深了，拉萨啤酒的味道很浓，酒吧的灯光也让人昏昏沉沉，我们喝着喝着已成了酒吧里最后一拨客人。

钢牙懒懒地送到门口，其实是准备关门。迈出门槛后我转头好奇地问：你为什么要叫钢牙？她露齿一笑，上下都箍了矫正牙齿的钢箍。我再次大笑，摇了摇头，好好的女孩子，取个这样的名字。

第二天下午我和朋友去大昭寺门前晒太阳，在那些虔诚匍匐磕头的人群之中忽然看见了一个熟悉的身影，竟然是钢牙。我不大敢相信自己的眼睛，因为她五体投地的姿势是那样的标准娴熟，而且在跪拜的人群里就她一个汉族年轻丫头，显得特别突兀。

走过去我蹲在她身边悄声和她聊了起来。才知道她信佛好多年了，师父在青海，而这些跪拜的工具是她自己备的。她说只要不生病，每天都来。体力好每天拜一千次，体力不好拜几百个。问她为什么要这样，她说拜着舒服，就拜了。我半晌无语。

不忍心再打扰她的平静，也不想再探究她的故事。在这个艳阳高照的午后，钢牙那纤细的身影，带来一丝清凉，在我燥热的心田里恒久地停留。

后来有朋友笑说她可能罪孽太多才这样拜的，还有人说她是为了保持身材才拜的，我听了还是说不出话来，因为我知道这种叩拜需要很大的毅力和体力以及信仰才能坚持下来，说这些话的人，也实在太损了。

拉萨很小，时间长了一些拉漂的故事也慢慢知道了不少，听说钢牙之前开过狗店,养过很多名种的犬,受金融风暴影响做亏了,才来到拉萨散心;听说她认识了一个大都市的小伙子,小伙子很爱她,还为她和一个藏族人打过架;听说那个小伙子新婚才几个月,为了钢牙离了婚,当然,这些都是断断续续听说的。再后来,听说钢牙离开拉萨去了丽江,开了家小小的店,之后就再也没听说过了。只是她在大昭寺门前虔诚的五体投地跪拜的样子一直没有在我脑海里褪色。

七

山在那边

　　牦牛,是一个拉萨户外朋友的外号。第一次见到牦牛,是在七月的某个清晨,驴窝餐厅门前集结准备出发的时候,头一天一个朋友相约从拉萨至达孜县自行车一日游。牦牛戴着专用的自行车帽,个子不算高大壮实,相反还有点苗条的感觉,一双眯眯眼,皮肤偏黑,看见我牦牛斯文地咧嘴笑了笑就算是打过招呼了。后来熟悉了才慢慢了解了牦牛,他并不伟岸的身躯攀登过许多雪山,走过许多让我向往的大地山河。人真的不可貌相,但初次见面的印象,感觉和想象中那些常年玩户外活动的人不太一样,牦牛没有粗犷的外表和另类的装扮,也没有刻意深沉、饱经风霜的面容,甚至和"牦牛"这个外号好像都扯不上多大关系。后来成为了朋友,感触他一路永不疲倦的精神,才知道他内在蕴藏的力量是那么绵绵持久而坚韧。

　　我从来没有进行过徒步或自行车户外活动,这可能是和我生活的环境有关,曾经的朋友也没有喜欢这项活动的,所以关于户外运动我一窍不通,但在西藏却聚集了无数喜欢户外的人群,如果不来拉萨,或许我一辈子都无缘和这些人照面,更不用说跟他们一起结伴前行。或许我至今也不大明白户外活动的意义所在，是不是城市里的生活太过单调和乏味，或者说精神压抑得不到宣泄才选择了这种折磨自己灵魂与肉体的方式？我只知道这项运动是会上瘾的。每个人都需要一片自己的天空，需要一条只属于自己走的路，哪怕这条路充满了艰辛和危险以及痛苦，但这个过程却会是日后某种记忆里的享受。牦牛就是那种，认为山在那边就无法不去的人。牦牛说他的脚生来就是为山而活的，他的生命就依附在他的脚上。

　　牦牛不爱说话，性格比较内向。但熟悉之后，说起话来又没完，他爱开玩笑，有时候还蛮损的。这次拉萨至达孜自行车一日游是牦牛一位朋友发起的，由牦牛来当领队，四男一女，除了牦牛其他人都没有户外的经验，这是我第一次见到传说中的牦牛，因为那位朋友总是吹嘘牦牛如何如何了得。

　　一路上除了交代安全问题，牦牛几乎无话，但他会用行动来告诉我们，一些户外活动的注意事项、责任和原则。后来我才知道，牦牛从行程出发到结束，一直都不大放心，因为我们无组织无纪律，又无户外活动的经验，他说作为领队，最害怕的就是队伍发生意外，而意外往往是因为队员的任性和盲目造成的。我爱拍照，因此一路上经常掉队，但总会看见牦牛不时在前方的路边独自远远而安静地等我，直到看见我的身影出现，才又自行离去追赶前面的队友。这种没有语言的注视方式，让我很放心，同时也感到了一种温暖，虽然我的行为是自私的，但牦牛并没有说什么，只是偶尔在休息的时候会善意地提醒一下注意安全。而在中午路边树林子聚餐之后，他将所有的垃圾都仔细包好一大包，

放进了自己的背囊里，这个画面对于别的户外人来说可能很平常，但对于习惯了随手丢弃垃圾的我，不能不说是一种强烈的感触和自责。

牦牛是青海人，性格老实本分，我真的不明白一个像他这样安分守纪的人怎么会有一颗这样爱流浪的心。说流浪可能不太正确，应该是寻找精神快乐吧。谁都应该拥有一个属于自己的精神世界平台，哪怕平台再小。而牦牛的平台却很大，是大自然的怀抱。每年打工赚的一点钱，牦牛全用来户外旅行了。牦牛说不喜欢攀岩，就喜欢走，一路走，然后登山。青藏的一些山峰他已经带队登过好多次，只不过现在很多高的雪山都要收登山费，有些费用甚至非常高，就像珠穆朗玛峰，攀登一次就要交接近三十万，还不算装备，这也是牦牛无可奈何的心病，因为他没这么富有。不过他有一次帮助一个品牌做广告作为协作，上过 K2 峰的半腰，也令牦牛感到异常的开心。

他告诉了很多我没听说过的事情，包括户外沿途走过的景色、各种危险故事以及孤独寂寞等等，他说秋天从甘丹寺徒步到桑耶寺，有湖有雪山有原始森林，景色很美；他告诉我有个好玩的地方需要攀过很危险的木梯，还要钻过很长的山洞，是一个修行人隐居之地；他说雪山上哪

怕前面的队友离自己只有五到十米的距离，而腰上彼此还有绳子维系着，但风雪一来什么都看不见的时候，内心还会是一片荒凉和孤单，觉得世界上就剩下自己一个人了。原来牦牛还是会害怕孤独的，是不是正因为害怕这种孤独，才选择了与孤独一路同行呢？许多惊险刺激的经历，在他的言语里都是淡淡地说出，没有夸张和粉饰，仿佛就像吃饭咽菜一般的平常。而且他从不吹嘘自己，相反非常的谦虚，他总是说户外无境界高低，有的只是在路上的感觉，每个人自己不同的感觉，只要是在路上，就是一种坚持和对自我的肯定。偶尔谈起那些过往，牦牛就像跟老朋友相聚似的完全没有刻意和做作的表情，就像白云飘过蓝天，就像牛羊走在草原。他说的这些地方我都没有去过，也没有刻意想去，但在和他倾谈的一刻，仿佛牦牛去过的地方我也随他一起去了。你问一句，他会接一句，于是你的思想就会跟着他一路前行，看那些风景、那些身影、那些过去。如果是没去过的地方，他会很谦虚，同时，还带着一丝不好意思的腼腆笑容，仿佛因为自己没去过而欠缺了什么，是一种遗憾，但在他的遗憾当中，我却看到了不屈以及坚定的目光。牦牛或许是个孤独的人，有可能比我还要孤独，那是因为山在那边冷峻地看着他，蔑视着他，挑逗着引诱着他，他永远无法征服那么多的山，于是他只能永远孤独下去，幸好他还有热情以及年轻和勇气，所以他会一直走下去，哪怕是与孤独作伴。

虽然同在拉萨，但因为平常各忙各的，我们很少有时间聚在一起。偶尔我们会在大昭寺旁边的一个藏族茶楼上，喝着冰凉的拉萨啤酒，看着金灿灿的大昭寺屋顶，看窗户上的帘子被微风吹成波浪一样的卷动，晒着暖暖的太阳而长久不说话。这是我们在一起度过的最安静舒适的时光，这样的日子并不多，因为他随时都会出发，会一直在路上。听说今年他又爬了几座山，徒步走了几条线路，还独自骑自行车去了趟日喀则，日子总会被他安排成一种洒脱的挥霍，在那样的日子里，孤独又算什么，只要当下是快乐的。

拉漂的日子

  拉萨的酒吧，多是可以随意在墙上涂鸦的。那天和牦牛在酒吧小坐，喝着清凉的拉萨啤酒，门帘外是风和日丽的午后，牦牛忽然兴起，拿着毛笔在墙上最角落处写下了一行字：不走寻常路，只爱陌生人。当他写完之后不大满意地笑了笑，说字没写好。而我，是真的开心地笑了，为这种坦荡与孤独。

  都说拉萨是离天堂最近的地方，我却认为拉萨是个滋生故事的小城。来到这里的人们，似乎都怀着一种梦想，或者来完成自己的梦想。不管曾经是失落还是悲伤，来到拉萨总会得到某种慰藉，以及心灵偶尔返璞归真甚至是任性一次的解脱。想起那年在酒吧的一个角落里牦牛说，九月，登完那座海拔七千多米的雪山后，会再走一次甘丹寺到桑耶寺的路程，他随意笑着又说了一句：景色真的很美。喝下一口啤酒，他看着门外的夏日，好像在期待着九月快快来临。而我也看着门外，那阳光被门帘轻轻晃动的时光，仿佛自己也看到了牦牛眼中的景色，有山有湖有雪，还有秋天特有的壮美与深沉。

  每次回内地，牦牛总是一个人悄悄离开，某天又悄然回来，他说不想告别，他说一年半年，就会回来。不知道多少个一年之后，他还会不会孤独，他会不会老得走不动了，被儿女绕膝的温柔将过去的日子渐渐消磨成忘记，安静地坐着，看山在那里。

  常想起牦牛经常纠正我向别人介绍他名字的话，每次都一本正经地严肃道："不是牦牛，是高山牦牛。"其实牦牛本来就住在高山上，牦牛，是高山的伴侣；高山，是牦牛的故乡。

八

另类的阿达

我从不怀疑阿达是个好人。但也从不怀疑阿达的思想有点异类。

对于阿达，很多人有很多种说法，关于他的固执，他的纯精神主义，他的清高狂妄，他的懒惰他的幼稚他的散漫以及他心目中的爱情定位等等，评价很多，但有一点大家是一致认可的，就是他没有什么坏心眼也没有什么心机，有时候思想和生活方式简单得更像个小孩。而且阿达喜欢帮助别人，只要是他力所能及。所以我说阿达是个好人。

在拉萨的夜生活离不开酒吧，我和阿达也是通过酒吧认识的，因为他是拉萨一个小酒吧的老板。后来我才知道阿达盘下这个酒吧转让费就给了八万，这也导致他无奈地被困在了现实经济的绳套里久久不能翻身，更要命的是，阿达开着酒吧，却喜欢长期到处跑，有时候一走就是一月半月，酒吧随便就交给一些陌生人照看，生意的好坏好像从来不是阿达要去思考的问题。阿达的酒吧不装修，什么东西都很破旧，但也让人觉得非常随意，就像自己的家一样。来阿达酒吧的人什么样的都有，但在他的酒吧里，大家都比较随便，常常让初来的人不知道老板和服务员是谁，因为什么都可以自己去做，包括拿酒和开酒瓶听音乐，这也是缘于阿达实在是太懒了。后来还知道，他这个酒吧开业到今天，阿达几乎没有洗过酒杯子，都是别人义务帮忙，而且没有工资，这让我非常羡慕，他这么好命，而我后来开了酒吧，什么都要自己亲自去做，累个半死，这让我更怀疑阿达和我人生态度认识上的距离。其实阿达的家庭条件也是不错的，听说父亲还是某部队的军官，但他的父母好像对阿达的性格和行为已经完全失望了，这也导致阿达更加的叛逆。有时候阿达喝醉了会哭，说他的父母不认他了，他说父母根本就不了解和理解他，这个时

枯漂的日子

第四章 剪影

候他就像个孩子一样地悲伤。

　　喝醉了的阿达有时候有点张扬，平常他都是温和而寡言的，但喝醉了后他骨子里的狂傲以及脆弱就会很明显地表露出来。阿达是个内心世界矛盾的人，一方面学识非常渊博，另一方面对于生活又很苍白无助，于是常常在酒后变得有那么一点神经质，他会骂所有的人没文化（这一点我从不怀疑，因为他的记忆力很好，一些前朝历史以及他学过的知识随口就可以拈来使用），同时也会因为生活和感情的压力放声大哭，弄得周边的人常常不知所措，不过习惯了也就觉得平常了。阿达的逻辑思维很奇特，说不清楚是什么样的，他认为只要他喜欢上的就是爱情。于是他可以爱一个人爱得死去活来，但很容易又会喜欢上另一个，而后将前面的感情放弃，同时还坚持说他每一次的爱都是纯粹的。在他的世界里，他认为投入和付出的感情只要是真挚的就是爱了，哪怕会爱很多人很多次，这并没有什么不对。其实仔细想想，也确实没有什么不对的，因为我们每一个人，都有那么多的爱以及好奇和诱惑，只不过阿达做得比别人要坦荡直白一点。阿达有些观点至今都让我很困惑，比如他说汉族两个字早已经断代失传了，汉文化已经面目全非没有了传承。他可以举出很多很多的例子，比如上古的传说，比如诗经里的礼乐祭祀的丢失，比如各朝代外族的入侵等，让你摇头苦笑无语。

　　阿达年轻，本来是很有前途的，他学的是新闻和哲学，在武大毕业后还在某个新闻单位做过编辑，不知道什么原因辞职，待在拉萨开了这个小酒吧，这也是我们常常感到惋惜的事情，因为他应该有个大好的前程。不过在拉萨这样的地方，什么人什么事都有，往往大家都会懒得过问也不好奇，这里本来就和内地大不一样，我常说拉萨对于某些人来说，是会上瘾的，会让他们有着深深而莫名的眷恋。

　　不管阿达如何的不羁与脱俗，他都有很多的朋友，虽然他终究还要在这个红尘里沉浮，依然要为了三餐一宿而无奈挣扎，但朋友们都乐意帮助和接济他，许多离开了拉萨的朋友经常会寄点家乡的特产和香烟给阿达。阿达对于吃和住没有什么要求，卷个睡袋就卧在自己酒吧的地板上，来拉萨旅游的朋友也经常会请他吃饭，阿达也就省了不少的开支。或许阿达对于生活的纯粹和简单，感染了身边不少的城里人，以至于好奇于阿达或者说羡慕阿达生活得这样随性吧。

和阿达也曾因为各自的观点不同激烈争吵过几次，但不妨碍我们还是好朋友，因为和阿达在一起还是很轻松的，没有那么多是是非非以及虚伪。简简单单地过日子，本来就是住在拉萨最好的也是唯一的理由。常常会想起刚到拉萨和阿达在一起的那些夜晚，或是雨季或者月朗星稀，想起阿达的酒吧以及酒吧里各种各样的人，而后各自忙碌挥霍着各自的青春，虽然同在一个城市，但往来的机会少了，这也使得过往的岁月记忆变得珍贵起来，那些日子将会一一收藏在记忆里，陪我慢慢老去。

在后来的日子里，听说阿达离开了拉萨，去了西安；再后来，听说他离开了西安去了北京；而后在某个初春的晚上，听说他又回到了拉萨。这个我是一点都不奇怪的，我知道他最后只能回到这里，拉萨是阿达的子宫，即使有再多的挫折和不顺心，也会被羊水安静而温暖地包围。

九

片　段

酒吧昏暗的灯光下，阿达给我递过来一本书：《史家陈寅恪传》。书皮泛青，在暗淡的灯光下陈寅恪的照片显得有点惨白。

我很感激，因为上次聊天无意中提起过陈寅恪，他说有这本书但被人借走了。拉萨的酒吧本来就没有边际，来拉萨的人思想也没有边际，说话自然也就海阔天空般没有边际，通常说完就算说完就忘，没想到阿达却把我一次没有边际的闲谈记在心里，把这本书送给了我。

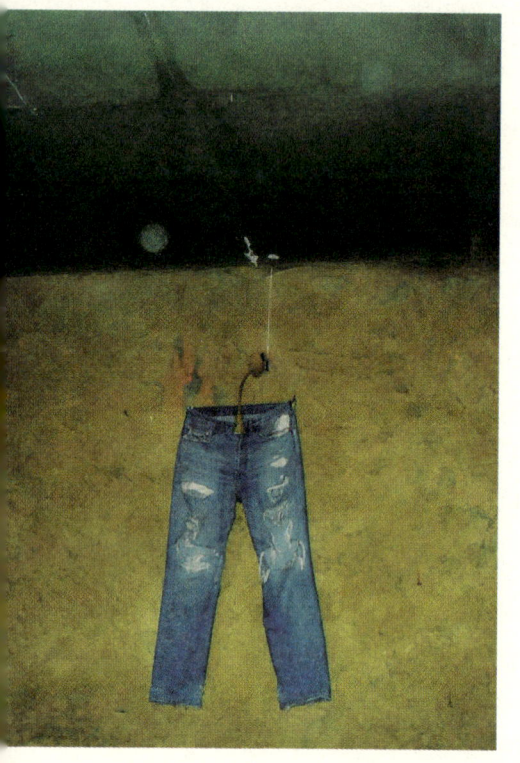

阿达穿着破得不能再破的牛仔裤，两块前大腿肉和膝盖那么放肆地在街头裸露着，问他为什么，他眯着眼睛笑着说没裤子换了，另一条牛仔裤在晾晒的时候被人偷走了，这是他仅有的两条裤子中的一条。我实在不好意思和阿达每天散步在街上总是迎来那些夸张而大笑的错肩，虽然阿达从不在乎。终于在一次逛街的时候我忍无可忍下定决心给阿达买了一条崭新的牛仔裤，而阿达将那条破旧不堪的裤子转身就挂在了酒吧的墙上，说应该作为纪念，来铭记这场逝去的青春。很多时候，你帮了阿达他认为是理所当然的，因为你不帮他，他也无所谓地继续着。

阿达酒吧隔壁还有个酒吧，我不想继续破裤子的话题就走了进去。酒吧也很昏暗，老板阿国和他的女朋友饶有兴趣地在玩着纸牌。阿国说这店每月租金一千五百元，当是好玩吧。其实我想阿国可能也没什么钱，就像阿达一样。但这又有什么关系？

没过一会儿阿达就像幽灵般也飘了进来。

阿达是个魏晋迷，狂爱魏晋时代的人物，于是给自己酒吧取了个名字叫"魏晋风度"。这个和我兴趣有点相投，起码是爱古人多过今人，爱风流名士多过爱金钱权利。而阿国属于一个遗少类型的人，仿佛什么都不在乎，今朝有酒今朝醉的样子，这个也多少和我兴趣相投，于是我们很快就成为了朋友。阿国和阿达话都不多，而且两个人都是一副吊儿郎当的样子，两个酒吧相互间互相乱串，于是朋友也就在两个酒吧之间一晚上你来我往，让人分不清到底是在经营还是交友，或者在一起混日子。其实，这又有什么关系，这是拉萨，西藏高原的心脏，翻译成汉文据说是众神居住的地方，那么类似阿达阿国这样的人，应该可以被归类到散仙之流了。

几个人没什么话的时候，突然又跑进来一个头发很长的男人，打电话在外面叫了碗鸡蛋面，八元钱。然后长发男人叫阿国付钱，说身上就只剩四块钱了。阿国付了，没说话。拉萨，什么人都有，什么都不奇怪，失恋、失业、失常的人来到拉萨，就像是找到了灵魂的归宿，起码是暂时的心满意足，至于生活和明天，吃饱喝足之后再慢慢考虑或者干脆就不考虑。

阿国忽然看着我笑，然后喝了一大口拉萨啤酒。

拉漂的日子

　　阿国在湖南凤凰城闲逛的时候认识了现在的这个女朋友阿娇，她当时也在凤凰城闲逛着。两人就结伴来到这里开了个酒吧，女方家里还不知道。阿国不说结婚，阿娇也不提，拉萨的天空让人容易遗忘，忽略了那些琐碎和繁杂，没有什么是必需的。

　　我对着阿国和阿娇笑笑，喝下了一大口啤酒。

　　阿达坐在旁边不说话，也喝下了一大口。

　　阿达的酒吧没什么生意却照样开着，好像只要他还活着，酒吧就会这样继续着，人也照样那么自我感觉良好着。阿达命好，起码目前挺好的，因为经常有来拉萨玩的朋友请他吃饭，仿佛知道他目前经济状况比较艰难；另一方面也喜欢和他聊天，虽然他的话通常不多，但大家习惯了并且觉得在拉萨做这些微不足道的事情会很开心很满足。阿达也从不说一声谢谢。

　　阿达有次喝醉了说来拉萨不为别的，只为了文成公主。他说文成公主是他的梦中情人。偶尔阿达会去大昭寺磕磕长头，问他，他说不信佛，磕头是磕给文成公主的，他说她是那么可怜。于是在那一瞬间，我也觉得文成公主真的好可怜。

　　酒吧里的光色不再那么昏暗了，就着拉萨啤酒，我低头翻看《史学家陈寅恪传》。阿达和阿国以及阿娇都喝着闷酒，各想着心事。窗外下着雨，时间仿佛停滞了，又仿佛正在不顾一切地流逝。

　　"这书看得沉重。"喝口酒我对阿达牢骚了一句。
　　"他也是个人。"阿达喜欢半低着头眼睛看着地面说话。其实他什么也没看，给人感觉总是处于某种沉静的非想非非想的状态。只有偶尔戳到他的痛处，话才会多起来，就像2008年奥运会程菲跳马失误没拿到金牌一样，他会连续地唠叨：我很难受，我很难受，她是我黄石的老乡。然后就大口大口地喝酒，我就会在旁边感慨一声：唉，可怜的黄石孩子。

"陈寅恪做了一辈子学问，最后还是郁郁寡欢，生前被人菲薄，死后还蜚短流长。"我带点调侃的语气逗阿达。

"百无一用是书生。"说完阿达闭着嘴继续看着地板，但我分明看见他内心深处长叹了一口气。

于是都不再说话，把杯子举起，三个男人一起喝着不开心也不伤心的酒。

拉萨不会找不到话题或者新鲜事。

旁边第三家酒吧关闭了几个月后也在那晚重新开业了，老板娘是某个越野俱乐部的成员。而后那些喜欢在大昭寺太阳墙下晒太阳的人陆续到来，说捧场，一看又是认识的，于是拉漂们在三个酒吧里相互乱串，把拉萨的夜晚弄得光怪陆离。这里从不缺朋友，没有地久也没有天长，只有一天或者又一天，一夜或者又一夜。

席间朋友介绍一个刚到拉萨的女子给我认识，绰号"182"。让她站起来，果然比我高，有点自卑，也有点为那女孩升起同情，虽然长得不难看，但以这个海拔，找男朋友估计有点困难。朋友介绍我，182和她另一个女伴惊讶，怎么像日本人的名字？我说唐朝李隆基的小名也叫三郎，日本的祖宗叫武大郎，杨家将有三四五六七郎，郎字是中国人传过去的，你们要好好恶补一下国人知识了。两女子窘迫，我又扎上一针：知道苏曼殊不？小名也叫三郎。她们茫然，不知道苏曼殊。"知道李叔同不？"依然茫然。旁边介绍的朋友赶紧圆场，把李叔同赞美了一番其实是给她俩补了一堂历史课。其实在拉萨，需要历史吗？没有从前，也没有以后。

芊芊闪了进来，抱着刚捡来的一只小猫。她叫它"小呆"，我说动物取的名字会影响动物以后的性情，你叫它小呆以后说不准真的就会很呆。于是芊芊改口叫它"小贱"。大众莞尔。

芊芊说要和朋友合作开婚纱店了，她先做模特，把西藏一些美丽的风景作背景，到时候带客人去一些比较稀罕的地方拍照。我说芊芊你很上镜，我给你拍的照片特别美。芊芊笑得很开心。"不过，就是上衣挺不起来，"我揶揄她，芊芊假装生气，柳眉一竖："旺仔小馒头也是馒头啊！"大家笑翻。

书是再也看不进去了，昏暗的灯外，雨点一丝一丝挂成了拉萨的夜柳，仿佛粘上了烟尘染成了白线。阿达却在角落里捧了本厚厚的《南明史》窝着翻看，我好奇怎么还有个南明史？阿达说是崇祯皇帝死后几十

第四章 剪影

年里明朝最后的事情。我哑然，几十年，书竟然厚成了这样。

阿达心事越来越多，话越来越少，而窗外的雨是越来越大。

不知道怎么离开酒吧的，也不知道大家是怎么离开的，只有雨一直不停，把八月的拉萨弄得湿漉漉的。只记得出去的时候，雨下得正好，这样的夜雨适合这样的晚上。

第二天，宿醉还未醒来，阿达打来电话：晒太阳去。

在拉萨，仿佛没有几个人能够拒绝这样的问候，好像不去晒太阳，就真的对不起拉萨，对不起自己似的。对于拉漂一族来说，大昭寺的那堵墙，是一种温暖的代言。

大昭寺的阳光可以将发霉的衣服和皮肤晒干爽，但却穿透不了人心，阳光下的大昭寺有着太多太多道门，而且大多通常都紧锁着，心也锁在了最深处。

阿达是个性情中人，哪怕话真的很少，但在他失魂落魄沉默寡言的时候，依然能够嗅到他那不安分的味道弥漫在阳光下面，如那些纷扰不定的尘。

"觉得很累。"看着天空阿达自言自语了一句，而旁边有人顺着就唱了开来："生活，是一团麻呀，麻也有解不开的小疙瘩呀……"

"天空真蓝。"我嘟囔了一句。

在六月的月末，阿达将酒吧丢给一个员工，从拉萨骑自行车去了

枯漂的日子

第四章 剪影

一千多公里外的青海玉树，而后将车托运回拉萨又去了西安，玩到没趣了才回到拉萨。

"如果有钱，我会一直骑下去。"阿达看着天空发呆。我看着他发呆。

有些人不经常出去走走不虐待一下自己的精神和肉体，会生病的。阿达现在又开始犯病了，他说想把酒吧转让给别人，拿这些钱出去走走，没钱了再回来。阿达说想在西安长住一段时间，因为那个城市。我知道是那个城市让他想起了他的梦中情人文成公主。但是公主一定不会想着他。

可是阿达的酒吧很难转让出去，因为现在是萧条时期，他已经每个月都在亏本了，要命的是他根本不懂经营也懒得经营，谁爱来不来。酒吧不好转让这个事实我和他都清楚，可是在太阳底下实实在在地幻想意淫一下不能实现的愿望，也是很浪漫美好的，何况此刻天是这么的蓝。

阿达天生就像是一个悲情主角,温柔而且内敛,又很怜香惜玉地多情。就像骑车去玉树那样,他本来没打算去的,但是因为常来酒吧的一个女人准备单独前往,而且选择的是古道,他担心,就把酒吧撂下陪她去了,而那个女人只是来拉萨的一个孤独的游客而已。

太阳晒得饱饱的时候,阿达忽然说请我吃晚饭。带我来到马路边一个大院子里,几个川菜的大排档,其中一个门前有三棵粗壮的柳树。阿达指指柳树告诉我说:这个店名就叫"柳树下",是民工和没钱的背包客常来的地方,很出名,菜很便宜,味道也好。而后他又指着院子里横排的一长座藏族房子说:这是某位喇嘛亲姐姐的房子,姐姐去世了,政府也不好拆除,就当做了一种文化纪念。其实这个地方我来过,是另一个拉漂朋友带来的,却没有告诉我这些故事。

阿达看着那三棵柳树又呆了起来,说这是文成公主当初从大唐带过来的种子。我当然知道这些树没有这么长的年头,但柳树的苗或许真的是文成公主从大唐带过来的,以至后来西藏也有了这么多的柳树。

这让我想起刚才离开大昭寺太阳墙的时候,在那些当地虔诚的信徒当中,阿达也磕了几个长头,就像往常一样。

没有人会去想昨天和明天的事情,甚至连时间都忘记了。只有在偶尔翻开那些沉重的历史书籍的时候,或在那些流云漫步天空蓝得心慌的晾晒自己的日子,或者在拉萨啤酒喝醉的时候,会让这些人偶尔想起曾经的那些苦难。但一转身,苦难已成了过去。

十

憨厚的强秋

说起藏族人的憨厚耿直,让我想起了一位朋友身上发生的真实故事,他的经历总是让我忍俊不禁,不妨和大家分享分享。当然,这些都是很久以前发生的事情了。

在拉萨认识了许多朋友,汉族的藏族的都有,大家在一起的日子都很开心,少了许多客套应酬,更多的是随意地交流。一天一位做导游的朋友带来了一个藏族小伙,高高大大很帅气,他名字叫强秋。而后在强秋身上听到了很多让人捧腹的笑话。

强秋是康巴人,考上了重庆的一所大学,那是他第一次出门。康巴人喜欢穿藏袍而且按传统习惯要配腰刀,于是他去重庆的时候也就是这样的一副装扮,又由于他身材高大,所以在大都市里显得格外惹眼。强秋第一次出远门,来到重庆这个大城市,第一次坐出租车的时候,因为重庆地方大,他以为是出租车司机在打他的坏主意,于是坐在后排的他把腰刀掏了出来,当出租车行驶很久之后终于停了下来,由于地方比较偏僻,强秋就把腰刀在车子的防盗网上一下一下地敲打,把司机吓坏了。强秋还冷冷地说你想干什么?这时候来了个交警,看见强秋的样子也被蒙住了,问强秋你想干什么?原来打车的地点已经到达,而强秋却误以为司机是要打劫的。

强秋在学校交了个重庆的女朋友。一次在校食堂吃饭,排队的时候强秋和别人发生了矛盾,正准备甩开胳膊干架的时候,他女朋友却捋起袖子上去开骂了。重庆女人火爆,一张嘴什么怪话都骂得出来,强秋在旁边看得胆颤心惊,一个大老爷们要女人出头实在说不过去,强秋就准备悄悄溜走,走到门口的时候忽然听到背后一声河东狮吼:"强秋!你给我回来！"弄得所有人都看着强秋爆笑，这让他尴尬了好久，也让他着实领教了重庆女人的泼辣。

西藏以前是没有蚊子的，因此大多数藏族人都没见过蚊子。强秋刚去学校的时候，学校给发了凉席，强秋没见过这玩意，晚上就当枕头垫着，感觉很硬很不舒服，而且也不懂把蚊帐挂起。夜半被咬得全身是包，实在受不了，把寝室的同学叫醒：是什么咬我啊？是老鼠吗？！

强秋爱穿藏袍，而且还带着腰刀，这让学校的同学纷纷议论和侧目，校教导主任听说了就找强秋谈话，要他不要再穿这样的装扮，强秋不理解也不接受，后来就争吵了起来。强秋急了，突然蹦出一句话：你这是歧视少数民族！而后掉头就走，弄得教务主任张口结舌说不出话来，最后也只好不了了之，毕竟歧视少数民族这样的大帽子教务主任还是不愿意戴的。

重庆夏天炎热，而且重庆的女人豪爽，也好打扮，因此穿着上比较暴露和随意。强秋第一次进城，看得心慌意乱，给远方老家的妈妈打电话："重庆的女人都是穿着睡裤上街的，好恐怖！"其实那些女人只是穿着短裤而已。后来强秋也买了一条大短裤，但也让他很犯难：穿了短裤还要不要穿内裤呢？最后他把内裤脱了，就穿个大短裤上了街，强秋说很不舒服……

强秋的姐姐是重庆某个大公司的老板，一天决定带强秋去见识见识世面，和一些重要的客户去体面的餐馆吃海鲜。强秋没吃过海鲜，非常高兴。席间他姐姐和客户谈得甚欢的时候，忽然传来不断的嘎嘣嘎嘣声音，一看，是强秋正在埋头苦干地吃大虾。只是强秋吃虾是连壳带肉一起的。强秋没吃过虾，以为是要连皮吃的，客人看得张大了嘴巴。强秋姐姐很尴尬在桌子底下用脚踢强秋，强秋莫名其妙。最后他姐姐把他带

第四章 剪影

到卫生间告诉他虾是不能连皮吃的,强秋恍然大悟,然后跟姐姐说回去后我还继续这样吃,否则他们就知道是你告诉我了。于是回到桌上强秋继续他的嘎嘣嘎嘣,姐姐无奈地对客人说,他从小就喜欢这样吃虾……

关于强秋的笑话真的很多,让人笑得喘不过气来,当然这些都是很久以前的事情了。强秋现在已经是一家公司的经理,也不再穿他那大大的藏袍和佩戴腰刀了。强秋穿着西装,但还是让人看得出来他骨子里的憨厚和耿直,很多藏族朋友都这样,可能没见过什么世面,但一种淳朴却是许多城里人所没有的。

十一

多吉师父

酒吧生意不好,很多事强求不得,这些日子大昭寺就是我打发时间和安静的地方。最近是节日,据说所有的菩萨在这十五天里都会下凡聚集在拉萨,于是大昭寺前虔诚膜拜的信徒比往日更多,密密麻麻磕头和转寺的人到处都是。我像往日一样安静地坐在面对大昭寺的墙下,说不清楚的一种感觉,我喜欢这样。面前是此起彼伏磕长头的人们,左右不时传来低沉的藏语或者梵语的诵经声,似看非看似想非想地坐着,甚至偶尔会把身体也忘记了。阳光很暖,哪怕是在冬天,依旧暖得身体发烫,暖得人懒洋洋。

走过来一个年轻的喇嘛,戴副眼镜,也在身边坐下,一个相识的朋友走过来,和年轻的喇嘛打招呼。朋友悄悄告诉我,和那个喇嘛认识几天了,每天都劝他修学佛法,甚至叫他出家。我很好奇,也觉得搞笑,问朋友喇嘛叫你修什么法门?朋友说"拙火定"。

我虽然对藏密并不懂得,但拙火定的名字还是多少知道的,传说这是藏密很重要的一种法门,不但能去自身百病,修得好的人在冬天还可以将周围几米的大雪给融化,也是高僧虹化所必需的一种无上瑜伽。我叫朋友问年轻喇嘛,拙火定方法是怎样修持的,喇嘛声音很小我听不清,

第四章 剪影

于是又凑近了点，朋友对此却不感兴趣，找个借口溜了，留下我和年轻的喇嘛。

来拉萨两年了，从来没有和僧人如此近距离地接触，一是自己没什么可以交谈的，二是不懂藏语，也就没有刻意去认识一些西藏的僧侣，天天沐浴在西藏的阳光以及寺庙的恩泽当中，日子好像很惬意。可是今天我好像有些话要说。

顺着朋友的话题我问年轻的喇嘛，拙火定该怎么修？喇嘛说话还是很轻，说关键是气门。喇嘛应该是读过佛学院的，跟他交谈过程当中很多很多的佛教术语都来自于书本上的知识，而且见解也很纯正。这也让我有了交谈的兴趣。这么多年来，我基本都没有和人谈论关于佛法的一些东西，不是牛头不对马嘴，就是各执己见的偏激，再有就是佛法是靠真修实证得来，谈论只是玩弄口头语言以及小聪明而已。年轻喇嘛在这个下午却让我忽然有了兴趣，仿佛是一个久别的朋友。

对于拙火定，我只是好奇问问，也是和年轻喇嘛交谈的敲门砖，因此随着话题的深入，拙火定的问

227

题早已经不知去向。我也逐渐敞开了心扉，一些压抑已久的问题也自然而然地随口而出。年轻喇嘛叫多吉，原来是个内地人，来西藏出家很多年了，说得一口流利的藏语，如果他不告诉你，根本就不知道他还是个汉人。我尊称他师父。多吉师父款款而谈，对于佛法的认识很中肯，虽然这些道理和方向我都接触和理解过，但听多吉师父说话，我还是受益颇丰。当多吉师父面向那些朝拜的人们对我说佛法需要经过漫长的修行路程才能够有点收获的时候，我忍不住说，大多数人求佛，都是为了福报和来生的好，我不稀罕，我只想今生。多吉师父很快地侧过头来盯着我，很认真地问我是不是曾经修习过。我说看佛经快二十年了。多吉师父对我的态度整个都变了，而且语气变得更温和客气。我告诉多吉师父，看了这么多书，却没有任何作用，也告诉多吉师父，我一直偏爱禅宗，却没有个入处，烦恼依旧是烦恼，欲望仍然是欲望。于是多吉师父不再跟我谈佛法的道理和教义，他告诉我内地以前很多有修正的师父，但是现在都因而不现，不像西藏，西藏还是有一代一代的传承。我说我就是缺少这种福德资粮，所以一直没能找到一个好的老师来指导，这个是我没有福分。我告诉多吉

师父，我想找一个好的老师，教我一个适合我的方法，让我从此有个依靠。多吉师父听了沉默了好久，喃喃自语说，这要讲缘分。他说西藏还是有很多有实证修为的上师，只是有些很远，有些又不愿意接触人，确实是各人的机缘福报问题。

我说我心不安，却又无法消遣这种寂寞，多吉师父再次沉默，忽然说，其实拉萨有个仁波切是真修行的，而且名气很大，在西藏有两个真修行的上师，一个叫亚丘，一个就是嘎多上师。多吉师父说，嘎多上师就是他的师父，是个有神通而且是真实修行的人，第十七世大宝法王还为嘎多仁波切写过祈愿文，赞扬仁波切的悲心。我听着听着，感觉到多吉师父好像有些话要说，而且是希望我提出来。于是我也不管那么多了，直接问多吉师父，我能见到嘎多仁波切吗？

多吉师父犹豫了一下，还是那句话：就要看缘分了。多吉师父说不远，他愿意带我去。

多吉师傅让我买了一条哈达，我们上了的士，很奇怪，我没有什么激动也没有什么想法，好像就是自然而然的事情，而且见不见得到仁波切，我也觉得没有什么。路上多吉师父说你可以去问问上师其他问题，比如做生意是否顺利，或者以后会发生什么，上师是可以看到的。我说对这些不感兴趣，我只想问围绕我这么多年的困惑。多吉师父点了点头，又说，如果可以，到时候可以供养上师十元二十元作为心意，我说这也太少了吧？多吉师父说，上师并不会在乎这些的，只是你供养一点也是心意和培福德。我有点尴尬，因为身上就带了 100 元。也无所谓吧，能见一面我已经很满足了。

下了车，走进一条巷子，多吉师父忽然问我年龄，我如实告知，多吉师父就笑说比他年纪还大点，而后又问我月份和时辰，我也说了。多

枯漂的日子

吉师父忽然掐指，我知道他是在算有没有可能见到上师，或者说是否顺利。我也没问，多吉师父也没说，这个时候已经到了上师的门前。

敲门好久，没有动静，我说是不是仁波切不在家？多吉师父很肯定地说在的。过了一会儿，一个年长的喇嘛开门，看见多吉师父打了个招呼，说仁波切在上面，我松了口气。这是个不大的两层楼藏式院子，上得二楼，多吉师父脱了鞋子，而后交代我脱掉帽子，多吉师父弯着腰恭敬地经过过道，过道两旁有几个年轻人在切割和装订着一些经文，很安静，多吉师父和大家认识，用藏语一一打过招呼，就把我领到一个转弯的角落，叫我把哈达交给他，然后指着一个矮小的窗户让我磕三个头。窗户下面有个蒲团，我刚跪下，眼角余光就看见一团鲜黄色的僧袍隐约在窗子里面，原来仁波切就在这里头对窗坐着！

所谓的窗，其实就是个不大的木框框，而且很矮，我跪着直腰就被遮挡了视线，对窗里面是个禅床，嘎多仁波切就盘腿坐在正面，紧靠窗的地方有张和仁波切床平行的不大的桌子。因为恭敬，导致我不敢抬头看仁波切的面容。只看见他的双腿覆盖着厚厚的毯子盘坐着。磕过三个头，我从窗口双手伸进去献上了哈达，仁波切用一只手将哈达按在了那桌上，我能感觉到仁波切触碰到我的手很温暖和柔软。我把搭的士找的五十元钱供养给了仁波切。

一直不敢仰视仁波切的脸，我不知道自己是为什么，从来桀骜不驯的我，会在此刻如此谨慎小心，而且是发自内心的一种敬畏。仁波切拿起一个小瓶子，倒了两颗小丸子，给了多吉师父一颗我一颗。我茫然，多吉师父悄悄在耳边说吃下去，而后我扫过嘎多仁波切一眼，看见他也正用动作示意我吃下去。这时候我才看见仁波切的五官，很祥和端庄的一个老人，而且面容比较宽大，有一种折射出来的威严。

仁波切不会说汉语，我正跪着低头胡思乱想的时候，耳边忽然响起另一个年轻的声音，说的是汉语：你想问仁波切什么问题？我来帮你翻译。这个时候，我完全被这个氛围和气场给蒙住了，谁在耳边说话也不重要了，我低着头说，我只想找回我自己，找回我的心。耳边的声音很温柔而且很有耐心，听完后轻声用藏语对仁波切说了。忽然听见仁波切呵呵地笑出了声音，而后像念经一样用藏语说了一段话。翻译轻声对我说：仁波切说，你要先有信心才能够有资粮。我又问，能不能给一个方便法门让我进入？翻译转述给仁波切，又听见仁波切呵呵笑了，用藏语说了更长的一段话。翻译告诉我，仁波切要我持诵四皈依。而后问我喜欢藏语的还是印度语的？接着翻译用藏语说了一遍四皈依又用印度语梵语说了一遍。我真的一下子给愣住了，在内地三皈依（藏传佛教多了一个皈依上师，因为密宗上师最重要）是所有佛教的入门阶梯，也就是说是最基本的，怎么仁波切会让我持诵这个？而且多吉师父也用藏语告诉过仁波切我已经接触佛教经典将近二十年了。

疑惑瞬间就打消了，我对翻译说，我选择印度语的，于是翻译又将印度语的四皈依重新说了一遍。然后小声问我还有什么要求吗？我说没有了，翻译又说，仁波切让你持诵的时候，要生欢喜和慈悲心，而后回向给众生。我不知道说什么好，起身向仁波切拜了三拜退身而去。才看见翻译原来是个很年轻俊朗的小喇嘛，应该是仁波切的侍者。多吉师父看我这么快就结束了问话，有点着急，就叫我在一边等他，然后他跟仁波切用藏语聊了一席话，虽然我听不懂藏语，但是可以猜测到多吉师父是为我的事情在跟仁波切交谈。而后我们告辞，小侍者还送了多吉师父和我一人一个大橘子，说是仁波切给的，还交代我说，仁波切说了，你可以随时过来找他，但他交代的你一定要如实持诵。

回去的车上，多吉师父说，没有人会向仁波切问你这样的问题，而仁波切也从来没有向别人说去持诵四皈依，真是很奇怪。我想了想，叹了一口气，想不到十年二十年断断续续地接触禅宗，而今却被仁波切一棒子打回到原形，我说应当感谢仁波切呢。多吉师父似乎也明白了过来，他点点头说，是啊，没有根基的楼阁，终究是虚幻的，学问再好知识再多，都用不到实处，从根基做起发大信心，或许这就是仁波切的密意吧！仁波切说了，你要是按照这个来走，一定会找回自己的。听多吉师父这样说，我更是觉得羞愧，有什么好狂妄的呢？从前谈禅，说得风生水起头头是道，但烦恼依然是烦恼，欲望仍然是欲望，只如人饮水，冷暖自知。而今被仁波切呵呵两声笑，就落得个体无完肤，当真是可悲可怜至极。

多吉师父说，还好啊，你可以认识到了，还算不晚，也是你跟仁波切的缘分，仁波切说了，你可以随时过去找他呢。摇摇头。我又怎么好意思去打扰他老人家呢，今天已经是莫大的福气了。

十二

那首歌

浩旁边坐着朵，两人无话，冰凉的啤酒杯频繁起落，替代了语言。

80后的人，心事怎么也这么多呢？看着浩朗朗的面容和朵漂亮的脸庞，我莫名其妙就笑了，是一种带点无奈的苦笑。椅子背后是玩音乐的朋友的一个小小音乐舞台，朋友沙哑的声音和吉他声在这个酒吧的空间里旋转，仿佛将时空拉扯得很远。浩忽然抬头对我笑说："这个地方不能多来，来多了会想自杀。"我不禁愣了一下，这个年轻人，怎么会感伤成这样。

朵一直不说话，总是主动举起杯子向我敬酒。浩偶尔会很斯文地跟我聊两句，总是带着淡淡的慢条斯理的微笑，朵一直在发短信。我听着背后朋友那沙哑的音乐仿佛要撕开夜色，时光好像停滞了，没有了天没有了地。突然朵拨了个电话，而后就是开骂："你 TMD 有本事来和我单挑！QQ 上骂我贱人你 TMD 算什么东西！别给脸不要脸！"朵的放声引来旁边几桌客人惊讶的侧目。朵却旁若无人，挂了电话又拨了个出去："你叫你的女人闭嘴！良心都被狗吃了！你们两个贱人，以后再不想看见你们！"朵喘息着挂了电话，大口喝酒。

我又没心没肺地笑了，浩很斯文地也笑了。浩告诉我，那是朵以前的男人和那男人的女人。朵对朋友仗义，性情中人，但也因为这样被人骗了好几次，挣的钱都被那些男人花光了。电话里的那个男人，工作生活在内地，因为朵，差点和自己的女人分手，但在前不久，结婚了。朵很爱那个小男人，男人在拉萨的日子，洗衣做饭朵全包，生活费用也是

朵全出。但是朵还是没有留住那个男人。前几天朵还去内地一趟，是因为那男人的生日。想不到没几天，事情就变成了这样。

浩和朵，认识三年了。如今朵和浩住在了一起。浩说：我们同床，只是想要个伴。这时候朵插了一句：相互取暖吧。浩看着酒杯又自言自语地说：我们同床，却没有发生关系。朵又插了一句：同床有一个月了吧？我笑：你们这算是什么关系？没有需求同床做什么，这是一种病态。于是三个人都大笑起来。

其实在两年前，浩和朵，是发生过关系的，后来莫名其妙却变成了好朋友。浩说两人之间，好像都没有了性欲的冲动，哪怕睡在一张床上。而今两人也搞不清楚，为什么就那么自然地睡在了一起，又没有肉体的关系。而且浩出去找女人，或者朵出去找男人，两人都互不干涉。甚至有时候还一起出去应酬，双方都不会让对方的异性知道两人的关系。忽然之间，我觉得自己是真的老了。

朋友沙哑的声音唱着："如果我老了不能做爱了，你还会爱我吗？如果我老了不能过马路，你还会搀扶我吗？陪我到大昭寺晒晒太阳，我们一起磕个长头吧。数你的皱纹数我的白发，我们一生一世不要分离啊……"朵听着听着，眼眶就湿润了。而浩，埋着头。

又有好长一段时间没有见过浩和朵了，某天经过一个店面，共同认识的朋友说，浩自杀了，而朵也没有了消息。

我没有问为什么。那天阳光很白，白得让眼睛发疼，而且令眼睛发黑。我就这样一个人走在阳光底下的拉萨街头，一直走，没有目的和方向，心仿佛不再属于这个躯体，而是在淡淡地游移。就这样一直走着，走到了夜里，再次去到朋友那个小小的酒吧，一个人默默喝着拉萨啤酒。

朋友的声音依然那样的低沉而沙哑，将夜色迷离成一个看不见底的深渊："如果我老了山都不能爬，你还会牵着我吗？如果我老了掉光了头发，你还会觉得我帅吗？数你的皱纹数我的白发，我们一生一世不要分离啊……"我想，浩和朵，从此再也听不见这首歌曲了。

拉萨的长夜变得很长，拉萨的冬天，变得很冷。

十三

强子·阿辉·大前门

"大哥，我明天一早的火车。"

看看时间，晚上12点18分，今夜没有下雨。

"那木雕大象就留给你了，我放在格桑花香旅馆，大哥你明天记得去拿。"

五月至八月是拉萨的雨季，但直到八月份，雨才真正开始下，而且一下，就没个停。

强子早几天就说了要走，但因为酒吧的转让问题被拖延了。虽说告别饭也吃过了，酒也喝了，但半夜突然的一个电话，还是让我有点难受。就像阿达前一个礼拜离开一样。

匆匆说完几句话强子就把电话挂了，或许是因为我不知道该说什么。就像阿辉走的那个晚上，我也没说什么，甚至和强子的最后一句告别一

拉漂的日子

样，"明天我就不送了"作为对话的最后一句完结。明天我就不送了，我很懒，在拉萨的人都知道这里的生活是睡到自然醒的，而且，这里的人似乎都很洒脱很有个性，不会在意那种淡淡的相识以及离别。惺惺作态的儿女情长，好像跟拉萨扯不上什么关系。

但我真的有点难过了。

下雨的拉萨是很沁人的，白天暖洋洋热烘烘的阳光普照，在夜里就被一场雨给浇透了，这种强烈的反差，也只有在西藏的高原之上才会懂得。如果把相识和别离的时间缩短，也就是现在一天的模样，忽冷忽热，昼夜之间。

我无法真切表达此刻的心情，也无法真实地描述在拉萨的日子。在这个八月的雨季，别离的剧情一幕接着一幕，而我还安坐在潮湿的一隅，继续着我的漂泊，或者别人眼中的，所谓幸福。

其实我和强子从认识到交往时间并不算长，就好像和阿辉一样。我总喜欢在说阿辉的时候把强子带上，在说强子的时候同样如此，而这种习惯也就是这两三个月的事情。记得我在以前的文字里不止一次说过，在拉萨，不会没有朋友，也不会缺少艳遇，只要你喜欢，随处都可以捡到让你敞开心扉一醉的理由，这是特定环境之下特定心情所造成的特定结果。我不想在这篇文章里评价来拉萨漂泊不走的人，他们大多都逃不过那三失的诅咒：失恋、失业、失常，也不想评价这些人的思想和行为是否正常或变态，我一直都只是静静地看着，偶尔参与到一种扑朔迷离或醉生梦死的游戏中，偶尔会聆听一些牢骚或者震惊四座的高谈阔论，偶尔也会静静地消失。这里更多的时候像是一场华丽的梦境，华丽是因为回归本身，回归本性的同时又伴随着更深的迷失或者错位，这就是天堂，一个名叫拉萨，传说是众神曾经居住过的地方。

无论是谁，只要在拉萨住得久一点点，都会认识很多的人。因为拉萨很小，就像池塘一样；更因为拉萨的圈子很小，就像便池一样。这也导致你很不舒服，只要在几个拉漂们常待的地方转一圈儿，就不怕找不到可以打招呼的人，更何况不认识的人随便点个头聊两句，就有可能成为餐桌上的对饮之人，或是床上的一夜夫妻。这也导致了天堂里感情的薄情以及寡义，也注定了拉萨只能是记忆里并不厚重的一页花絮。因为来得容易自然也去得轻巧。

但是在阿辉和强子相继离开的日子，我还是难过了。

有些人你根本可以不在意，哪怕天天住在一个共租的套房，而有些人虽然并没有多少的话语，但还是让你动心了。虽然这种动情看起来很淡很薄，而且会在离开之后渐渐忘记，甚至可能一生都不再相逢，但在拉萨那些漂泊的日子里，这些人总是你寂寞或者孤独时候陪你小坐一会儿，而且可以让你放松无所顾忌畅谈一席酣畅一醉的朋友。这样的朋友在拉萨真的不多。哪怕每个人都或多或少有很多缺点，有很多你不以为然的思想行为，但你还是会觉得在一起的一夜一夜心安并且理得，因为没有面具。

阿辉走之前的那几个晚上，我和强子天天都在他酒吧里泡着，可是阿辉好像并不知道我们隐藏的某种悲伤，依旧不当一回事地继续着他的个性和无所谓，但是我和强子都在担心，不看好他此去的抉择，因为他天生悲情而自负的性格，也在为拉萨又少一个朋友而暗暗神伤。朋友动了感情，就不一样了。所以阿辉走了之后，对于强子的紧接着离开，让我原本就很孤独的心跳变得愈加缓慢起来，九月之后拉萨就转冷了，拉萨的冬天更冷，萧瑟而落寞，我真不知道，那个时候，还能找谁和我喝上一杯。而且三妹也要在一个礼拜之后，接着离开。

这个冬天，我注定了会是一个人。那时候，我就可以安安心心地不用招呼客套或者眼花缭乱了，可以在大昭寺的墙下静静地坐着、晒着取暖，去享受完全属于自己的天堂里的太阳，而且还有一个影子和我作伴。

八月到十月，是拉萨每年离别的季节，八月也是雨季的告别季。当雨季过去，一切都变得悄无声息忽然清寡冷漠开来。话可以越来越少，文字可以越来越淡，有时候一种寂寞，是无法言喻的，如影随形般永远依附着。

忽然想起了我和阿辉、强子经常在一起抽的廉价香烟大前门。于是在这个下着雨的有点感伤的夜里，我写下了这样直白的字句：

我和强子
在强子的农夫酒吧
在下着雨的夜色下
讨论关于《住在山上的日子是可耻的》

强子和我喝着拉萨啤酒
昏黄的灯光数着桌上的十多个空瓶
昏黄的灯光说这样的日子是可耻的

写那本诗集的人
和我的年龄一般大
和我一样爱喝啤酒
和我一样是自恋狂

虽然强子说这些文字很恶
虽然阿辉也说这些字很恶
虽然很多人都说确实很恶
但我就是认识这些文字呢
仿佛是我自己在自言自语：
我们曾经住在那平常简陋的平房里
宽敞而潮湿
快乐却无言

八月的拉萨
雨一下就不停
常常从夜里下到天明
让我们这些拉漂的人
错听成江南的音

住在拉萨的日子
是可耻的
可耻是因为拉萨很小

拉漂的日子

池塘一样
拉萨的圈子更小
便池一样

在可耻的日子里
没有时间
没有日子
没有了世界
也没有灵魂

但梦总是会做完的
哪怕是再苍白的梦
梦醒时分
就是跟可耻告别时分

强子明天就要走了
带着一个女人
就像阿辉走的时候
带着一个女人

送强子一条大前门
就像阿辉走的时候
也送了一条大前门

拉漂的日子里可以没有梦
但拉漂的日子里一定有大前门
我很恶心地将可耻的日子送了他们
在他们决定告别可耻的日子的时候

强子说起他的家乡
在那东北松花江上
阿辉此刻却在西安
做着一间书吧和一个女人的梦想
我们曾经说过顾城海子和赵丽华

没有人在意拉萨
曾经荒唐或者颓废
分明虚伪还是高贵
我们一起抽过大前门

三妹曾说我最喜欢说的是很多年以后
很多年以后我是否还记得强子和阿辉
或者那段住在拉萨漂泊的可耻的日子
而今我住在那平常简陋的房子里
宽敞而潮湿
快乐却无言

第五章 和我结缘的高原动物

一

高原的精灵

在我最高峰的日子,一个人饲养了大小近三十只藏獒、一只大雕、两只察隅鹦鹉、三只猫、一只狐狸、五只藏香鸡、两只野鸭子。朋友说

我开了一个动物园,其实许多动物都是朋友送来的,我也就只能养下来,毕竟是生命,而且和我结了缘。西藏有很多动物,来到西藏之后也让我有了许多新的认识,这是一片神奇的土地。

众所周知,西藏高原特有的物种是藏羚羊和野牦牛,它们生活在海拔四千多米的无人区。有几次去深远的牧区,都看见过它们,那么悠闲自由,徜徉在无边无际的草地上,旁边还有成群的野驴,高原也因了它们变得生动无比。但却不知道这样安宁和谐的环境还能够保留多久,人们对于藏羚羊那身皮毛的热爱,使得这个稀有的种群变得越来越稀少了。

藏羚羊天性警惕，而且跳跃性好，常常在危险靠近的时候瞬间就跑开了，留给我们一道优美的身影。而野牦牛脾气却不大友好，性情刚烈凶猛，一旦发现有陌生的人和车辆靠近就会发怒，野牦牛力气大得惊人，一头成年的公牛可以直接将越野车给顶翻掉，当真很可怕。

在西藏还有一种动物叫棕熊（也有黑熊），体形巨大，一些边远的地区还能时常见到它们的身影。一个藏族朋友告诉我，如果棕熊食物缺少的时候，就会下山跑到牧民家里寻找，像人一样背起粮食袋子大大咧咧离开，这些棕熊脾气很不好，通常人们也不会和它们过不去。

藏区有很多的野生动物，鸟类品种也很丰富，我一个在拉萨认识的朋友就曾经自己养过黑熊和小猫熊，而在昌都地区还有着金丝猴，这都需要人们重视对生态环境的保护，才能让这些高原的生灵世世代代繁衍和存活下来。

在西藏，不知道是什么原因，有一种独特的猫，全身从头到尾都是银灰色，非常好看，更像是俄罗斯蓝猫，这种猫通体没有杂毛，眼睛泛

绿色，成年后体格也比较健壮，估计是早期的贵族从外面引进来的，也可能是由外国人带进来的，但这些猫并没有随着环境和时间的改变而受到影响，一直都保留了纯正的银灰色，在拉萨和林芝地区都能见到。而另一种叫做树猫的品种就相当地稀少了，已近乎绝种，这种树猫通体绿色，一身长毛，相当的漂亮和珍贵，而今是很难再见到了。

西藏波密地区有一种鹦鹉，是察隅县独有的，人们很喜爱这种鹦鹉，因为相当聪明，学话快，性格开朗，能歌善舞，属于国家二级保护物种。由于人们的喜爱，这种鹦鹉的数量在逐年减少，是需要切实保护起来的物种。

西藏有很多的圣湖，因为受到人们的尊敬和保护，几乎所有的圣湖都能一直保持没有任何污染的状态，圣湖里面的鱼类繁多，由于能够一直自然生长，因此个体都很大，有些甚至达到数米长。圣湖的鱼都是冷水鱼，没有鳞片，而在亚东地区还有着国家一级保护物种亚东鱼，更是稀有。

大自然赋予高原的各种生命，都很珍稀，而且一直保留在千万年来原始自然的状态当中，不论是大雕、秃鹫还是黑颈鹤，或者岩羊、麋鹿、野牦牛、藏羚羊，它们都是高原的生灵，都是大自然和人类的伴侣，需要我们用心保护和珍惜，否则日后我们的子孙后代就有可能再也看不到了，因此对于西藏高原生态环境的切实保护和重视，是当代和今后都很严肃以及非常重要的一个命题。

二

美丽的北极狐

从未想过，在拉萨的日子里我会和一只美丽的北极狐结下缘分。

在西藏，有着各种各样千奇百怪的人，我们称之为神人，也有着各种各样的动物，如果有缘，你就会拥有一只，而北极狐却不是拉萨原产的，虽然在可可西里以及一些边远的地区也有狐狸，但这只北极狐却让我和我的朋友们都非常喜欢，因为漂亮又可爱。

在经过第一个漫长的寒冬过后，朋友的朋友从法国寄来了一只小小的白狐，小得捧在掌心都怕被化掉了，毛茸茸的一身雪白，闪烁着两只透亮的眼睛，于是朋友取名叫雪儿，雪儿就像冬天高原的雪团，洁白而安静。因为朋友开着客栈，雪儿就放在客栈饲养，但没过多时，随着雪儿的长大，客栈就再也无法容纳下它。雪儿毕竟是狐狸，野性依然存在，在雪儿咬伤了几个客人以及将客栈的楼上楼下床铺被褥都折腾过好几次之后，雪儿的主人给我打来电话：马上将雪儿抱走，连笼子一起抱走……我当然是愿意的，因为我有时间也有地方，而且还因为雪儿实在很漂亮。

经过慢慢调教，雪儿开始适应了新的环境，更重要的是雪儿开始了和人的相互交流，也渐渐不再轻易咬人了。让我感到温暖的是，动物是通人性的，雪儿常常会很安静地让我给它修剪爪子，会亮着肚皮要我挠痒痒，也会用很滑稽的身体语言来逗我开心，或者用嘴巴轻轻地将我手指衔着，有时候会悄悄跑到我跟前打转，当我伸出手时又转身跑开，就像个顽皮的孩子一样。

夏天的时候雪儿会换毛，脱落下一大把绒绒软软的冬装，而入秋以后，就会开始长膘。冬天的雪儿非常好看，大大的尾巴一身厚厚的白毛，仿佛一个天使。最漂亮的莫过于雪儿的眼睛，人说媚眼，原来指的就是狐狸的双目，杏眼带着弧线，透着一种妩媚的笑意，惹人生怜。

雪儿也有很任性的时候，一次和朋友带着雪儿去郊外游玩，朋友说地方偏僻把雪儿放出来跑跑，亲近一下大自然，结果放开后的雪儿仿佛嗅到了自由的味道，或许也是大自然的怀抱勾起了雪儿潜藏的记忆，以至于我再也唤不回来。它在草地上开心地撒欢，让我和朋友追了整整半个多小时才好不容易抓住，累得我们高原反应脸色发紫。

雪儿胆小，却最会虚张声势。家里还养了几只藏獒，其实藏獒对雪儿更多的只是好奇，友好地接近雪儿，却常常引来雪儿夸张的尖叫，哪怕藏獒只是路过它的身边，雪儿都会很敌意，而且会故意抬高声调来吓唬对方，这也导致其中一只藏獒对雪儿恨意油然而生，终于逮着一次机会链子松脱的时候，给雪儿的尾巴根部狠狠地咬了一口，差点将雪儿的尾巴给咬断了。

随着雪儿年龄的增长，一直都想给它找个合适的郎君，却一直都没有缘分。一次因事到北京，得知朋友有养狐狸的，要来了一只同样是雪

白的北极狐，却在回去的路上突然死亡，看来雪儿还需要独自适应很长时间的单身生活了。

熟悉的朋友时常开玩笑说，雪儿会不会是狐仙？看它的眼睛这样灵性，保不准某天半夜会变成一个美女出现。聊斋里面关于狐仙的故事很多，如果有天雪儿变成了美女，像田螺姑娘那样为我做饭洗衣服，那么我所居住的荒僻地方就会从此生动开来，我想，变成姑娘的雪儿，一定会更漂亮和善解人意吧。

三

大胡子雕

已是夜半时分，电话突然响起：三郎你快过来，有个东西给你！电话那头声音有点激动，我以为同住在一个小区的朋友给我带来了什么好吃的。

敲开了朋友的大门，看见风尘仆仆的哥们一脸倦意但又透着兴奋而

拉漂的日子

神秘的表情，他刚从阿里地区开车回来。指着角落里的一个大纸箱子，他让我猜猜里面是什么。箱子安静在那里，上面的纸皮虚掩着，这让我也好奇起来，大半夜的朋友能给我带来什么新鲜好玩的？箱子突然动了一下，露出来一截灰色斑点的羽毛，哈哈，藏香鸡嘛！我有点不屑，不就是藏香鸡么，至于这么激动。朋友却更不屑：如果是藏香鸡我至于半夜叫你过来啊！自己打开看看。

就着灯光我有点紧张地打开了纸盒盖，一下被愣住了，里面蹲着好大的一个家伙！足足有五六十厘米宽，而长度因为纸箱子空间憋屈着还看不清楚，这下子我开始激动了，没见过这玩意啊。随着箱盖的打开，这东西"刷"的一声把半边翅膀伸出了箱子外，把我吓了一大跳，半个翅膀居然有将近一米长！说实话，长这么大还真没这样近距离看到过如此庞大的鸟类，我当时就傻了。

朋友哈哈大笑，说这是从阿里回来的路上，路边雪地上看到的，当时它受伤了飞不起来，已经奄奄一息，怕它死在路边可惜了就抱上了车，

才发现它左边的一整只腿被捕兽夹夹断了，鲜血淋漓。

我和朋友研究了半天都不知道这是个什么物种，像鹰像雕也像秃鹫，但又都不像，下巴还有一长撮胡子一样的毛，眼睛外围一圈因为紧张和怒气变得通红。朋友因为要长期跑车没有时间照顾，而且这东西受了重伤，他知道我喜欢动物，于是让我抱回去看能不能把伤给养好。我当然非常乐意，这样的机会太难得了，抱着纸箱子一路乐着回到家，进门后我也很神秘地叫醒家里住着的朋友，让大家猜猜这是什么，结果把所有人也都吓了一大跳，因为这家伙实在太庞大太彪悍了，都没见过这样的鸟类。

接下来几天，我每天都精心给它上药，刚开始它还会抵触，张开巨大的翅膀表示不满和警告，但没过多久就知道我是善意的，居然每次上药都很安静，而且开始吃我用筷子夹的生牛肉。再过几天，伤口开始愈合，一只腿的大鸟有了精神，每次喂食只要我把筷子伸过去，它就会单腿跳着过来吃食，我很开心啊，这是个野生物种，是凶狠的猛禽，却能够这么快就接纳了我，而且恢复得这样快，不得不说是个意外。

开始在网上查找关于它的资料，找了好几天都没找到相应的品种，我很纳闷，它会是什么来头呢？于是将大鸟的照片发到网上寻求答案。某天网上刚好有个鸟类学家路过看到我发的照片，一下子就回帖子喊了开来：你也太牛了吧，胡兀鹫也养了！这可是国家一级保护的濒危物种啊！我当时就傻了，这是国家一级保护的濒危物种？熊猫一样？这可怎么办，我当时就急了，赶紧输入胡兀鹫三个字搜查网上资料，果然就是它，和网上的照片长得一模一样。这是属于高原的稀有物种，长年生活在西藏阿里地区，属于濒危的保护动物，俗名叫大胡子雕。而且央视媒体在2007年报道过这个物种，当时国际黑市价的标本价格就达到了32万元，而我这个是活生生的。

国家一级濒危保护物种，意味着什么？这可是不能私人收养的，哪怕我再喜欢再舍不得，我也知道这家伙是不能再喂养了。于是我主动联系了当地的野生动物保护站，将这个情况汇报，没过两天就来人了，将胡兀鹫带了回去，还邀请媒体过来做了交接记录，并表扬我有很好的生态保护意识。其实我心里当时很难受啊，大雕刚跟我建立了信任关系，转眼就要被送走。保护站的人员说会将大雕送回阿里地区，虽然它已经失去了捕猎生存能力，但阿里地区的环境和气候都适合它，工作人员会细心照顾好的。想想也是，毕竟阿里是它生生息息的地方，是它的家乡。为了纪念这场短暂的缘分，我把大雕翅膀上的羽毛拔了一根下来，永远留在了我的书桌上。

四

美丽的高原天使：黑颈鹤

如果不是选择了拉萨郊外离群索居的生活，我就不会如此近距离地接触和了解它们，也不会如此美好地和它们相伴度过寒冷而孤寂的漫长冬天。

黑颈鹤，独属于高原的特殊鸟类，成年公鹤顶部发红，因为脖子一截是黑色，因此被命名为黑颈鹤。它们比丹顶鹤还要珍贵和稀有，在开春时节飞往藏北无人区过夏，在冬天飞来拉萨河周边逐水而居，年年如此。

一直认为它们是高原上美丽而特别的精灵，是高原上的天使。那年的冬天，因为第一窝小藏獒的出生，整整十一只，迫使我选择在远离市区的郊外开辟了一个场地，这个地方四周是一望无际的青稞稻田，原本有个村落，后来全村都搬迁到了公路边上，因此只剩下我单独的一户人家。也由于这个特殊的条件，使我能够得以和黑颈鹤在一场意外的邂逅后，成为了友善的朋友。

拉漂的日子

在场地慢慢建好后的某个清晨，阳光铺满窗户，安静忽然被一阵从未听见过的声音打破。那声音嘹亮而高亢，就在我屋顶上空清晰地传来，我知道这是鸟类，但不知道是什么鸟，我很好奇这脆亮的声音，立刻起身跑了出去。空中刚刚飞过去一拨庞大的鸟群，接着第二拨飞了过来，老远就开始鸣叫，飞过我屋子上空的时候叫声更热烈。这是鹤群啊，我张着嘴巴不相信眼前所看到的，这是在梦里吗？那些童年里无数次幻想和梦境里的景象，竟然就这样出现在了眼前。而且它们飞得是这样的低，连羽毛都能清晰地看见。

挥手，向空中跳跃着挥手，向这些精灵欢快地打招呼，它们也报以热烈的回应，人与自然，这一瞬间变得如此的和谐，这是从前从来未敢想象的。从那一刻开始，我的冬天变得富含生机，在一片荒凉的景致里，在晨昏和正午，它们都能给我带来一次次欣喜，都会如约在我屋子上空来回飞过，而且最让我感动的是，每一次飞过我的屋顶，都会提前打招呼，仿佛是在通知我它们来了，也让我有了充足的时间拿起相机跑到屋外将它们美丽的身影给留住。它们让我的冬天变得忙碌起来，每一次劳作或者休息当中，只要它们飞过，我都会一如既往地向它们挥手，给它们拍照，每一次都是不同的色彩和身影的定格，都会是不同的感受。

最令我难忘的是某天接近正午的时候，我和朋友们在场地中央忙碌着，忽然飞来了好几群黑颈鹤，都是低空掠过场地中央。我曾跟朋友说过它们来的时候会提前跟我打招呼，有些还会在我场地上空低空盘旋数圈才飞离而去，朋友们都不大相信，认为我是在夸大，野生鸟禽不可能跟人这样友善亲近，而且富含感情。当这几拨鹤群低空高亢飞过，当我跟它们挥手致意之后，朋友们正好都看见了，而且不可思议的一幕随即发生，最后一拨鹤群飞过之后，其中一只却突然折返回来，就在我的场地上空二十多米的低空围绕我们慢慢盘旋了一圈，伴着嘹亮的声音，再慢慢飞去。朋友们都不能相信亲眼所见的一幕，而对于我，这些都是习以为常的事了。

黑颈鹤喜欢啄食收割后散落土里的青稞粒，而我居住的环境两边都是广阔的青稞田，收割之后田野会荒芜一整个冬天，也几乎见不到农人的身影，因此这片开阔地也成了黑颈鹤的栖息地，而我更可以在晨昏之间近距离地观看和接近它们。黑颈鹤是通灵性的，它们知道你是否善意，是否可以靠近。它们把我家四周的田野划定成它们的国土，自由自在地生活。每到入冬十二月左右，它们就会从遥远的藏北飞来，而后在来年三月春耕开始前集体离开。在它们离开后的一整个夏季，我都在怀念，而且忐忑入冬的时候还能不能再见到它们的身影，就像故友离别期盼重逢的心情。第二年的冬天，同样是某个安静的清晨，我再次听见了熟悉而嘹亮的声音，我知道它们已如约而至，我的冬天也再次变得生动而感动开来。这是一种默默交流的情义，是一种契约，是一场浓浓的高原缘分，我知道，在今后每一个冬天，它们都会出现，带着它们的故事来和我分享，直到某一天我离开了这里，直到某一天这里不再有安静而广阔的青稞田。

五

藏獒情节

西藏有三宝：秃鹫、牦牛和藏獒。

大多数来西藏旅游的朋友，都会对西藏的风景人文感到好奇，而对于生生息息与牧民和高原紧密相连的，中国独有的高原物种——藏獒，却了解不多。

随着近些年大量关于藏獒的报道以及内地獒场的兴起，还有杨志军先生的《藏獒》一书的面世，使得藏獒热广为兴起，也将高原这个古老而神秘的物种逐渐展现给了人们，越了解藏獒，就会越喜欢它，藏獒自身潜藏的特质令人着迷，也因为几千年的历史令其披上了厚厚的一层面纱。藏獒的起源已经无从考究，仿佛有牧民逐水草而居的时候就有了藏獒的存在，它们和牧民以及高原之间的关系是如此的源远流长，关于藏獒的传说也数不胜数。集高贵、尊严、个性、智慧、勇敢、忠诚于一身的藏獒，同样令我为它们而深深着迷。

初到西藏，我对于藏獒的认识也和内地大多数人一样，完全是一片空白，只是从书本和网络上有所了解，更多的是因为笼罩在它们身上的各种传说以及谜一样的历史，而它们又生存在高原这片更加神秘的土地上，于是寻找藏獒、认识藏獒就成了我在西藏生活的一个重要元素。记得第一次看见所谓的藏獒（其实是一只当地的土狗）的时候，那种激动的心情真的很难形容，如获至宝般地欣喜若狂。同时也因为第一次的盲目无知，更促使了我决心要拥有一只优秀而真正的藏獒，于是从此变得一发不可收拾，以至于跟藏獒在高原结下了深深的缘分。

藏獒本身就是一本厚厚的书，它们和高原、历史、人文的演变发展

第五章 和我结缘的高原动物

一直都有着很深的关系，从古至今，藏区位高权重者，如活佛以及贵族都有饲养藏獒的习惯，拥有一只纯种优秀的藏獒，是主人身份地位的象征。而藏獒与众不同的独特气质以及性情，也能够充分体现出人与獒之间的特殊感情。它们对主人无比忠诚，对敌人从不退缩，个性不羁向往自由，聪慧而具有王者风范，有着独特的思维意识以及甄别是非的能力。

随着对藏獒热爱的加深，让我拥有了寻獒之旅的快乐，深入到牧区草原，领略了许多难得一见的高原风光；同时也因为藏獒，结识了众多的良师益友，也从中获得了宝贵的藏獒知识以及关于藏獒的种种传说和故事（这些内容会在我另外的一部书《我和阿修罗》当中详述）。

从最初来西藏的冲动到留守，到最后和藏獒结下不解之缘，看起来好像没有什么关联，但在今天慢慢回想起过去的一点一滴，又好似一切都紧密相关，总觉得自己现在的生活以及选择的生活方式，都和藏獒有着必然的联系。佛说一切皆有因果，凡事因缘皆是前定，那么我和藏獒之间，相信也是同样如此。藏獒是个灵性的古老物种，藏獒和人之间存

在着莫大的因缘，与其说是人在选择藏獒，不如说是藏獒选择了人。对于一只优秀的藏獒来说，它的主人和它之间的情义以及缘分，是非常深的，而不是单纯的养狗卖狗的交易买卖关系。藏獒一旦认定了你是它的主人，就会终身对你忠诚信赖，而且会为你托付它的一生，这种品质非常难得可贵。

　　从我养的第一只藏獒阿修罗开始，陆续有了第二只藏獒曼陀罗、第三只藏獒迦楼罗、第四第五第六只……以至今天有了更多优秀的高原藏獒。我的生活从此就和藏獒不可分割了，从小养育直至成年，物色藏獒的对象，藏獒怀孕以及分娩，接生和哺乳期的照料，疾病的预防和医治，藏獒的一切饮食健康情绪等等，与其说是我在照顾着它们，不如说是在亲近照顾它们的过程当中，给了我整个人生观的改变和快乐，它们在更多的时候，竟然会是我无言的老师，对我人生的启发和改变有着非常重要的意义。

　　因为藏獒，我选择了远离市区的偏僻之地，也因为有了这个安静的角落，我仿佛重新找到了自己，是一种崭新而异样的生活方式，也因为这个相对偏僻的地方，让我可以完全彻底地安下心来，认认真真有条不紊地安排好自己的每一天，我可以随心所欲地支配和掌握自己的时间，可以将生活还原到最本质的状态，可以每天栽花喂狗、读书写字，可以如此的自由和充实，可以抛弃一切城里原有的失落和失意，可以做到素面朝天的快乐，这一切，难道不是藏獒带回给我的优厚报酬吗？凡事有得必会有失，我得到了目前自己想要的自己喜欢的生活，同时也因此放弃了更多的，例如功名利禄前程，例如城市的热闹和朋友，例如生活的优越享受和现代文明的种种方便，这些那些，都因为藏獒而放弃了，但放弃的同时，却在精神上得到了更多的，甚至是意想不到的，因此人与藏獒之间，特别是我的认识里面，真的是一种不可思议的缘。

朋友常笑我经常说的一句话：人不如狗。我说每天都在为狗服务，伺候着这些大大小小的生命，因为它们，我将自己原有的生活习惯和生活享受都放下了，但我没有任何不甘以及怨气，因为我感觉和人接触久了，会更喜欢和狗在一起，特别是藏獒，它们会是这样的对你无怨无悔而忠诚一生。更多的日子里，藏獒就是我的伙伴，而不是我的宠物。它们是高原特有的守护天使，是顽强不屈的战士，是善解人意的精灵，是一种高贵而纯粹的精神。

第六章　我的生活，我生活的地方

一

冬日的一个清晨，在平淡的生活中反复思考之后，我决定选择再次转身，提着仅有的几件行李，告别拉萨走进了偏僻的郊区。这一去，竟然不知道何时才能回头，而且至今我还这样地满足于现状，我成了一个有文化的农民，心甘情愿。

海子曾经写过一首诗："从明天开始，做个幸福的人，劈柴、喂马……"看似很简单的语句，却勾起了无数人的憧憬。我不知道从什么时候开始，也成了一个看似幸福的人，虽然没有劈柴喂马，但栽花喂狗做饭，成了我在乡村独自生活的一种固定方式。不知道海子来过西藏没有，他在诗里说从明天开始周游世界，或许这个世界并不是由海子的脚步来丈量，而是海子内心像蒲公英一样飘移，在精神世界里周游着自己的国土。而

我，连周游的兴趣都没了，如果可以的话，甚至连门都不想出。

栽花喂狗做饭，读书写字参禅，多么富含诗意。外人这样看，但我只是一种生活方式的选择，我想我应该这样活着，于是就决定这样做了。熟悉的朋友开始担心我会自闭。其实自闭有什么不好呢，活在自己的世界里，一切都由自己做主。外面的世界当真很精彩吗？入我眼里，更多地看到的都是人们的无奈，我要真实地活着，就需要脱胎换骨一次。

忘记了是从哪一天开始，我在荒凉的院子种下了很多花，而且养了小小的藏獒。在高原这个永远不缺少阳光却缺少氧气的地方，空气稀薄成天高云淡，而早晚的寒冷，又时刻提醒你活着的现实。在虚幻和现实之间，我都如实地把自己裸露，包括我的悲和喜，或者不悲、不喜。我还活着，哪怕他人以为我死了，或者隐居了自闭了，其实我活得很真实并且是开心的。

忘记了是从哪一天开始，我过上了海子精神里向往的世界，我比海子幸福，而且幸福多了。我这样说，海子永远都听不见了，这样也好，免得海子会因此而嫉妒和不甘。其实生活真的很简单，我只是简单到了极点，反而让一些朋友觉得有点复杂。那么多花，那么多狗，以及高原上的憧憬让我忙碌不堪，我告别了拉萨的慵懒，拿起了工具。有时候守候和坚持就是一种幸福，为自己或者为了别人，守候在某个高点，虽然冷暖自知，虽然偶尔会很孤独，虽然有时候会没了言语，但守候和坚持的本身以及过程，已经远远超越了自身的定义，以及结果。

结果是真的并不重要。

从我们出生的一刻，就开始走向死亡，每一个生命的诞生，都是为了迎接死亡的到来。如果说死亡是出生的最终结果，死亡重要吗？一生

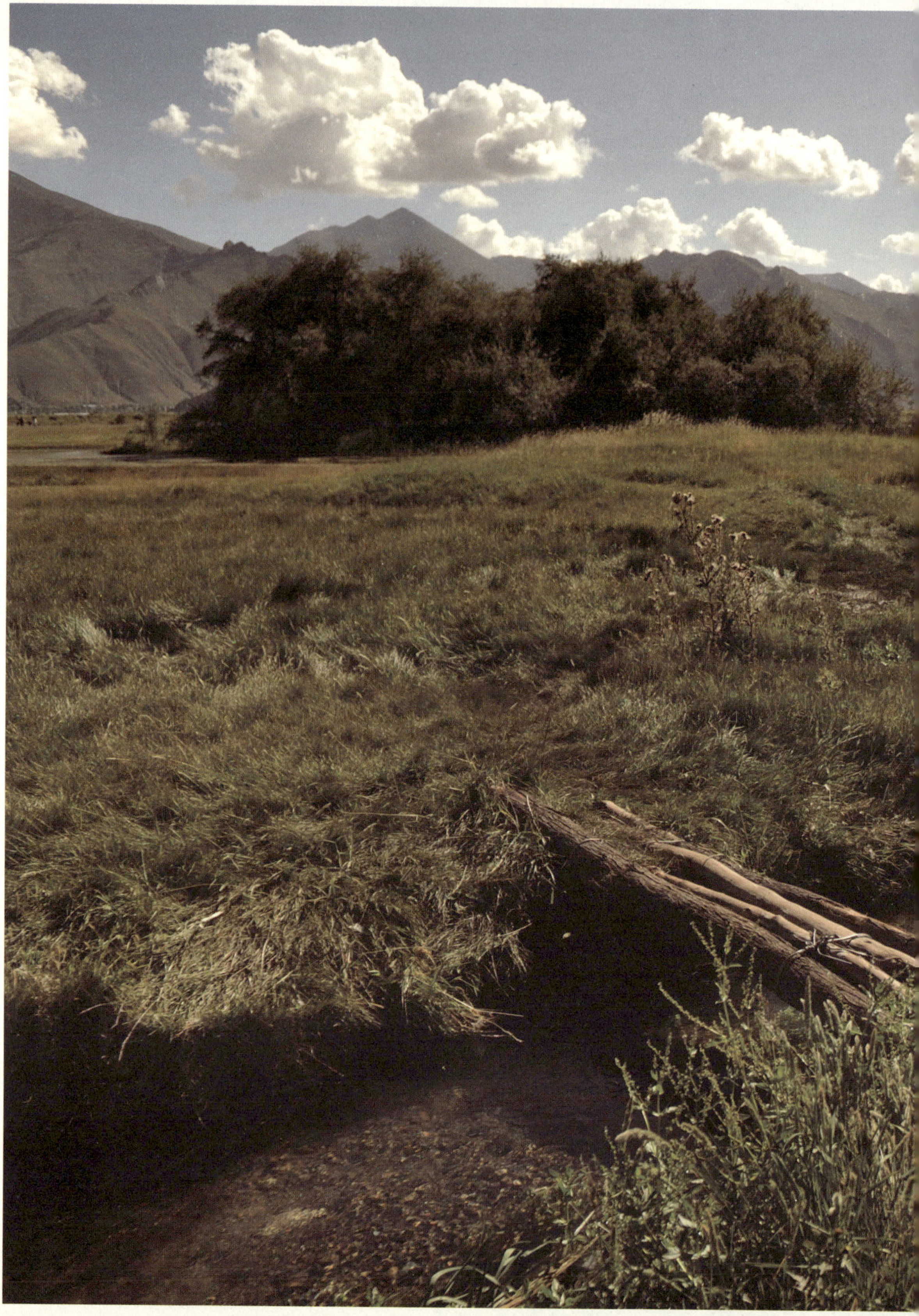

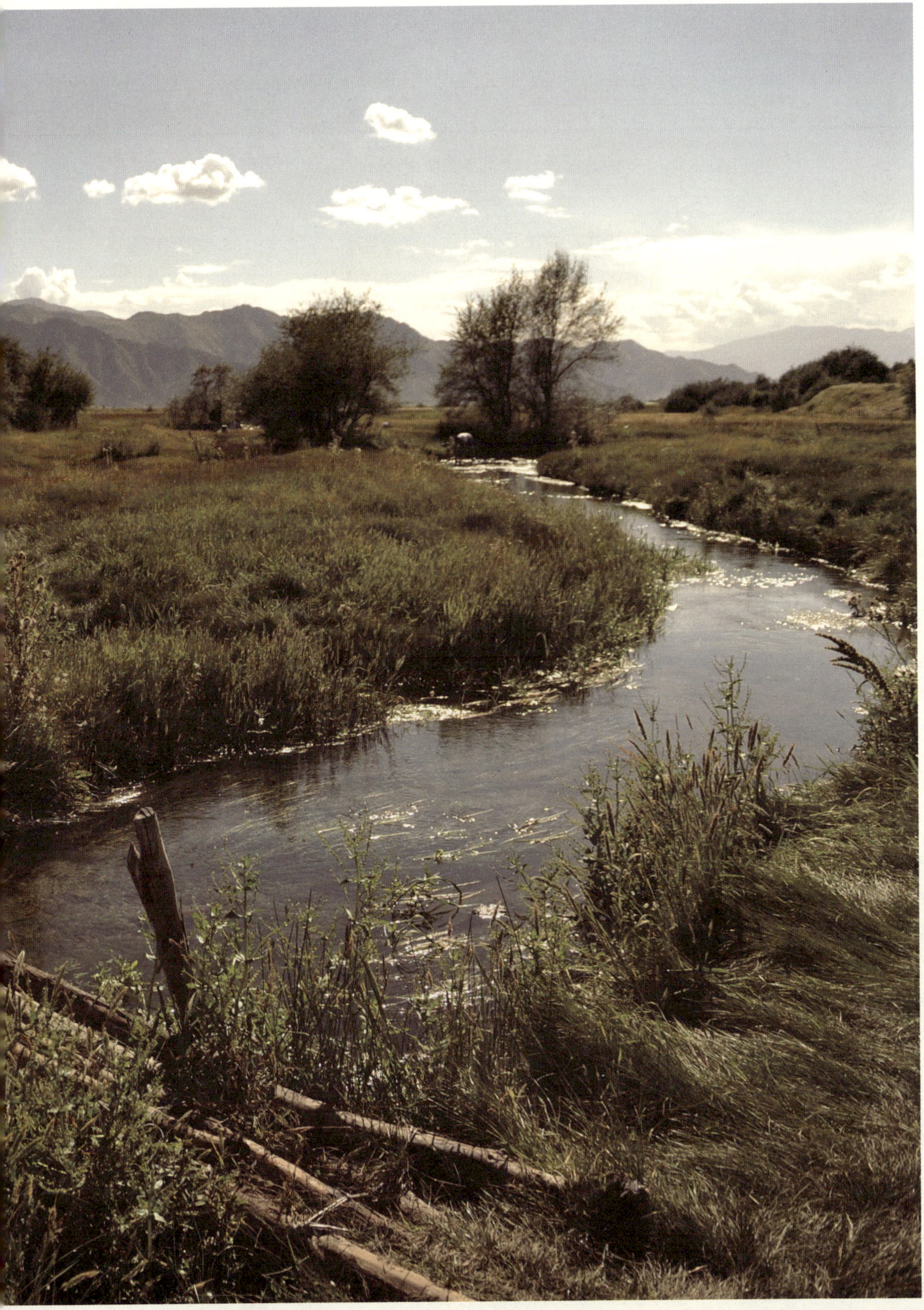

的过程，每分每秒的感受，才是真实的重要。重要又不重要，我是这样想的。

也忘记了是从什么时候开始，我变得更忙了。简单到不能再简单的时候，我却显得比任何人都忙。我开始修建属于我的瓦尔登湖。不，更确切地说，我是在扩建我的瓦尔登湖。

我将想象里的瓦尔登湖扩展了几十公里的距离。在一个紧靠山脚的地方，在两旁是无尽青稞田地的小小一隅，我把我的精神世界从拉萨延伸到了这里，延伸到目光的尽头。

冬天这里是一片荒芜之地，山无树地无草，而且我没有邻居。我在一个废弃的村落将一座废弃的藏式老屋改造成了我的花园、我的国土、我的瓦尔登湖。我并不担心目前的这种荒芜，现在只是冬天，一旦暖流回潮，四周就是绿绿的青稞地。我的附近没有邻居，这恰恰是我最欢喜的。

我变得如此忙碌了。一切都要重新开始，我在打造我心目中完美的瓦尔登湖。围墙、水、电、狗舍、厨房、卧室还有厕所，都能见到我忙碌的身影，百废待兴，我忙得不可开交，忙得疲倦不堪，却又欢喜着这个过程。常常在偶尔休憩的时候，我会想起梭罗以及他的瓦尔登湖，梭罗也没有邻居，只是一个人，但梭罗拥有属于他自己的瓦尔登湖。我在想象着我的庭院建好的日子，我牵着心爱的藏獒像梭罗一样悠闲地丈量着自己的土地，仿佛自己就是这片天地的国王，每到一个地方，都会以目光去收割，榨干了眼前所有，而后浓缩成小小的诗句。我用目光翻遍了所有，但又没有惊动所有。

我还幻想着晨曦随着第一声鸟鸣将我唤醒的沉静，以及那晚霞和风里青稞摇摆的香醇。我是那么的富有，老屋边上还有一片暂时属于我的小树林。现在是冬天，小树林光秃秃地沉默着，但只要闭上眼睛一秒，就能分明感受到春天抽枝的满绿。虽然现在没有一片叶子，但成群的麻雀早已经不耐严寒和寂寞，跳跃在枝条之间，可想而知，如果是春夏时节，会是怎样的热闹。

更让我惊喜甚至是动容的，竟然是成群成群的鸟，各种各样的候鸟，每日里都会在约定的时间向我报道，不，是向我问候，从不知道的地方飞来，有大雁、有野鸭子，还有硕大的黑颈鹤，不知道要飞去何方，就从我的老屋子顶上或者边上飞过，各种阵形，看得我欢喜而激动不已。这些鸟儿经过我的房前，都会打声招呼，嘹亮而热情，这都让我迫不及待地想要搬到这里。

还有很多很多的牛，早上自行外出，傍晚自行归家，不需要牧童或者鞭影，它们穿过我的门前，一些牛角上扎着彩条，一些脖子上挂着铃铛，晚霞声里慢慢悠悠地将岁月轻轻摇荡。

还有几天，我就会彻底搬到这里了，独自一个人，还有几条狗。当然，夏天你来敲门的时候，会是满园的格桑花香，还会有几株果树，还

会有葡萄和一串串的葫芦。当然，我会带你参观那片我心爱的小树林，那个时节，已经是绿色茵茵。没有人会想起或者惊讶于这里的冬天曾经那么的荒芜，也没有人会知道我的瓦尔登湖建造的秘密以及我辛勤的付出。这个过程，不是属于你们的，只是你恰好来到此处，看到了满眼的美景而后由里到外地感动。

不要问我是不是梭罗或者海子，不要问我属于哪里或者为什么。更不要问我以后的事情。不管你来与不来，我都在这里。不管你爱与不爱，我都在这里。为你们，守候在这里。

二

大年初一，我从城里回到了偏远的村落，昨夜的年夜饭就像是在跟昨天告别，去年已经去了，过去的已经过去了，我只关心我的选择，我

开始这样地迷恋这片偏远之地。

没有风,没有云,阳光正好,洒满了我不大的院落。荒芜的青稞田一望无边,那些零散的冬树依旧沉默,以一种倔强的姿势坚持。我的藏獒也无声地卧着,它们将日子顽固地归纳成属于自己的,和我一样没心没肺着。

在院子里挖了五个大坑,准备开春的时候种下桃子和苹果树,准备了格桑花、八瓣梅、大丽花和玫瑰子,还有葡萄和葫芦瓜的种子。院子虽然老旧而且偏僻,独门独院,但夏天的时候,我相信会变得很美。

这是一个破落的老屋,我来的时候甚至没有了围墙。一层结构,一个客厅两间卧室一个厨房成就了一个凹形人家。原有的主人早就搬到新居了,甚至整个村落都搬走了,留下的残垣断壁,让我日夜联想,也让我高兴不已,因为可以由我随意改造。

偶尔来访的朋友说我此刻像个地主,又像个隐士。我笑,没有水没有暖气没有人的冬天,没有了城市里所有的繁华和喧嚣,每一个漫漫长夜和白天,这里都只能是属于一个人的世界,每天还要不停地忙碌修建,别说是地主,就算是隐士也不会愿意的。

没有去想自己这是为什么,只是就这样去做了,做得热火朝天,做得筋疲力尽,而后在寒冷而孤寂的冬夜里独自喝着小酒取暖,想象着第二天还需要做些什么没有完成的事情。我不是地主也不是隐士,我开始做一个农民,我有了属于自己的一亩三分地,就不能让地给荒芜了。

不再有人来约束我的任性,我可以那么自由自在地分配每一天的时间,也不再需要闹钟、日历,我只需要工具以及纸和笔。一切都是想当然的,想起什么就去做了,做得很仔细,很认真,我活在完全属于自己的世界里，而且是这么多年来最真实而自由的一次。

冬阳和劳作，将我肌肤变得绯红，没有护肤品，我已经不需要了，于是一双手和老农一样结了厚厚的茧；没有需要更换的衣服，如果不是为了抵抗严寒甚至可以不穿衣服，因为从早到晚我不会见到有人经过，于是一件军大衣既是御寒之物，又是我的工作服，从冬天穿到春天，我不会因此而嫌弃自己。我实在是太忙了，每天是那么的充实，需要我去改造的实在太多，于是在忙碌当中把自己也渐渐忘了。没有任何人以及任何理由来强迫我这样去做，我只是觉得一切都是那么的理所当然和顺理成章。

休憩的时候，偶尔我又会想，自己这样是不是太自私以及可耻了，自私地拥有了这片只属于自己的天地，可耻的是可以如此地挥霍和任性着，离开了城市以及人群，当真是可耻的吗？有时候我会这样想，但却永远没有动摇过分毫，而且还变本加厉起来。

三

没有高级的照相设备，我拍不到这漫天的星辰。如果我将这样的夜晚定格成相片，会让多少人羡慕不已。可以这样说，当我和我的狗搬进了我的"瓦尔登湖"的冬天，在最初的连续几个夜晚，在我院落里，抬头就是满满的星辰。从没看过这么多这么低这么明亮的星星，哪怕是在拉萨的小区里，虽然也能时常看到很多的星星，但都没有这里的清晰明亮。

或许是太开阔了，四周都是漆黑的陌野，以至这些晨星显得分外的晶莹。我没有邻居，日夜陪伴我的是门前一弯冰层下的溪水声，还有我那几条心爱的藏獒，以及这满天星辰。那么密集的星星啊，此起彼伏地闪烁，没有起风的冬夜，让我可以这样肆意地看着夜空，常常让我不知道身处哪里，仿佛在阅读童年的书籍。

这个冬天，我还拥有了属于自己的一个藏式炉子，有房东送我的一袋麻秆，还有足够冬夜里烤火的柴以及干牦牛粪，只要打开院落的侧门，我在小树林子随手就可以捡拾一些枯木，这些都让我的冬夜变得温暖起来。

某天正午的时候一只麻雀不知道怎么进了我的卧室，而后在玻璃窗上寻找出去的路径，这是我的第一位访客，而且如此不客气地直接进了我的卧室，它并不在意惊扰了我的宁静。在 12 点 30 分左右有十七只黄嘴鸭集体飞过我屋子的上方，这是这个冬天我第二拨来访的客人，它们同样不在意我的存在，开始驻扎在这里。我还没开始丈量我周边的国土，也没开始熟悉我的这些陌生的伙伴，虽然它们每天在不同的时间会经过我的家门，在空中和我打声招呼，但我还没来得及放下手里的工具拿起

笔来——记录。

几天前无意中得到了两个标本，一个是马鹿，足足有一米多长，另一个是梅花鹿，我将梅花鹿的标本挂在了屋里画着色彩的柱子上，披上哈达，于是我又多了一个不会说话的伴侣。

几乎没有人知道我现在的日子，以及我的瓦尔登的真实面目，这又让我想起了诗人海子。想起一个在我这借宿过一夜的朋友说，你比海子直接多了，海子只是精神上想想而已，而你直接就去做了。他说这句话的时候，我俩在藏式炉子边上烤着冬夜，喝着拉萨啤酒，我们俩的脸庞被炉火暖得通红。

没有人怀疑我的极端以及孤僻，因为我选择了住在这里，选择了一个人几条狗的日子，选择了远离城市。没有人知道我的艰辛和满足，没有人知道当生活平淡和安静到了极点，人群会显得那么的多余。

这个冬天，我有了很多的朋友。就像那天我安静写字的时候，传来了几声鹤鸣，这些陌生的朋友飞过我的屋子，总要提前打个招呼，告诉我它们来了。于是我拿起相机，它们已经飞过了我的树林，脱离了拍照的距离，当我有点遗憾放下相机的时候，却惊喜地发现它们绕了一圈又飞了回来，并再次于我上方对我嘹亮地致意。这是黑颈鹤，雪白的翅膀庞大的身躯。我不知道它们从哪里飞来，为什么在我屋顶盘旋一圈后又朝来时方向飞了回去。我真的不知道为什么它们每次经过我的房前都会礼貌地打个招呼。这种感觉很奇特，但我也像老朋友一样欣然接受。而后这样的一幕一直持续了整个冬天，直到春耕之前它们飞走为止。

种花、喂狗、看书、写字、做饭、晒太阳发呆，我并没有与世隔绝，只是活在只属于我的日子里，这里远离了幸与不幸。

四

我的这个冬天很漫长,从十一月开始一直到来年的四月,基本上都是被严寒所包围,特别是晚上,干冷而寂静。但是晚上的夜景相当的美,天光还透着蔚蓝的底色,月亮通常在白天就高挂空中,和太阳同辉,一直到夜里,在蓝蓝的底色下或弯成一弦或圆如银盆,就那么安安静静地挂在天上。

这里的天空没有污染,也因为海拔的高度,使得进入眼前的星空显得分外的清晰,不论是晨星遍满的闪烁,还是一轮明月的独悬,都将冬天的长夜变得诗情画意起来。长夜里我没有什么可消遣的,于是偶尔会搬张木椅子搁置于院落,看树丫之间月亮像捉迷藏一样掩隐跳跃,跳跃是因为我好奇移动的目光,然后我再从树梢当中将它捕捉。我在数着黑夜的降临,安然等待这无声的神秘。常常抬头看那星空,看这辈子从没见过的夜空的丰盛,星星几乎大如小孩的拳头,而且晶莹剔透的亮,每每看见这样的夜空,就会让我想起了两千五百多年前的黎明,一个王子舍弃了繁华富贵,安坐于一棵菩提树下,在破晓时分抬头看见晨星的一

刻大彻大悟。我却终究是个俗子，哪怕看星辰一千遍一万遍，也只是看到诗情画意的儿女缠绵，而不会是彻悟生死的瞬间。

一个曾经留恋拉萨又离开拉萨的朋友到来，住了一个晚上，就走了，他说这里实在太过冷清。想起白天阳光灿烂的下午，他在太阳底下还捧着我心爱的《瓦尔登湖》在阅读。其实很多年前我已知道，孤独不是每个人都能享用的。他是个公认的才子，空有抱负和不甘，但依然被繁华和物质所束缚而未能免俗。

生活简单到了极点，但又忙碌得感到时间不够用。或许没有几个人能懂得这样清闲的日子怎么还会忙得不可开交。总觉得时间太快了太少了，以致我还有很多很多的事情没能做完。

当一切都安置好后，这个冬天，每天我要等待候鸟的经过，要记下晨昏或者夜色的变化，要观察季节的转变，还要丈量自己的国土。当然，不可避免地还要驱车远道去买菜回来做饭，因为冬天太冷，水被冻结了，还必须自己去门前的小溪里挑水，而后洗菜洗碗。更忙碌的是不能饿着了心爱的那些藏獒，每天照顾它们的饮食就要耗费半天的时间，还要浇花除草，忙完了这些那些，才有时间坐下来看几页书，或者写写文字。还有很多的计划未能开始实现，因为时间确实是太紧了。

即将就要开春了，藏历新年也快到来。跟村里的人定了一株龙达（藏族人新年插在屋顶的彩旗经幡），准备藏历新年到来之际安置在我的屋顶。还买了桃树、李树、梨树和樱桃，种树的坑也早已挖好；还有竹子、紫藤以及我喜欢的黑玫瑰、蓝玫瑰以及鲜艳的大丽花；当然，去年冬天收藏下来的八瓣梅和格桑花的种子也早已备好，还有葫芦瓜以及葡萄藤。我从来不在意结果，哪怕种下的这些种子或许并不能如愿开花结果，但只要我曾经播种，就已是我的收成。不能让自己太孤单，于是开春我要洒满这些种子。虽然物质上有所欠缺，但满园的绿色会将院子的荒芜装点，这是另一种生活的鲜艳。

我的庭院靠山而居，眼前和旁边是开阔的田野，田野在夏天会长满绿绿的青稞，会将冬天的荒凉彻底覆盖，也会让我的目光变得神采奕奕。晨起的时候迎着阳光远眺，山连着山的那头有雾色萦绕，在灿烂的晨光当中让人神往和安宁，其实在远方的这方，不也同样如此么？小小的世界，是无尽的生机。

五

我被世界遗忘，还是我遗忘了世界。

一个朋友曾经问我："真想不明白，你把大好青春怎么浪费在了拉萨的农村？真让人不能理解。"这样的疑问让我语塞，我说解释不清楚。其实我是不想解释。

我这样的路别人走不了，自己的感受只有自己知道。人都喜欢幻想，在自己的幻想当中去感觉，于是看上去永远都很美，这是因为有着距离。我在拉萨的日子，经过的种种，也只有自己才能感受和体会，很难用确切的语言来表达。曾经在文字里不止一次说过，从格尔木地段开始，世界就被我一分为二了。确实是这样的，火车进入格尔木开始，我的世界就变了模样。而在今天这片只属于我自己的天地里，对生活的认识变得更纯粹，我该怎样描述和表达，才能让我的朋友理解和明白呢，于是沉默变成了答案。来到这里，就不想再走了，好比疲倦的旅人回到了家里。

我朝着简单的生活越走越近，但在别人的眼里，我是越走越远了，冷清到极点，孤僻成一隅。这里是我的瓦尔登湖，没有人真切知道梭罗的感受，但瓦尔登湖这本书，我却一直认为就是为我而写的，一直都这样认为。这世界总不能一成不变大家都朝着一个方向，不能都生活在同一个轨道上，不能只有一个方向的思维意识。或许我就属于那一小撮的异类，我只是一直在坚持，做我自己，过属于我自己的生活，无论是大雅或者大俗，都与我无关，我只是在做着自己喜欢做的。

我的瓦尔登湖真的很宁静，哪怕孤僻荒芜缺少人烟以及冬日长夜的清冷漫长，但这是属于我自己的国土，我就是这里的国王。难道一个国王还会在意贫穷和富有吗？我不再刻意给自己寻找快乐和幸福，就像我养的藏獒，它们本身已经超越了幸福，它们在真实地做狗，真实地享受着每一天，而我在做真实的我，同样真实地感受着每一天。

我知道春天很快就要来了，因为在最严寒的时刻，我嗅到了生命的气息在悄悄涌动，我将更多的注意力放在了大自然和日常看似微不足道的变化里，还有什么比这种感受更真实？还有什么比漫长的寒冬过后迎来满眼春色更让我开心和动容的呢？

古人说：春有百花秋有月，夏有凉风冬有雪，若无闲事挂心头，便是人间好时节。如果我们将繁乱的心梳理平和，将焦灼的目光收敛安稳，身边的一切微小的，原本毫不在意的，这些被我们忙乱当中忽略过去的，好比早春的第一抹绿色，往往都透着生活的意义。

想跟朋友说，我是在珍惜眼前的，而不是在浪费生活。

第六章 我的生活，我生活的地方

六

吃过晚饭，我终于开始第一次丈量我的国土。拉萨的天黑得晚，已是傍晚七点多了，天还亮着，现在是冬天，到了夏季晚上九点天才会慢慢暗去。

我屋子左边是一大片田野，足足有十公里长，田野的尽头是连绵的山峦，夕色下的牧野非常开阔，虽然还未到播种的季节，但在我眼里此

枯漂的日子

刻已经满是绿油油的青稞在微风中摇摆了，还带着微微的清香。牧野尽头的山峦被夕阳映照，穷尽目光，仿佛那里住着神仙，让人遐思翩翩。

沿着屋子的右边行走，穿过石头小桥，是一大片荒芜的村落，很多土做的围墙都已经垮塌，曾经的人间烟火、曾经的繁华，变成现在无声的静默，人们都搬走了，留下了许多残旧的过去被我一一注视。村落前面是一条用来灌溉的小溪，溪水两旁错落着两排光秃秃的树，一直弯弯曲曲地延伸，村落边上还有一片不大的果树林，可能是核桃树，还有苹果树。一切都这样荒废着，安静着，在夕阳下面，只剩下我独自行走在这片废墟之间，感觉很奇特，好像这里的人们在一夜之间忽然消失了。

远处有牧童在驱赶回家的牛，向我投以奇怪的目光，我知道自己在他们的眼里，同样是突然出现的问题。是否我的搬迁，打扰了这里久远的宁静，但同时也给乏味的农村冬夜提供了一些新鲜的话题？

沿着溪流再走，又是一片开阔的田野，这也是我今天丈量土地的目的地，因为观察了好几天，发现那些晚回的黑颈鹤就在这附近盘旋。果

然没有让我失望，远远地就看见了这些身材高挑的精灵在这片暮野散步，这让我感到惊喜，没想到多年以后可以和大自然如此亲近。鹤群不大，大概十多只，黑白分明，悠闲的咯咯声此起彼伏，高亢嘹亮，脆脆地响彻天地之间。

带着满足沿着田野返回，到了自家门前，看见后山的顶部被夕阳染成了金色，那么的晃眼而温暖，而树梢上的月亮再次高挂了起来，在浅蓝色的天空下银白着自己的世界，树梢也不说话，积蓄的所有沉默，都为了即将到来的春天。

忽然就想起了仓央嘉措，这个佛门的浪子，人间的精灵，如果此刻他在这里，会写下什么样的诗句？

没有人陪我

读这苍茫的天地

没有人陪我

念诵清凉的诗歌

虽然这是冬天

寒冷肆意施虐

但余晖的暖色依旧暖烫了心窝

仿佛看见青稞已满田

还看见树木都已成绿色

连流浪的狗儿

也都茁壮成年

如有人问我

幸福是什么

我说你去问问那些黑颈鹤

它们寂寞了就会唱歌

它们也爱这人间的烟火

七

在这个村落，每天最幸福的时刻，莫过于被响亮的鹤鸣声叫醒的清晨，睁开眼阳光已经遍满窗户。因为没有邻居，四周显得非常安静，甚至能清晰听见自己血液流淌的声音。

西藏要比内地暖流来得晚，已经进入二月了，树木依然还没有发芽，光秃秃的枝干又冷又倔，但门前的溪流却是不甘寂寞，已经水声潺潺了。其实这道小溪应该是不干净的，因为许多的垃圾从上游漂移过来，但院子里的水管被冻住了没有干净的用水，我也只好每天提个铁桶在小溪里取水，每天将近要提十桶。每次蹲在溪流边上取水的时候，我感觉自己越来越像个村里人，我很投入也很认真地感受这宁静的陌野以及我目前的生活。

平淡无奇而且琐碎重复着，这就是我在瓦尔登湖的日子。没有了繁华热闹，没有了车水马龙的喧嚣，我离城市很远，离附近的人居也有着一段距离。天地突然变得很大，极目四周全都是山连着山。城市生活中让我感兴趣的事物越来越少了，而且我不再愿意多和人打交道，觉得很

多时候是在浪费光阴。身边的一切入到我眼里，像是浑浑噩噩行尸走肉一般，我不甘心随大流过这种醉生梦死的生活，于是我来到了这里，过上了这样的生活。

小鸟出现得越来越多，天气也渐渐开始暖和，春天的脚步越来越近，我在期待播下的种子发芽开花的夏天，那个时候我的院子会很热闹，会看到各式各样的鸟以及鲜花，还有我那片安静的小树林。不论是清晨还是傍晚或者夜深时分，我都在这里静静阅读岁月的篇章，感受季节的更替，踏踏实实地辛勤耕耘。我就差拥有两亩稻田了，再造个谷仓还有牛棚，我就变成一个彻头彻尾的农民了。其实这些都不是需要的，我拥有的空间已经足够大了，眼睛所到之处，全都是我的国土，包括那些农民以及牛羊，包括那些山那些树以及来来回回的野鸟，都是我的财富。到了青稞熟透的季节，我就会用目光一一收割这些大片大片的田野，还可以牵着心爱的藏獒去一一丈量我想走多远就走多远的土地。

很多朋友说我这样太孤独，一个人在这苍凉的地方，而且冬天是如此的寒冷。朋友不知道我会这样的忙碌，不论是白天还是在夜里，我都有做不完的事情。院子还有很多事情并没有完善，比如要打一口井，要做地平，要敷围墙，还想将小树林子的矮墙加高，还没有种下花花草草以及果苗，等等，每日里如此这般的诸多琐碎，忙完之后，我还要写字记录以及阅读书籍，因此我并不孤独，因为我完全没有时间孤独，相反，我是那样的自由自在以及充实。

我是真的累了，哪里都不想去了，这么多年来的东奔西走，是该我好好休息的时候了，做自己喜欢做的事情，想到了就去做，做就要做好，这一直是我的信念，爱的就是这个坚持的过程。

一个人默默期待着春天。

八

在我住处附近的村民养的基本都是奶牛，牦牛不多，村民说牦牛是每年藏历新年用来宰杀的，所以养得不多，奶牛是为了产奶供家里食用。说起宰杀，有天在路边看见村民宰一头藏香猪，把我给雷倒了。他们杀猪竟然不用刀，而是用条哈达将猪鼻子勒住活活闷死，据说这是因为藏民信仰佛教怕见血的原因。是一刀刺死还是被闷死哪一种更痛快和解脱，只有猪自己知道了。

这个田野经常有一头孤独的牦牛悠然在这片天地，听村民说这是村里某户人家发善心放生的，放生的牦牛可以一直到老都不会受到人为的伤害。我喜欢这头牦牛，村民说它已经在这里放生十多年了。每次看到这只牦牛我都会不期然地想到自己，我和它有什么区别？我又是被谁放生在这里的？它的未来和我的未来会是什么样的？我能感受到这头牦牛的心情，它很安静，也很安稳，除了吃草，它对身边所有事都不大关心，包括我的到来。修养如果能够达到这个境界，也算是心安理得了。

第六章 我的生活，我生活的地方

最近阳光越来越猛烈，仿佛到了夏天的感受，但家里的水管依旧冻结着，这让我有些烦恼，毕竟每天要提这么多桶水而且水质是污染的，会很折磨人。于是决定请人在院子里挖一口井，可是一打听，那要等三月冻土解冻之后，而且还要先查看是否有水源，因为我这里地势相对较高。我只能继续等待下去了。围墙还没敷泥，地平也因为天气原因未能填上水泥，还有狗舍的排水系统以及厨房客厅的一些添置，也都没完善，这些事情都急不来，而且只有我自己，但总归还是要做的。

今天天上没有一片云彩，使得天空看起来格外的蓝，这样的天也只有在高原才能看见，没有任何污染赤裸裸干干净净的世界。那些冬树仔细观看，都已经含苞待放了，或许在某一个清晨醒来，我就能看见枝头满满的嫩绿。

每天我的那些黑颈鹤朋友都如约到来，依旧是习惯性地在将近的时候打着嘹亮的招呼，我依旧习惯性地从屋子出来抬头给这些朋友们一个友善的问候，并且挥一挥手。昨天的鹤群是如此的庞大，足足有六七十只，这是我搬来之后所见到的最大一群，从山的那边一直盘旋到我屋顶上空，阵阵鹤鸣响彻我的耳际。我想我是幸福的，可以和这些精灵每日如此接近，并且和谐相处，这在城市里是永远不可想象的。拍了好多照片，其中一张孤孤单单的鹤影以及蓝天我做成了电脑的桌面，朋友看到后说这只鹤真像你三郎，孤单而固执地飞。

时不时会有一两个朋友远道而来，说来看看，看看三郎和三郎的日子。虽然现在的院子还很荒凉，还没有播下花草树木的种子，院子周围的树木也都没抽枝，光秃秃的山光秃秃的树光秃秃的田野，是这里唯一的景致。但朋友说莫名的欢喜，说欢喜这里的太阳，晒得人暖暖的，欢喜这里的安静，让人想不起什么事情。但朋友在欢喜的同时又相互疑问：换了自己能够如我一样留守在这里吗？答案都是不可能。我也知道，没有几个人能够在如此艰苦和荒凉的地方常住，因为这里目前连用水都没有，小河里垃圾太多，水很不卫生，但我也习惯了，因为我觉得更重要的事情并不是水源，而是我自己能否坚持下去。凡事最怕认真和习惯，一旦认真了就会决然，一旦习惯了就会麻木，甚至成瘾。当孤单成为了习惯，也同样如此，生活方式又何尝不是。

我不需要人同情和怜悯，更不需要那些长吁短叹的感慨，因为我是在做我自己喜欢的事情，很多年了，我一直都这样，死不悔改地决然前行。从来就没给自己预定或规划过未来以及方向，都是随遇而安。我不是个户外老驴，甚至不理解那些玩户外的人是为了什么，但内在的精神世界里，我就是一个浪子，仿佛没有家却处处都是家的旅人。

很多年以后，当物是人非我不再敲敲打打这些日子和文字的时候，不知道这些闲散杂乱的文章还有没有任何价值，如果还有人翻阅起这些曾经的日子有所缅怀，或许会如我一样，偶尔也会为这些日子的平凡清寡所感动以及得到某种平静。

我曾经来过这里。而你曾经把我的日子和生活静静朗读。

九

今天是正月十五元宵节，拉萨下了一场雪。下雪的夜里不觉得寒冷，一觉无梦到天明，或许是白天劳作累的，以致睡眠很沉。清晨起来远山已经白了头，而鹤群依旧如约从屋顶上空飞过，这样的景致和空气，显得格外的神清气爽。

自从情人节那天开始忙碌栽种下果树和花种之后，现在每天起来的第一件事情就是查看那些果苗和花草是否成活。2月14日，许多人在为如何约会伤透脑筋费尽心思的时候，我却为这个院子忙碌了一整天，先是搬土，在屋子外面田野里将土一筐一筐地运送进来，而后栽种下了一棵砀山梨树、一棵李树、一棵樱桃树、一棵苹果树以及一棵蟠桃树和一棵油桃树，还有五棵金钱竹。累得我半死，毕竟这里是高原，海拔将近四千米，但一想到花开结果的日子，心里又是甜滋滋的。

苏东坡说宁可食无肉，不可居无竹，又说无肉使人瘦，无竹令人俗。我不是要做个文人充雅，但居住的环境有几棵竹子也确实会令人心情愉悦许多，这是视觉感官和精神的享受。而种下这么多品种的果树，或许是源于我的贪心，不论那些果树是否能够结果或者果实是否因为高原气候而变异，只要成活而后如约开花，就是我的最大收获和满足，因为这是我的庭院，我的瓦尔登湖，我不能让她在自己的手里荒芜了。

2月16日，又种下了大丽花、紫藤、葡萄，还播下了黑玫瑰和蓝玫瑰以及向日葵的种子。虽然早已立春，但是拉萨的早春还是很晚才到来，比内地要晚很多，因为拉萨基本上就没有春天和秋天的概念，总是忽冷忽热。

小树林的围墙也开始拔高动工，为了不让藏獒跳出去唯有加高，这样对我自己居住也很合适，那么这片小树林就真的暂时属于我自己了，我在这里一天，就是纯粹而富有的地主，我从来没有想过能够拥有这么大的空间。

十五前的夜晚，月亮很亮，早早就挂在了天上，也使得我早早就感受到了一种别样的宁静以及孤独的洗礼。虽然这里很偏僻每天很劳累，但能够切实拥有和享受这份自然以及天地，我也是独醒而幸福的，小藏獒在一天一天长大，我也从中得到了从未有过的满足。栽下的小桃树竟然悄悄地在墙角开花了，让我惊喜不已，春天是真的来了。

我把春天用竹篱笆给圈了起来。

正写到这里，突然听见院子里哗啦啦的响声，跑出去一看，可把我

给乐坏了！原来山上的泉水一直都冻住了，现在突然解冻奔淌了出来，这可是我生活的重要源泉啊，这让我从此告别了门前小河里备受污染的水源，也告别了提水的体力运动，这真的让我激动不已，欢笑着嘴巴合不拢来，围着水龙头不断地转圈子，而且尝到这股山泉水竟然是甜甜的。虽然无人和我分享此刻的兴奋，但我真的是那样的开心和幸福着。在小年夜我的母藏獒为我带来了一大窝健康的小藏獒，而今天元宵节又给我带来了另一个惊喜，我真的感恩，感谢命运之神给我的恩宠，如此的幸运。

瓦尔登湖的春天就这样突兀地降临，在我已经逐渐快要忘记的日子。

+

不要说羡慕，也请不要说真的理解我。

大年三十回市区客栈匆匆做了个年夜饭，为了一些远道而来的，以及一些留在拉萨的朋友，每年我都会在这一天亲自下厨。没有邀请更多的人，是因为不想看到热闹过后的冷清，而后风尘仆仆地回到郊区陪狗狗们度过了整整一个新年。情人节，我在挖土浇水种树，元宵节自己在弄篱笆墙以及修整狗舍，我不知道这有什么值得去羡慕的，自己一个人住在荒郊野岭，仿佛孤魂野鬼，一个礼拜洗一次澡，脸干脆不要了，天寒地冻的，而且时刻跟尘土和狗打交道，洗也是白洗。更何况干净的饮用水被冻住了，只能每天使用污染的小河里的水，这已经成了这个村里的笑资，今天山泉水终于解冻，干活的村民笑我这是村里的一大新闻，你终于能够用上自来水了……对于那些听闻我生活而感兴趣的城里的朋友，这有什么可值得羡慕的呢？

过自己想过的生活，每个人其实都可以做到的，但我们总是想方设

拉漂的日子

法给自己种种障碍和理由，因为不舍得、放不下，那又何苦去羡慕他人呢？真过上我这样的日子，又有几个人会心甘情愿以及坚持下来？所以没必要自己欺骗自己，说自己真的很羡慕我这样的生活。这是地地道道的农村，而且我只有一个人，远在西藏高原的农村。屋子后面是光秃秃的山，左右是光秃秃的田野，四周是光秃秃的树，什么都是光秃秃的，月亮也是光秃秃的。如果有点怪异的动响也会把人吓个半死，因为四周实在太过安静了，只能听见狗叫和流水声。厕所是泥巴敷的，围墙是泥巴敷的，你不认识一个人，也语言不通，每天看星星看月亮数飞鸟期待早春的到来期待冬天的结束，每天照顾狗照顾自己忙这忙那的琐碎日子，我不知道朋友们羡慕的是什么？狗不会说话，只会眼瞪瞪看着你，你看着它相对两无言。想吃个青菜都要驱车到镇里，更别说其他的生活用品以及热水澡的享受了。停水停电，寒风呼呼，夜里只能点个蜡烛或者独自围炉，手脚冻裂时的痛，我的朋友，这样的日子你会真的喜欢吗？请不要轻易说你真的很羡慕。

也不要轻易说理解，这有可能会造成一个无心而更遥远的距离。一个大好青年放弃城市的优越条件跑到高原跑到农村一个人圈养寂寞和孤独，你真的理解？或许骂我神经病还要好些，总比理解两个字让人多少痛快些。我没有同类，因此才会另类，既然不是同类，你又怎么可能理解呢。如果真的理解，为什么你不会来和我一样地生活？或许只是理解我是个有点不正常的人吧。

生活总是艰辛而无奈的居多，不论你是在繁华的都市还是偏远的村落，不论是在深山野林还是喧嚣的街头，不论是逃避还是接受，你都要面对最真实的自己。你到底想要什么？这是每个人都无法回避的问题。我只是暂时找到了我一直在苦苦寻找的问题或者说是自己的需要，如此而已，而且还是暂时的。这个过程所付出的艰辛，远远不是语言所能描述的，也不是体能上的辛劳和疲倦。总有一些人不愿意，不愿意行尸走肉傀儡般地活着，不愿意随波沉浮，不愿意妥协和将就，哪怕生活的物质享受降到了极点，简单到了对自己残忍的地步，但他活得比谁都认真和真实，他好歹做回了一次自己，将生活还原了一次。

我的朋友，不要轻易就感动，也不要轻易说些不痛不痒的字句。每个人都有不同的生活方式，羡慕他人就是在强加自己，理解别人就是迷失自身，如果你和他并不是站在一个轨道线上，那么风景就是完全不同的，说羡慕或者理解，都是对自己和他人的不尊重不负责。

这么多年了，有这么多的朋友在默默关注我的心迹和生活的路程，我很感激，但有时候某种关心和好奇，反而成了我的负重。我不属于某一个人，甚至不属于我自己，甚至不属于这个世界。这样苍凉成苍白的话语，我的朋友有没有人真的懂得？甚至这么多年来这么多的文字，都没有写进过我的真实，能写出来的，都是可以说的。写不出来的呢，只能装在心里烂掉了。

《瓦尔登湖》，认真看过这本书的人并不多，因为诸多杂乱影响，根本就无法静下心来看进去。而在今天，梭罗已经离我很远了，我已经不再惦记，我和他已经产生了距离。可是我还在说我的瓦尔登湖，其实是你们的瓦尔登湖，我只是曾经来过，留下了一个背影，却成了一些人的记忆。

十一

晚上出门方便，差点摔一跤，脚底一滑，打手电一看，竟然一地白雪……

今天是元宵节，下午久冻的水管突然冒出了泉水让我惊喜不已，结果晚上来了一场雪。我开始担心我刚种下的那些果树和花草的苗，会不会被这场雪给冻死。

不过春天来之前也极需要这样一场雪，雪后枝头就会抽绿，而我新种下的这些幼苗只要能抗过这场大雪，就会茁壮成长，所以我还是有所期待。

而院子里的藏獒仿佛宠辱不惊，卧在雪地里一动不动，看见我出来站起来抖下一身的雪花，如此安静的世界，我独自享受。

我说晚上怎么越坐越冷了，连窗外下起了雪我都麻木得未能听见。没有人在乎这样的日子，城里的火锅和酒吧的暖和，离我已经很远了。给自己开了一瓶拉萨啤酒，为了这个春天，瑞雪兆丰年的一夜。我的瓦尔登湖，冬天就要走远了，我却有点怀念，怀念这段安安静静寒冷孤寂的日子，怀念那个藏式炉子，以及曾经多少个深宵里自己茕茕相吊的影子。

中午炒了个白菜，把昨天的剩饭热了，将昨天剩下的一点川味冷香肠埋在饭里，突然感觉很奇特。如果我不知道饭里面藏着香肠，那碗里就只有白菜了，我会不会难受？我想我不会，因为很多年前哪怕是一包榨菜也能干下一大碗饭。但知道饭下面还埋有几片香肠，我还是很开心的，就好像小孩玩游戏一样，仿佛泥沙里面有个宝藏需要自己慢慢挖掘，而这个宝藏是只属于自己的。

我喜欢一个人的日子，虽然有点孤单，但不会有人来指手画脚地告诉我该怎么做或者要做什么，也不会有人来告诉我什么是对的什么是错的，我也不用去左右逢源自讨苦吃地迎合别人，其实生活真的很简单，吃就那么大的肠胃，睡就那么大的身体，温饱解决了，其他都是额外享受。

生存和创业都很艰苦，但我一直在努力。结果是什么样的不是我能左右的，但我从来没有像在今天的日子里，那么的辛勤，而且一次比一次疲惫，越来越艰辛，而内心的世界却越来越平静。

很多拉萨熟悉的朋友忽然看到我现在的样子，而后看到我现在居住的环境，往往愕然得半天说不出话来，那种表情让我忍不住想笑。于我来说这一切都是很自然发生的，但对于熟悉的朋友未免有点消化不良的反应。是的，我变得邋遢得不能再邋遢了，一件军大衣年前穿到年尾就没换过，蓬头垢面，风尘仆仆，两只手从未干净过，脸也经常不洗，不是我不爱干净愿意这样糟蹋自己，而是我没有时间和精力以及条件来打点自己，我甚至忘记了自己的存在。每天每时所接触的都是苦累的脏活，喂狗弄土修建，搬砖搬水泥浇花清理狗粪垃圾等等，獒场还没有弄上水泥地，都是沙土，一阵风过就是满脸满身的尘埃，何况还有狗，还有工人每天的施工，这些那些都必须我自己亲力亲为，再没有时间去享受城市的乐趣，也没有了这种爱好和心情，我已经远离了城市。如果我刻意要保持干净，就真的是在跟自己过不去，你可以想象一个在工地每天忙碌施工的工人，让他干一会儿就洗干净脸和手涂上护肤霜接着再施工，这不是神经病么？

每天都在重复着这些那些的琐碎，感觉做不完的事情，时间都是需要挤出来的。就像今天，一早起来就是把狗喂好，而后驱车去很远的地

第六章 我的生活，我生活的地方

方寻找废弃的竹子，然后剖成长短相间的条，将未完善的篱笆弄好，而后是十只小狗的喂食，接着是自己的午饭，考虑到院内的排水以及狗舍的清洗，又要外出买砖买水泥，工人施工也常常要我现场监督和调整，接着是浇花清理狗粪便，而后又开始弄狗吃的，天也就渐渐黑了，接着再弄自己吃的。像这样那样的事情，每天都有新的问题需要去解决，而

最基本也无法逃避的就是狗和自己的温饱问题，还有狗的营养食谱以及生病健康问题。我的感冒咳嗽从年前直到现在都没好，因为高原的气候原因，我对自己可以无所谓不大关心，但狗可不能病了。

朋友不能够体会这种忙碌和辛苦，而且长夜是如此的漫漫和冷冽，可这些都是我必须去做和面对的，区别在于我是心甘情愿自己选择的。可是朋友并不懂得这里面所付出的艰辛以及过程的繁琐和灵魂的孤寂，只会在遥远的距离外感慨或者好奇。是的，当你从城市里走来，在夏天来到我的院子，会是莫名的惊喜，有那么多美丽的花花草草，还有那么多漂亮的藏獒，而且可以远离城市的人群以及那些纷繁的是是非非。朋友都说很羡慕，而我听了，想笑却无法笑出来。我不知道这是我的悲哀还是城里人的悲哀。文字记录了我的生活以及我的性情，但这些记录都纯粹是属于我自己的，我把我的生活拿出来给大家分享，并不是为了换来我的难过和点评。

我在为城里的朋友打造精神上的家园，为朋友创造一个他们永远都无法实现的梦想，或者想象当中的天堂，而不是为了我自己，否则这些文字和生活的记录，又何必公之于众。我想告诉我的朋友，生活还有另外的一种方式，自由也有另外的一种模式，世界还有另外一种人，不会同流，不会麻木和妥协。我为悦我者，为精神苦痛者，为遗憾无奈挣扎的朋友留守在这里，告诉大家还有这样的生活，而后让遥远的人们在枯燥无味的日子里或许有所寄托和慰藉，希望使每一个阅读过这些文字的朋友都拥有一个属于自己精神世界的瓦尔登湖。

我的生活就像今天在饭里埋下的冷香肠，没有什么价值可言，只是平常得不能再平常的温饱，但在这平常当中，总会找到属于自己的喜悦，哪怕是小小的。

十二

小树林里的围墙垒了好多天终于封顶了，感觉到了一种辛勤过后的异样满足。而山泉水的到来，让我有点烦闷的心情和辛劳仿佛也一扫而空，每天能够用上山里清甜的水，我真的很知足。

这些天温度依然寒冷，那些新种下的花苗树苗也不知道能不能挺过来，这也成了我每天早上都要观察和等待的心病。手又多了几个口子，已经习惯了，自从决定来到这里，从头到尾就和农民没有什么区别，每天都有很多事情要做，忙得没有时间照顾自己。藏历新年就要到来，不抓紧就找不到工人了，而且春天也马上要到了，我想赶在春天来临之前全部完工，那样我才能好好地享受这个春天给我带来的快乐和满足。

虽然累，但我还是抽时间尽量往周边走走，一个人的世界，并不孤单。我住的地方，在中午以前基本上都是安静而肃穆的，偶尔会有些鸟叫或者经过我家的鹤群打破这种寂静。藏民们还没有播种，藏历新年过后屋子两边这片田野就要开始忙碌了。今天我的鸟类朋友又来到了附近,而且比平常都要近很多,两只黑颈鹤,应该是夫妻,还有一对黄色的野鸟很好看,另外还有一大群我叫不出名字的很美丽的水鸟,白色的身躯几道黑色的头纹非常夺目,同时出现在我的面前,像赶赴一场盛宴。这些候鸟都很健康,壮硕而精神,我没想到会离我如此的近,一直等到我靠近不到十米的时候,它们才次第飞起,而后咕呱着将宁静的正午打破。

我院子周围的树木也都开始挂满芽蕾了,每一个枝条都是密密满满的,看来这个春天更不会寂寞。

很难告诉别人我眼前的荒凉以及感受,或者小小的激动和欣喜,也很难告诉人们我的坚持和希望是如何一点一滴堆积起来的,我孤单也不孤单,生活简单而丰富,琐碎而平常。每一个繁星密布的夜里,以及每一个安安静静的早晨,我都会被狗叫声以及鹤群声所打动,我不知道世界离我有多远,也不知道人们离我有多远。很多个夜里我也有梦,梦里都是些支离破碎的景象,很多的梦境醒来却再也想不起来,这些那些都无所谓了,我只是固执地坚持,坚持一种自己也说不清楚的固执。

昨天内地一个很多年未见的小妹妹发来消息,说再过两个月就要结婚了。我很欢喜,每个人都应该有自己的归宿,更难得的是平常少言寡语的她,要求我如果不能参加婚礼的话,是否录制一段现在生活的视频在她婚礼上播放,我好感动,想不到这么多年了,还有人如此认真地对待,把我珍惜。可是我真的找不到合适的话语来告诉幸福的她,每天我的生活简单而忙碌,几乎脱离了肉体以及物质,每天每夜都是无人的旷野以及冬天,陪伴我的是不同的候鸟以及藏獒。我只能把这最原始和简单的冬天告诉她这是高原的景象,告诉她田野还没播种,但春天就要来了,还有很多很多的候鸟是我的朋友,以及夏天会看到我院子最美丽的样子,等等,这些都是我最纯真和朴实的祝福。

很多时候我都很安静,独自行走在风起的傍晚,看夕阳西下月亮东升,看树梢婀娜晚霞寂静,没有人和我说话,我用目光丈量我的土地,我走过的每一步,都会是一种静静的欢喜。鱼在水里就好比心在诗里,于是忘记了水的存在以及诗的悠然。

十三

夜色终于将白天的辛劳安静下来,今天炒了个小白菜,还有个青椒炒肉丝,虽然自己厨艺不精,但吃自己炒的菜总是觉得很可口,特别是累了的时候。

所说的夜色,只是夜幕开始降临,晚上八点了,天还灰亮着,经过一天的工作总算到了歇息的时候。好多事情都堆积着还没开始,因为进

拉漂的日子

度拖着，也没有办法，总有一个局限卡在那里让你慢慢消磨。

今天把该做该准备的都弄好了，明天是最后的大工程，平整地面。拉萨每年六到八月会是雨季，如果地面不用水泥铺平，结果会很糟糕。荒弃了很久的藏式老屋子，早已经被风雨侵蚀得面目全非了，而屋顶还漏雨。

真不知道自己是怎么安心在这里的，如果不是时时有人问起说起，我还以为自己本来就是这里土生土长的，本来就是这个样子。难道我前生是个藏族人吗？或许是一只藏獒？我不知道，也不想知道，只在意现在的我是否安心，是否过得好。

小奶狗开始到处乱爬了，全然不知道我这个姥爷的辛劳。有时候工人施工的时候我要给狗喂食，好几个大盆子，还有水盆，来来往往，还要清理狗粪，每每这个时候我都有点尴尬，工人辛劳是为了我，而我辛劳却为了狗，换做我是工人，我会怎么去想这个人和他养的狗呢？社会确实是有点问题的，起码在价值观上，以至我选择了去伺候狗，而远离了人。

294

最近和我接触的朋友，都是社会上看起来最底层的，养狗的，种菜的，卖水果的，销售水泥砖头的以及这里的村民。我却乐意于这种交往，因为自己本身就已经和他们没有什么两样，就好比我穿着这件年前年后都没有换过的军大衣到任何场合陪朋友吃饭都没有异样感觉一样，所不同的是他们不知道我还会写几个文字。

这种基层的朋友相对来说都比较好接触，起码俗也俗得真实，虽然有时候很抠门也算计点小利，有时候说话缺少一点文化水平，有时候有点势利眼。但总的来说，交往还是很轻松的，因为他们对生活对朋友要求并不高，生活也不讲究享受，更没有什么远大的理想，而且不那么爱干净，也不一本正经地说话，这正合了我的心意以及性情。这些朋友岁数都不小了，基本上都有了老婆和孩子，但性格依旧开朗嘴巴把不住门，但这又怎能妨碍我们坦诚的交往呢？

身体确实不是很重要的，虽然都说这是革命的本钱。看那些农民兄弟，又有什么营养或者卫生条件可言？却照样五大三粗，有着超人的耐力和气力，干起活来一个比一个强。他们基本上都没有什么文化知识，但是手工活包括水、电、木工、泥水、焊接、切割、建房子、种地等等几乎全会，都是自学成才的，就差不会生孩子了。比起城里的人，我觉得他们要伟大得多，而且幸福得多，虽然看起来脏兮兮的，但他们的快乐很容易满足，而且充实。

这些朋友都很热心，几乎是有求必应，不要求也会自己跑来看看能够帮忙做点什么。其实这个社会有谁是傻子，只是区别在于有些人愿意吃点亏而不觉得什么，有些人一点亏都吃不得罢了。

夜色是彻底降下来了，一两声狗吠让我觉得如此的亲切。在一个人的日子里你必须要学会如何消遣孤单，不让这种慢性毒品形成依赖的习惯。于是你必须学会囚禁自己，把情感细腻，细腻到每一个新鲜的事物，去挖掘里面的新奇。而后你还要学会记录，记录每一天的心情和感悟，记录美好或者不如意的，写完就算，一天就这样在不知不觉当中过去了。

其实这个世界上，没有人待不了的地方，也没有什么是不可能的，只有愿意不愿意。这世上也没有什么是放不下的，只有愿意不愿意，想记起就永远不会忘记，想忘记就永远不会记起。苦和乐，得与失都是自己制造的，跟别人真的没有什么关系。

十四

光阴如同沙漏

在我很小的时候就知道这句话，但直到今天才突然明白。每天睁开眼睛，满耳都是鸟鸣，而后是阳光遍满窗户的宁静。这种无言的静谧让我忽然感受到光阴的离去，不是从指间，也不是从目光里，而是在血管里，一种流年，如同沙漏。

而今我居住的地方已经远离人烟，如果这也算是一种隐居的方式，我是愿意的。离城市三十公里的距离，已经荒僻成了另一个天地，前后左右的土墙垒成的村落，人们早已搬走，失去人气的屋子，很快就破落坍塌了。只有那些树林还坚持着自己的生命，而今是春天伊始，树梢布满了等待抽芽的嫩蕾。

在等待当中更能体会到光阴的沙漏，因为太过缓慢，反而让人感受到了某种游移，是这样的轻轻浅浅。新种下的果木苗在早些天前已经冒出了一星微红的嫩尖，但整整一个礼拜的时间里，依然如初，没有半点新意，时光就这样缓慢地渐进着。

天气依旧冰冷。起风的日子飞沙走石，雪将下未下。人和树都在期待着最后一场大雪的到来，之后才会春暖花开。

陪伴我细数流年的除了那些树，还有每日经过我屋子的候鸟，有麻雁、黄嘴鸭，还有成群的黑颈鹤。每天的清晨和傍晚，它们都如约而来，并且熟络地与我打声招呼。它们的声音伴随着翅膀，把光阴裁剪，也将我的目光带去了很远的远方。

我养的藏獒，在春意渐浓的日子里慵懒成病。阳光底下，大狗小狗横斜在自己的梦里，风将藏式的窗帘卷成了波浪，和着藏獒的长毛在风里微微摆动，流年，流年，真的似水。

陪伴我的，还有漫天的星辰，以及冬夜的炉火。偶尔柴火噼啪地炸响，让我错觉成春天的冰裂以及枝头花朵绽放的声音。还有那一轮清晰的上弦月，静静地挂在枝头，又是流年，如水般的清澈。

我离城市很远了，那些往事，那些熟悉的人，渐渐陌生。寻寻觅觅这么多年，其实只为了找到一个属于自己的安稳，来到这里，就再也不想走了。我不知道是自己把世界给遗忘了，还是世界把我给遗忘了，我只是在这里，门前是一条小河，左右是无尽的田野，田野即将在春天里种下一地青稞。

高原的阳光真的很好，渐渐将我以往发霉的片段晒干，每一个毛孔都在伸展，呼吸着春天将来的味道，以及阳光的味道。浇花喂狗劈柴，读书写字发呆，我的流年忽略了世界，甚至忽略了我自己的存在。

十五

最后的天光从山峦渐渐隐没,露出一线肚白,天色就暗了下来。狗儿也安睡了,还哼哼着做起了梦。一轮明月高挂,树梢无风,悄悄的静,软软的心。

那些荒芜了一整个冬天的田野,终于在今天迎来了喜庆,每一块分割成诗般的有序里,村民户户集结,献上最好的美酒,还给崭新的犁地机披上了洁白的哈达。藏族同胞的开春仪式,简单而隆重,穿上最美的衣服,只为了秋天收获的祈祷。这片土地,是他们一年的收成,也是孩子们一生的希望,没有理由不勤劳,也没有理由不精心来打造。

而我,独自站在路边看着眼前所有轻轻地笑,仿佛眼前的快乐也是我的憧憬和我将来的收获,因为我屋子前的这片一望无边的田野,冷漠了一整个冬天,没有耕牛也没有农民,苍凉已久的灰黄,也是我心田已久的渴望,那片绿油油的青稞,曾让我在梦里想了又想。

春天是真的要来了,开始让我有点慌张,不知道那些枝头以及我的庭院,届时会是什么模样。我于这片土地,无疑是陌生的孩子,而这片天地于我,仿佛处子的柔情。这是我来到这里的第一个春天,以及第一个花季,还是第一个新奇,需要以最大的耐心来慢慢熟悉。我又想起了梭罗以及梭罗在瓦尔登湖畔的日子,想起了梭罗的那只笔,以及夕阳下那闪着麦田金色的草帽檐。

春暖就要花开,我眼前的这片土地在亿万年前一定是大海,这也让我想起了北大那个名叫海子的精灵,此刻为什么没有和我并肩在夕色里轻轻地笑,一起抽着廉价的香烟。

云将月色隐了,我的藏獒悄悄走进了屋里,一身比夜色还浓密的长毛柔软了我的视线,它看着我,如此地好奇,我看着它,这样地亲近。

第六章 我的生活，我生活的地方

从刚断奶的日子抱起，到现在长成了大小伙子，这就是岁月的痕迹。

　　远离城市，一个人的日子，所有的孤寂被孤寂所吞噬，所有的尘埃被尘埃所掩埋。没有人知道我的过去，也没有人好奇我的将来，甚至没有人知道我的现在。

　　炉子的火将要熄了，我的长夜才刚刚开始。想起了冬夜里写下的那首诗，我开始朗诵给自己：

　　没有人述说冬天的故事
　　有个人生起了小小炉火
　　长夜被煨得火烫
　　寒冷在彻底燃烧
　　一个人的世界

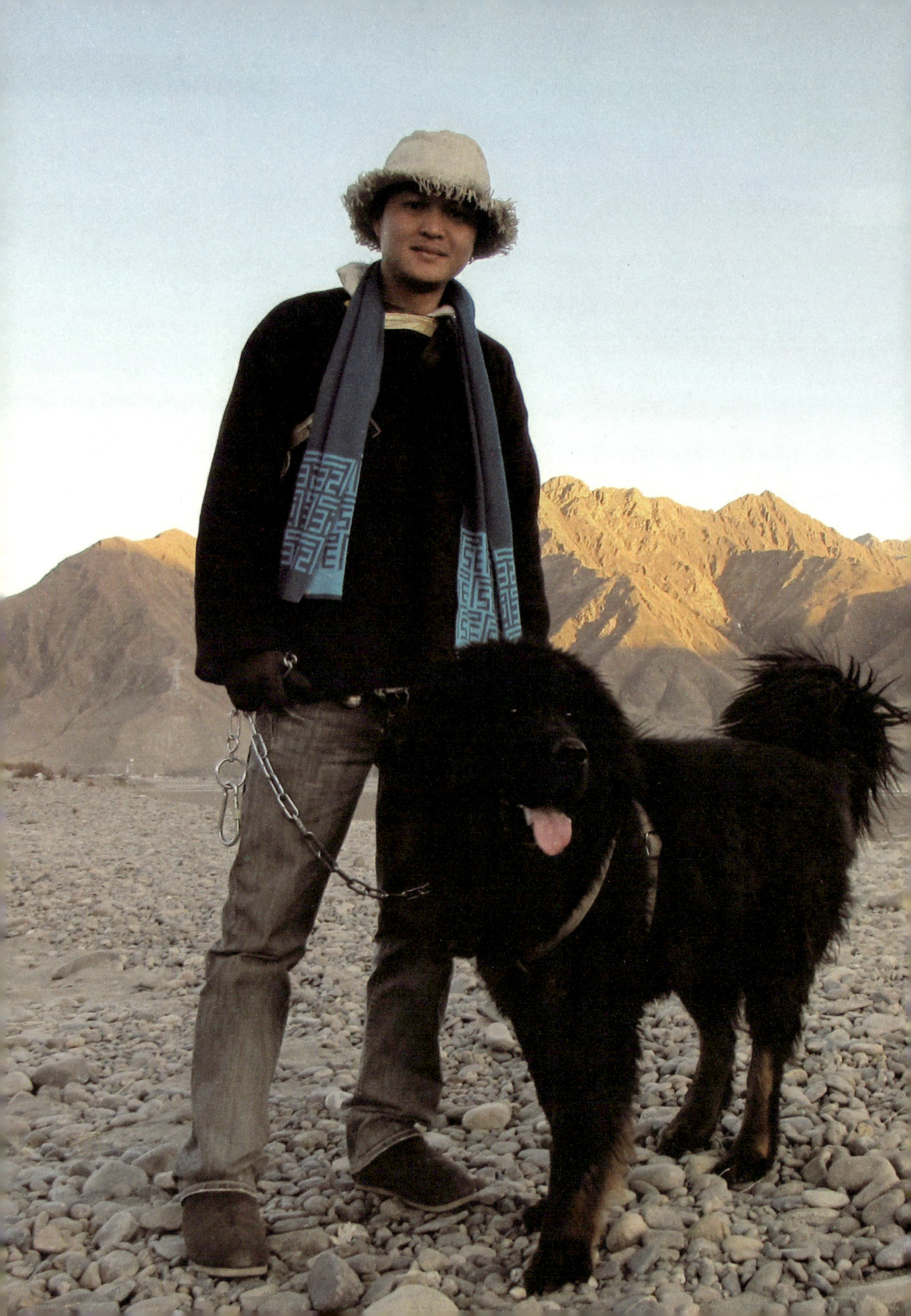

第六章 我的生活，我生活的地方

一个人的炉火
一个人的小屋
一个人的生活
炉子不说话
他也不说话
添一根柴
喝一口酒
点一支烟
屋外是满天星光
屋外有明月高悬
在那狗叫声里
炉子上的水开了
春天也将到来

  闭上眼睛我会睡得很死，总会在某一天醒来，是满窗的绿。那是我的春天，我已经等你很久了。

十六

瘦，人比黄花。生活在日子里缓缓铺开，光阴的影子也被扯得瘦长，不知不觉就淡去了铅华。淡去铅华的日子，一切都变得真实而清晰，一饮一啄的平常当中，只是默默地坚持下去。

岁月无声，慵懒成这般光景，倦容非是伤春，而关乎世俗人情，以及生老病死。总有朋友探问我的生活，也总有朋友伤怀于自己的日子。我无法说我是对的，更无法说你错了，生活就是由烦恼和欢喜编织成的网，而我们都呼吸在水里，如鱼。

我只是有点累了，安静于某个角落，一个人，日落而息日出而作。或许是我太自私，以及凉薄，竟然将世界给关在了柴门之外。曾经那些缤纷而喧嚣的日子，那些繁杂而曲折的人事，随着简单而充实的每天，如日历般一一被撕去。而今连日历也已消失，只剩下白天和黑夜的交替，日复一日。不会问今天是何时何日，这些算计都已荡然无存了，时间于我已经没有了任何意义以及价值，我只是每日里劳动写作，从早到晚，而后安然入睡。

脱掉华丽的外衣之后，人只是一具赤裸的躯体，生活抛弃掉虚伪和欲望，不过是一杯白开水。很多最重要的事情，会是在简单和琐碎当中。要学会思考，生活很多时候就似镜子上的尘，心事积得越多，尘埃就越厚，心也就越来越浑浊。我们常说自己老了，其实是心上的尘埃太多，影响了心脏的起搏。想起了《楞严经》里国王和佛的对话：佛问王是何时最初看到恒河？王答六岁。佛问现今你已六十多岁了，容颜苍老肌肤腐朽，但看恒河的能见之性有否改变？王曰未曾。由此可见，变化的只是我们的外在以及感觉，老的是无常的身躯，而总有一个东西，是不曾生灭也未曾增减的。

有时候我们或许都太过自以为是吧，太过留恋和在乎这个我，于是生活和心量才会变得越来越狭窄和短视。匆匆数十年光阴，不过是弹指间的刹那，回首向来萧瑟处，只如一场梦境浮现出来的水月空华。

早春的郊外，风有点大。杨树还未抽芽却结满了丰腴的花，风吹花落一地狼藉，生活总会是这样，旧的不去新的不来，落尽，才会新绿满枝。而后是盛夏，继而渐进秋景，之后又回到了寂灭的寒冬。变化的是四季的衣服，不变的是什么？我们有没有认真思量过这些并不复杂却又息息相关的生活道理呢？

何止是一花一世界，一念之间也会是一个水月道场，当下和放下，也就是直面的感悟和提起，生死如此，悲喜如斯，不妨碍我们在安静平和中从容老去。

十七

忽然停电了，起因是大风将电线吹断，而断线的位置高达二十米，我无可奈何，只能等村里的人农忙之后，再说好话请他们来帮忙。

持续了三天三夜，断电的日子白天不觉得有什么，就是煮饭不大方便，但当夕阳下山之后，一切都变了。

山村的夜晚是如此的安静。

一根蜡烛把室内扑闪得愈发的清冷，几声狗叫更是将山村的长夜吠成苍凉的冷春，我坐在椅上，忽然不知道该做点什么才好，蜡烛的光线

拉漂的日子

太暗，看书伤神，于是我坐着听窗外呼呼的风声，让它在我思想里来回穿越。

山村真的太偏僻，而且荒凉，最后的一场冬雪迟迟未来，以致每日的期待也变成了一种渐进麻木的习惯，那些树以及种子，依然安静如初地沉默着。习惯了夜里的照明，而今却无所事事，而寒夜又如此地漫长，这让我想起了古人，我们终究是要幸福许多，但却没有好好珍惜，而养成了某种奢侈挥霍的习惯。

我不知道现在还有多少城里人会有一个人独处乡村的生活经历，记得我的父亲母亲，在那个特定的年代，生活是和乡村紧密相连的。也记得年轻的时光，和一些朋友从城里跑到郊区农村睡上一两个晚上，呼吸着带点猪牛粪便的味道，品尝着农家乐的清新，但这些都和现今我的感受截然不同。旅游客居，如尘埃动性不定，而今我却是这个村落的主人，日夜在此起居生活，这样的心态和方式，是彻底换位了。一个来过我这里的游客曾对我在拉萨的朋友说，你们应常去将三郎探望，他那实在太冷清了。我笑着摆手，真的没有必要，我也不需要。想来就来，不要因为看我，或者说关心，我厌倦了某些生活方式，于是寻找属于自己的。有机

会可以来我这里体会一下山村的生活，我愿意提供这个平台，而你们来与不来，我也无得无失。

很多时候你都会长时间不想和人说话，因为有着某种看不见的距离。近在咫尺的人面，却是远在千里的人心。如果你耐不住寂寞和好奇，又何苦来看我或者为我活着。有些生活和日子，是需要自己亲自去品味的，而不是为了某人。无端端的来访，想当然的定论，都会给我造成没有必要的麻烦，我给予不了也满足不了朋友们的好奇。我只是我，只不过一个人独处得太久了。

断电的夜里，山村安静成这样，那些树影以及若隐若现的星辰让我呼吸平静，还有那波浪一样被风翻卷的窗帘，就像在激情地朗诵着生命的诗篇，安静的夜晚，我听见了自己血液流淌的声音。这样的山村这样的夜，城市的繁华被烛光逼退了三千里，三千里的距离，始终会是一个难以企及的数字。

静夜里总要做点什么，于是重拾笔和纸，感觉是那样的亲切。想起了久违的从前，那些青涩年少岁月，信笺以及一张邮票，简单而隆重的青春，那些字里行间的秘密，被今夜唤醒，我真的忘记了自己有多久没有用笔和纸这么认真地书写文字了。

梭罗在瓦尔登湖边时，那时候他应该拥有了属于自己的一管钢笔吧，那时候的瓦尔登湖不会有电，黑夜想必远比我现在漫长，在那烛光闪闪的夜里，唤醒了他隐藏已久的性灵。白天梭罗以目光巡游他的土地，夜里用笔墨记录他的收成，一个人的梭罗，是如此充实而富有。而我，更希望此刻手里的笔，是简单的鹅毛做成，让每一行字，都是浇着墨汁来认真完成。

山村的夜色与我，已经融为了一体。

十八

　　劳作当中忽然抬头，看到紧挨屋子的后山忽然润了起来，一大片云层停滞在空中，将山头包裹，云层下是雾，居然有几分内地青山绿水，云雾缭绕的味道。停下了手里的活就这样仰头呆呆地看，曾几何时我的后山也会变得如此温柔，让我冰冷的心也柔软起来。自从离开城市搬来这里，这座山就从来没有为我改变过模样，也从来没有对我说过一句话，就这样光秃秃、冷冰冰地沉默了整整一个冬天。

　　采菊东篱下，悠然见南山。这是古人的诗情画意，却感觉总有着暧昧不清的距离。我把下巴支在铁铲的柄上，铁铲刚铲完狗粪，却不碍悠然见南山的情调，而且此刻金色的阳光洒满我的草帽，让我忘记了自己是个诗人还是农民。

　　每天我都会抬头看一眼这山，也算是与山的一种交流，我们彼此都很安静，都在各忙各的。有时候山头会有云朵飘过，有时候一片云也没有，有时候是阴天，有时候天蓝得令那座山也显得有点发慌，于是我就看着它微笑，我把它当成了我无声的朋友。这山没有树，甚至没有草，全是石头，比我还倔，比我更彻底的一种决然，我和它之间仿佛就像两个沉默寡言的牛仔，永远保持着无声的对视。

　　我的秘密山全都知道，包括我树林子里有几棵树，我养了几只藏獒，以及我来过什么朋友，或者夜里我的灯火什么时候熄灭，早上什么时候看见我的身影，它都一一尽收眼底，甚至我准备在夏天的院子里裸浴阳光的念头估计山也清楚地知道了。

　　这又有什么关系，荒凉的天地每天就我和山无声地交流，或者不交流。山从来不好奇，对于我的到来，既不欣喜也不反感，我也从不去拜

访山，保持着属于我们男人的距离。

其实在山面前我显得特别渺小，不管这是过去还是将来或者现在，山都那样的高。过去山不知道存在多久了，而以后我也会有离开的时候，而在现在，每次我都需要将山抬头仰望；山也不得不每天将我俯视着，这样我就想开了，有如阿Q精神般。其实我在与不在，或者来与不来，对山来说都是微不足道的，因为山一定比我孤独和寂寞得多，山活得实在太久了。因此在更多的日子，我是忽略它的，仿佛这座山于我的光阴里可有可无，本来就可有可无，因为我实在做不了山那么长久的朋友。

昨夜终于又下了一场大雪，门前很远处的山峦全白了，换了一个崭新的世界。而后山依旧冷漠地看着，脸色不改无动于衷，依旧是那一身比我军大衣还要破旧以及没有换洗过的斑驳。只是忽然之间，一层云雾盖了下来，把山的眉目给完全隐在了一片温柔的桑拿浴当中。或许是那朵云看它安静得太久，同时也觉得山的衣服实在太脏了。

没有什么比这样的日子更纯粹以及寂静了，于山于我，都不需要语言。我庭院周围的树木全都长满了等待抽青的细芽，这一场大雪让这个初春有点尴尬，变得忽冷忽热，而山和我，也不冷不热地继续着自己的生活。只有门前的那条小河以及健康成长的小狗整日整夜没心没肺地乐着。

十九

天气进入四月，变得高深莫测，每日都是狂风大作，而且黑云压顶，好多天都看不到高原那蓝蓝的天了。

让我更郁闷的是，每当我种下新的花苗，在当天就会立刻下雪，连续好几次都是这样的无奈，导致朋友也笑我，说是命运在跟我过不去。我有点难过，冥冥之中难道真连鲜花的开放都是一种极度的奢侈？梅花香自苦寒来，这个苦寒的反复也实在太频繁了。

我知道一些事情的来临是无法阻挡以及改变的，但我不想妥协，我还要坚持，看看还有什么比我的顽固更坚固的。给大大小小的狗都喂饱，给所有的花草树木浇润，每一天都是我的繁琐和辛勤，也都是我不灭的坚持和倔强，因为这些是我的责任，也是我为数不多的小小希望，哪怕只开出了一朵小花，也是我期待已久的灿烂芳华，是我勤劳的结晶，是我长久付出的回报，我想要的或许就是那么一点点的贪心。

雪要下就下吧，天要冷不妨继续。我看见了枝头抽出的嫩芽，那是我沉默了整个冬天的坚持，那些小藏獒也在茁壮健康地成长，这都是一种过程，非常有意思的某种共同见证的经历。我和寒冬纠结在了一起，比比谁更有耐力。

我照顾着好多的生命，它们在我的手心，习惯了我的温暖和温情，看着这些生命在我的辛劳之下成长以及丰腴，还有什么比这个过程更有意义的呢？所以我选择继续。那些藏獒睡在我的脚下，睡在阳光里面，不用思考，不用担心。我很开心，我是它们的信赖和依靠，谁又是我的信赖和依靠？只有自己，我给自己的心灵伸出了温暖而有力的双手。我的双手将心紧紧地捂着，蛰伏在这倒春的寒冷中，总有一天，会春暖花开。

想起近来夜梦频频，且怪异颇多，未免有点乱心。日子仿佛是把外面给忘了，其实还是牵挂着，这种无声的惦记也是一种难言之隐。如果我真的麻木到没心没肺，也算是一种境界吧，可我还是做不到。这一场初春忽然而至的大雪，突兀地就来了。夜里风大且寒，白天开门的时候忽然看见雪花落在我的身上，睫毛和头发也沾上了一些，才知道又下雪了。

庭院新种下这些花花草草和树木，等待的就是这一场冬天的告别，同样也是我的期待。只是在漫长的希望当中这场雪实在来得太晚，而且夜夜严寒依旧，我以为冬天不会过去了。消磨、等待、坚持成了我生活的全部。

夜里有梦，忘了这场大雪。

一个陌生的朋友发来问询：你们那边现在冷吗？我说下了一夜的雪。那边说实在太美了。我半天说不出话来，憋了好久回了一句：我这里没有风花雪月。那边惊叹：难道你看见了大雪没有一点感触吗？再次无语，断了话题。我的生活有许多琐碎要比这场大雪重要得多，哪怕我整整等了一个初春，我也没有多大的惊喜，这场雪于我是关于树木花草的生命价值。

还是那树鹅黄，安静于白雪皑皑的世界，那些满枝的嫩色，也是等不及的焦虑，春天毕竟很短，再不苏醒，又将是一个漫长的冬天。一只孤单的小鸟落在了早春的树梢，把日子鸣唱成单一的曲调。

二十

今天大扫除，整整弄了好几个小时，铲狗粪，清洗狗舍、鸡舍，打扫大院然后清洗干净，弄得有点疲惫，朋友小妖说应该还是蛮有成就感吧，我说这样的成就感送给你好了。干这样的活做一次是新鲜，长期做还有什么美感可言，只在劳动的过程当中总是告诉自己，你不做这些没有人帮你做，而且总好过早九晚五的城市生活吧，甚至要比农民的劳作轻松多了，又想起禅宗所说的，平常日用中，处处皆是禅，于是把自己想象成了隐居的禅者，纯粹就是阿Q精神。

秋天到来，地上全是落叶，扫了很久，忽然想起了南怀瑾写过的一首诗：秋风落叶乱为堆，扫尽还来千百回，一笑罢休闲处坐，任它着地自成灰。南老说的是人的思想念头杂乱无章就像是秋风里的落叶一样，不需要去扫，应任它自生自灭。可是我的院子要是也这样，落叶就会滋生细菌，狗就会生病，而且院落会变得很脏。扫地的时候我把这首诗给改了：年年秋风舞落叶，竹帚一把扫时节，扫去春光和秋曲，犹自辛劳未停歇。人说秋光日日好，入到我的眼底，不外乎生活中的平常，更重要的是那些琐碎，你不做还真不行，而且不能让它堆积，一旦懒惰些许，例如狗粪，转眼就不堪入目了。

拿着铁铲，拿着扫把，拿着水龙头，我有点恍惚，不知道身处哪里，也不知道自己是谁。此刻的我，长发飘飘一袭布衣，在风里埋头舞动着

第六章 我的生活，我生活的地方

手里的工具，入于他人眼里，是否会觉得我是个隐世高人？其实我就是个铲着狗粪的农民而已。

笑，自嘲的快乐，看上去依然挺好，那些远方的人们，依然羡慕着我田园般的孤独，我却时常临窗无语，看山色沉静，看庭院苍蝇，看那些花曾开得灿烂，而今渐渐枯萎败去。

即将入冬时节，将军大衣抱了回来。这件让我整整穿了大半年的伙伴，而今变得有点陌生，只有衣服上那些尘泥，让我想起了去岁的冬天，是那么的冷，而且漫长。

要开始准备入冬的柴火了，以及一些土豆和红薯。

从昨天下午到现在，我粗略统计了我做过的一些工作，整理下来自己也吓了一跳，这么多琐碎不知不觉就完成了。来做客的朋友于是感叹：

别人都以为三哥过得很惬意潇洒，却不知道这里面所付出的，而且还都是必须要做的。我边忙边笑了笑，不都是看上去挺美么。

花了几个小时将狗场和狗舍清洗了一遍，弄得高原反应也出来了。而后去加煤气，当然只能自己扛。接着去菜市场买了鸡骨架和牛杂肉，给狗买了两件纯牛奶还有蔬菜、狗粮以及开胃的酵母片。回到住处开始给狗喂食、喂水、熬狗粮，给我和小妖做午饭。而后将鸡骨架分开放冰箱，将牛杂肉也要一一分开放，否则凝冻了就掰不开了。给鸡鸭喂食，给猫喂食，给狐狸喂食，给猫笼清洗。

做完这些，开始看书码字。窗外依然这样安静，蓝天和流云以及青山环绕，夏季是真的走了，但阳光依然眷顾着这个狗场。看见两只蜜蜂在采集最后一顿盛宴，忽然觉得很温暖，因为这些勤劳而弱小的生灵，它们带给我一种清新祥和的画面。这些蜜蜂很漂亮，薄薄的羽翼、鹅黄的身躯，贴在八瓣梅上，立刻让这个初秋活泼起来。

将要入冬了，连蜜蜂都在忙碌着做寒冷前的准备，我还有什么理由偷懒呢？忽然想，这些蜜蜂这样好看，是不是弄个蜂箱养上一窝？来年夏天看它们采集油菜花和别的各种花的蜂蜜，吃上一口一定非常甜美。不过想想也就罢了，真要弄，又是给自己找麻烦了，我的麻烦还不够多吗？

二十一

来西藏四个年头了。偶尔碰见些个老朋友，忽然发觉时间过得飞快，不知不觉就这样从指缝中溜走了，想起了罗大佑那首《光阴的故事》。

进入秋天，我的羊达乡也悄悄改变了模样，从葱郁的绿忽然变成灿灿的黄，偶尔一阵风吹过，抖落一地的叶片，映入眼帘的是秋的萧瑟，抚上肌肤的是秋的清凉。那些也曾绿油油的青稞，转眼收割一空，每日经过眼前的景象，都让我升起一种若即若离的惆怅，却不是悲伤。

羊达乡的青藏线很安静，而且悠长，路上的车并不多，衬上蓝得发慌的天，每日被我丈量和欣赏。我的狗场也那么安静，阳光慵懒地漫漫斜伸，告诉我夕阳的寂寞，从来相对无语，是因了彼此的熟悉。

那么多的琐琐碎碎，将生活填充，这些琐碎看似温柔，却如流水一样将鹅卵石悄悄磨圆，心的棱角也渐渐变得润滑起来，而岁数在叠加，皱纹告诉我往事不必再提。

每日里照顾着猫猫狗狗，鸡鸡鸭鸭，一个地道的农民样子，不再使用护肤品，不再注重衣冠的得体干净，于是素面朝天的质朴写上了轻盈的笑意，迎着秋风看山看水看树看书，满眼满心的只是安安静静。

人们说我隐居。隐居怎会还有消息？我只是在剥除铅华，那一层层老茧似地过去，露出嫩嫩的婴儿之身，这是我们的本初，也是我们的归宿。当有一天失去了我所有的消息，那必定是我回到了子宫里。

我的羊达乡我的狗场，安静成这样。梭罗曾经在《瓦尔登湖》的书

里写道:"时间是我垂钓的溪。"我还做不到他那样洒脱,虽然他每天比我还要忙碌。时间相对于梭罗,只是可有可无的,我在乡村的日子,时间同样是可有可无的,而且每日不看表就想不起今天是几号是星期几,但依然会有浪费时间的感觉,以及某种压迫感。我还是没能走得更极端更遥远更彻底。

昨夜一场大风,将清晨远山染成了白头,是的,夜里下了雪。这场雪的突兀来到,也昭示着乡村的冬天再次拉开了序幕。

二十二

放马南山,卸甲归田,这是多少征战沙场的将士梦想中的归宿,远离了硝烟战火,那些杀戮和征战换作几亩良田,数行松杉,青山绿水,风轻云淡。我却在盛世美景的夜里,梦见了南山放马。一个偌大的山洼用篱笆和木头隔成了两栏,前面养的是藏獒,后面是青草依依的马场,藏獒在牧马，一片隐世风光。梦里总是那么美好而轻盈，没有重量，没有忧伤，也没有岁月的蹉跎，我也看不见自己的身体，就是一种性灵在看在行。

眼睛被莫名的虫儿眷顾，突然肿胀得厉害，痛痒难当，日夜以泪洗脸，才惊觉平安健康的日子，是如此的不珍惜和爱护。古人常言：道在日常。日常当中的顺境，未觉得生活坎坷，而在逆境当中，能否保持如常的心态，却不是文字语言可随便说说的。病痛之中且能任运随缘，痛并快乐亦可如实体会，于是夜里尚能梦见马放南山的悠然。而更稀奇的一个梦，华丽而高贵的寺宇，一个尊贵无上的年轻活佛正在演绎着水月道场，忽而向我，用手指着左排第三个空位说，给他供养瓶净水。那一刹那的恍惚，梦里突悟那个空位原有的主人本应是我，而今为何是我给自己供养净水呢？活佛忽然莞尔对我一笑：好生善待。我在梦里，也随之笑了，开心，于是见佛。

母獒曼陀罗应是怀上了，眼神多了些许柔情脉脉，想必当上母亲，无论是人是兽，都会流露出一种母爱的天性，闪着光辉，格外的安稳而饱满，又将是一个丰腴略带辛劳的冬季，每一个生命在我掌心诞生的一刻，那种涌动和温暖，将那些琐碎与劳累都一一驱散。

安静的午后，冬阳懒散，青梅竹马的藏獒依偎安睡，想必梦里，它们定也是在悠然地放马南山。

迎来送往，又是高原一年，青藏线上道路两旁的树木越来越枯黄，一些熟透的叶片已经早早凋零，光秃秃的枝干和身边那些还在苦苦挣扎的绿叶形成了鲜明的对比，一枯一荣，昭示了我们生活的真谛。我说，这是梦境，看见了四季的更迭，这是心的影像，于是春有百花秋有月，夏有凉风冬有雪。

拉漂的日子

　　叶落时节，人也会随之戚戚，看山看水，看身边的潜移默化。拉萨河，清澈流淌，两旁是收割之后广阔的青稞田，在远处，就是连绵无尽的群山。行走在秋天的怀抱，天地苍茫，偶尔孤鸿子影掠过，一声高亢，

惊得叶落纷纷。

　　人说，而今我的生活，是国人版的瓦尔登湖。其实，终是不像的，他的世界，像一个圣贤，他是一个智者，晨昏之间的从容彷如霞光遍满着他的瓦尔登湖，而我，只是辛劳地操持着繁琐而肮脏的细节，并且还要为温饱而犹豫、矛盾以及尴尬着。

我的生活，越来越孤僻，甚至把荒凉冷清当成了下酒的小菜。朋友在很远很远的地方将我遥遥注视，我却像个农民一样，随着山色和季节耕耘，辛苦地坚持。说辛苦，其实还是自己乐意的，也因此不觉得有多苦，但诧异自己，究竟是怎样坚持下来的，毕竟现在的和曾经的，是那么的背道而驰以及不可思议。

很多个长夜里，我都在想象梭罗在瓦尔登湖的夜色，一只笔、一盏灯、一本书、一张纸。同样是寒冷而漫长的冬夜，同样呼吸着远离人群的凛冽，孤独地清醒着。而我，一口一口抿着冰凉的拉萨啤酒，也同样这样地清醒着，以致听见了血液在血管流淌的轰鸣。

我居住的地方，安静成这样，偶尔一声驴的叫唤，将星辰颤抖得闪。炉火也安静成这样，默默地将我的脸庞暖烫，那是高原红的模样。习惯一个人生活太久了，简单，再简单，于是安静独坐在角落的一隅，常常抱着酒瓶发呆。我知道，很远的地方，在那些钢筋水泥的深林，同样有人会因长夜而发呆。就好像那天候机室的某个角落，有人一直哭着，还流着鼻血，说不想走，想留下来。可是她需要多么强大的勇气。而她边上另一个候机的女人，同样纠结着这样一场故事，在反复通话之后提起了行李，没有犹豫转身退票而去。她比前者冷静，比前者勇敢。而我，依旧没心没肺地活着，装作什么都漠不关心，哪怕是那些早已让我感动的细微的关怀体贴和照顾，我都安稳如初地接受着，或者迎来送往地冷静着。我不习惯，或者说，我害怕成为了习惯，对温暖依赖成瘾。

好久没有在居住的周边走走了，我决定去看看那个废弃的村落，去看看秋天的田野，以及还未结冰的小河。

拉漂的日子

二十三

乍暖还寒。

现在的气候恰好是这个成语最合适的注脚。高原的春天要比内地来得晚，记得去年的4月1日还下了很大的一场雪，而后夏天就忽然到了，一树一树的花相继而开。

而今我的庭院依然寂寞着冬天，那些情人节种下的树和种子依旧沉默着，哪怕阳光再好，看起来还是静悄悄的。夜里依然非常地冷，以至于每个清晨水管依旧会冻结一段时间，直到太阳高照才能缓和，而搁置在院子里给狗盛水的盆子里面也都会变成一整块厚厚的冰。日复一日地期待那些树木的绿色，但总是姗姗来迟。

而就在昨夜，星辰密布月亮上弦的时分，忽然听见院子四周不断传来了声响，"啪""啪""啪"的脆响此起彼伏。疑惑的目光四处寻探究竟，竟是那些树木枝条上苞蕾炸开的声音。生平第一次遇见这样的奇异，让我想起了人说听见花开的声音，原来是真实不虚的，只是平常我们居住的环境太过喧嚣，以至于白白错过。

静夜里听，生命格外的响亮，我等了那么久，高原的春天终于缓缓到来。这一刻我多么想和朋友分享这种宁静当中的热烈，那种破冰而出的新鲜。可是这种简简单单的幸福和惊喜，又有几个人愿意停留一刻用心去聆听呢？大自然从未将我们抛弃以及远离，是我们自己走得太远了。

庭院门的那棵树不知不觉当中枝条也挂满了苞蕾，密密麻麻的是希望的点缀，最初我来到这里的时候，还是光秃秃的枝条冷漠而倔强地伸向冬天，而今已是焕然一新，准备着盛夏的丰腴。阳光那么静好，我的庭院无声，狗慵懒成初春的倦意，偶尔三五只小鸟，以及优美地划过目光的雁鹅和黑颈鹤，这些细微而短暂的声响将午后变得更加寂静。偶尔一些远道而来的朋友探访这一个人的世界，总是匆匆地来，又匆匆地走了，朋友们不忍心打扰这份孤独，也害怕这份孤独。城市里的灯光永远那样璀璨而温暖，隆冬而荒凉的山村只有一灯如豆，冷清而寂寞的长夜，仿佛要将人的灵魂吞噬，因此人们都选择了争相逃离。而我，却在这里，也是一种远离。还有什么比寂寞更丰盛的享用，还有什么比孤独更富裕的拥有？不甘寂寞不耐孤独的永远都是自己不安的心灵，没有家的浪子，永远都只能在路上，而无关父母或者亲朋的热闹。

藏历新年就要到了，总是要比内地晚来一个多月，仿佛是为了应景，迎合着高原的春天。而后农田也将开始忙碌，耕牛不再孤单，那些青稞的幼苗会在春天里开始疯长,这些那些的景象,都将变成我的私人财产,偶尔会在合适的日子晒在我的庭院慢慢晾干。

很多年以后,关于男人与狗的故事,依然会在这个庭院四周的枝桠间传唱,以及被黑颈鹤的鸣叫带去很远的地方。

后 记

有许多朋友总会问我一个同样的问题：你为什么要这样生活，这样生活的意义是什么？我想，每个人都应该有自己追求喜欢的权利吧，而我只是在某个特定的时间来到了特定的地方度过了一段纯粹的日子，而且对于自己来说，也就是将生活的本质尽量还原，去繁求简罢了。更多的时候，我更愿意相信自己的这段拉萨时光非常的简单，甚至可以说是素面朝天。

有人好奇有人羡慕，那都是因为距离产生的美感，也常对一些朋友说，看上去挺美的背后，是最真实的付出，也就是琐碎的日常，包括脏和累；我们必须工作，必须亲力亲为，才能真实懂得生活以及生活的意义，这种劳作和付出从来都不会也不能够欺骗自己，其实生活浓缩到最后也就只是两个字：坚持。

我不知道目前这样的生活还会持续多久，也从来没有想过，因为到目前为止，我还是在做着自己喜欢做的事情，能够做到这样很不容易，也正因为如此，我还在珍惜。如果说拉萨的这段时光对我今后有什么意义的话，我想说的是，对于城里过去原有的那些物质依赖以及物欲需求底线变得越来越低，而精神需求变得越来越清晰以及自然。一切都是在潜移默化当中悄然进行和改变的，再熟悉不过之后，也就不过如此了，当我们切实融入到自己的生活当中，也就像鱼存在于水里而忘记了水的存在，而且一切都变得那么的理所当然。

生活是不可复制的，好比梭罗在瓦尔登湖的日子。我们可以尽可能地追求做自己喜欢做的事，以及过自己喜欢过的生活，但要做到这样远离都市离群索居，就需要付出，而且代价高昂，因为自由是最宝贵甚至是奢望中的梦想,并且还需要我们能够真正耐得住寂寞。也因此每每有人向往我的生活说出自己的想象的时候,我会建议对方来我的寒舍小住几日,而且最好是选择冬天,并且要求对方接手我每天的所有工作,于是就有了各自不同的答案以及认识。

我的生活还在继续,于是文字还在继续。

注:本书照片由三郎、大牛提供。

特别鸣谢"乐旅网 www.le1v001.com"大力支持

快乐之旅,尽在乐旅网